Asesinato en el Jardín Botánico

AF275441

Crimen y Misterio

J. M. Guelbenzu
Asesinato en el Jardín Botánico

PEFC Certificado

Este libro procede de
bosques gestionados
de forma sostenible

PEFC/14-38-00305   www.pefc.es

© José María Guelbenzu, 2022
    Autor representado por Casanovas & Lynch Agencia Literaria, S. L.
© Editorial Planeta, S.A., 2022
    Ediciones Destino, un sello editorial de Editorial Planeta, S. A.
    Avda. Diagonal, 662-664, 08034 Barcelona (España)
    www.edestino.es
    www.planetadelibros.com

Adaptación de la cubierta: Booket / Área Editorial Grupo Planeta
Ilustración de cubierta: © Giovan Battista D'Achille / Arcangel
Primera edición en Colección Booket: mayo de 2024

Depósito legal: B. 6.522-2024
ISBN: 978-84-233-6518-0
Impresión y encuadernación: QP Print
Printed in Spain - Impreso en España

Biografía

J.M. Guelbenzu (Madrid, 1944) estudió en el colegio Areneros de Madrid y luego Derecho en la Complutense. Entre 1964 y 1969 trabajó en la recién fundada *Cuadernos para el Diálogo* y en la actualidad colabora regularmente en el diario *El País* como crítico literario. En 1967 quedó finalista del Premio Biblioteca Breve con *El mercurio*, su primera novela. Fue director de Taurus y Alfaguara. Entre los libros que ha publicado hasta la fecha están *La noche en casa* (1977), *El río de la luna* (1981) —que recibió el Premio de la Crítica—, *El esperado* (1984), *La mirada* (1987), *La Tierra Prometida* (1991) —ganadora del Premio Plaza & Janés—, *El sentimiento* (1995), *Un peso en el mundo* (1999), *Esta pared de hielo* (2005) y *El amor verdadero* (2010). Bajo la firma J.M. Guelbenzu es autor de nueve novelas policiacas: *No acosen al asesino* (2001), *La muerte viene de lejos* (2004), *El cadáver arrepentido* (2007), *Un asesinato piadoso* (2008), *El hermano pequeño* (2011) —ganadora del Premio Torrente Ballester—, *Muerte en primera clase* (2012), *Nunca ayudes a una extraña* (2014), *El asesino desconsolado* (2017) y *O calle para siempre* (2019), todas ellas protagonizadas por la juez Mariana de Marco.

Al final, como al principio,
a Juan García Hortelano,
el amigo inolvidable

The worst sin —perhaps the only sin— passion can commit, is to be joyless.

DOROTHY L. SAYERS

Preámbulo

Permita, presunto lector o lectora, que me presente a usted. Mi nombre es Javier Goitia, soy periodista y tengo la intención de relatarle un caso criminal en marcha que estoy seguro de que habrá de interesarle por su singularidad, si es que soy capaz de tenerle pendiente de los acontecimientos; y digo esto porque me dispongo a contarle una historia que no ha hecho más que comenzar y de cuyo final no tengo ni la más remota idea, razón por la cual voy a escribirlo más como un diario que como un reportaje, que es lo que me gustaría que fuera si la juez De Marco me autoriza.

Pero, antes de comenzar, unas consideraciones personales a modo de justificación. Desgraciadamente, en España y en todo el mundo ha empezado a venirse abajo el sistema tradicional de periodismo impreso en papel. La revolución informática que ya ha llegado aquí nos está echando a los viejos reporteros de la prensa diaria y, para mayor desgracia, las revistas de información general han ido desapareciendo: al principio, bajo el empuje glotón de los periódicos diarios, y después, con la prisa y la inmediatez propia de los nuevos tiempos por la entrada en tromba del periodismo digital, dispuesto a merendarse al de papel. A mí esta transformación tan veloz como inesperada me ha pillado en medio y, como el joven Fabrizio del Dongo en Waterloo, estoy en mitad de la batalla, donde la pólvora, el cañoneo, las cargas y los ataques y el ruido de la artillería es todo lo que alcanzó a vislumbrar y a sufrir en medio de la confusión más absoluta el pobre chico. Total, ésta es la situación ideal para que la mentira se abra paso sin restricciones, las noticias pierdan su valor de credibilidad, las conjeturas simples o interesadas se conviertan en verdades, el pensamiento se envilezca y yo me vea obligado a pegarme un tiro en la boca.

Pero en concreto hablo de las revistas, sobre todo, porque ahí es donde estaba mi medio natural, pues yo no soy un emisor de noticias sino un cronista, un contador de historias, un reportero, en fin, y ahí, en las revistas semanales es donde ejerzo o ejercía mi oficio, más y mejor que en la prensa diaria, tan urgida por la exigencia de la última noticia. Esta confesión viene a cuento de que en esta situación ya no puedo trabajar con la continuidad con que lo hacía poco tiempo atrás porque el cambio se ha iniciado inexorablemente, los becarios vienen sustituyendo a los creadores de contenidos y los viejos reporteros vamos siendo aparcados como trastos cuyo mantenimiento es cada vez más gravoso, así que estoy jodido. Amo este oficio, pero me sobrepasa la velocidad con que avanza eso que, con la mayor inocencia, llamábamos progreso. ¡Ja!

Así que como voy teniendo tiempo libre, pero no quiero anquilosarme, yo, Javier Goitia, he tomado la decisión de emplear ese tiempo en hacer lo que sé: contar historias reales, ofrecer crónica de la realidad al estilo tradicional de mi experiencia, con la intención de ejercitar la pluma y para no caer en el marasmo de la espera de una oportunidad. De momento, creo que cuento con colaboraciones suficientes para no desaparecer, pero desconfío del maldito futuro.

Yo carezco de imaginación para pergeñar una novela. Crear un mundo es un asunto complejo; si además he de poner de mi parte también una intriga interesante y desarrollarla a gusto de los buenos lectores, la dificultad se me antoja insuperable. No es que no me atreva, es que soy un maldito positivista incapaz de contar algo que no haya visto previamente; bastante complicada y enredada es la realidad para tener además que inventarla.

En fin, en estos pensamientos estaba yo, más desnortado que un koala en una biblioteca pública, hasta que, de pronto, se me hizo la luz. ¿Para qué inventar una ficción con sus personajes y todo, su físico y sus pensamientos, sus consuelos y desconsuelos, cuando los tengo delante de mí tal cual son? Las pasiones, sentimientos y pecados de los presuntos protagonistas están delante de mí, se me aparecen enteros y verdaderos sin que deba ocuparme de nada más que seleccionarlos, penetrar en ellos y ordenarlos. Creo poseer una amplia experiencia de vida y un variado conocimiento de la fauna humana. Tengo ante mí una oportunidad única y no voy a desaprovecharla: ésta es la razón por la que he decidido convertirme en cronista, mientras dure este paro estacional, de los casos de la juez de instrucción Mariana de Marco en Madrid, casos como el que me dispongo a relatar porque ella es mi pareja actual y confío en tener la fortuna de seguir de cerca, al menos hasta que me aburra o nuestra relación se acabe antes de que consiga resolver el caso, cosa que no dudo que conseguirá más pronto o más tarde solucionar porque es una costumbre muy arraigada en ella. Insisto: no soy novelista, pero sé dar fe con orden y concierto de lo que veo y entiendo, y eso es a lo que, en realidad, he venido dedicando mi vida como periodista, ¿no? Quién sabe si esta especie de crónica judicial que voy a escribir no acabe teniendo una relevancia mayor que la del mero entretenimiento de un hombre que se resiste a deprimirse.

Sólo me queda añadir que pocos casos suyos en los que he tenido la ocasión de participar han comenzado con un enigma tan intrincado como el que me dispongo a exponer bajo el título provisional de *Asesinato en el Jardín Botánico*, pues no tengo más datos que los iniciales, por el momento. Esto acaba de empezar, estamos metidos en él y desconcertados por su primera apariencia, pero hasta donde conozco a la juez De Marco, la atención que ha suscitado en ella el escenario del crimen y su singularidad, tengo la convicción de estar ante una aventura de lo más estimulante.

De la juez Mariana de Marco sólo puedo decir de momento que llevaba un año instalada en su nuevo destino de juez de Primera Instancia e Instrucción en Madrid, la ciudad donde había nacido y que abandonó para instalarse en un pueblo costero de Cantabria llamado San Martín del Mar y dar un nuevo rumbo en su vida tras obtener la plaza por el cuarto turno entonces vigente. Con esta decisión dejaba atrás su pasado prometedor como abogado penalista en el bufete que fundó con su entones marido y dos colegas más, bufete que contribuyó mucho a prestigiar y del que fue lamentablemente apartada a raíz del penoso divorcio de su marido. A esta dura y miserable situación le había seguido una época de descontrol y desconcierto por su parte, y de desconfianza profesional e incluso social no sólo debido a la solidaridad masculina del resto de los socios, sino también de buena parte del círculo de amistades que, de manera inconsciente, había pasado a sustituir al suyo. La insolidaridad y el ensañamiento que cayeron sobre ella le hicieron ver la facilidad con que el más fuerte, en este caso su egocéntrico marido, consumada la separación, tocó a rebato y reunió en torno suyo a las personas cercanas, compañeros y clientes, y las apartó de la más aislada, es decir: Mariana de Marco. Fue un ejercicio de hipocresía y ventajismo tanto más doloroso cuanto que procedía de un amor sincero por parte de ella que se truncaba brutalmente por la conveniencia, primero, y por la cobardía después. Una de esas historias cotidianas propias de este país, y de otros muchos, en que el macho grande se come a la hembra chica; sólo que esta última tenía el suficiente carácter como para no dejarse devorar por él, aunque estuvo a punto de irse a pique.

De aquellos momentos de hundimiento moral a la consideración que acompaña actualmente a la juez por parte de colegas y amigos hay un abismo. A veces surgen testigos de su vida anterior, bien de la adolescencia y los tiempos de universidad, bien de los años negros en los que anduvo perdida. Supongo que unos y otros le provocan recuerdos nostálgicos o deprimentes e incluso vergonzosos, pero mientras que los recuerdos juveniles siempre tienen un fondo afectivo y suelen contener también una actitud de benevolencia por encima de situaciones concretas de daño, los de la vida adulta revelan también vivencias dolorosas, descontrol y locuras vergonzantes que son como cicatrices del alma. Pero todos venimos de nuestro pasado, sea el que fuere, y sólo la capacidad de asumirlo es lo que determinará nuestro futuro.

Y, en cuanto a su aspecto físico, me guardo de describirla para que no se exciten.

PRIMERA PARTE

Un cadáver entre las palmas

Una buena crónica debe empezar atrapando al lector y más adelante será cuando tenga que dar un salto atrás para recabar información. Más adelante. Pero como yo no conozco el desarrollo de esta historia porque acaba de empezar, me voy a saltar la norma. Cuando yo escribía los reportajes que me dieron tanto crédito siempre lo hacía a toro pasado, a saber: conociendo toda la historia. Eso te permite elegir los momentos en que retrocedes cuando quieres fijar el contexto: ahora acción y emoción, ahora explicaciones. Así que voy a empezar por el contexto, ya que no tengo nada mejor.

El Real Jardín Botánico de Madrid es un paraíso vegetal en el centro de la ciudad y un sueño en primavera y verano. No cabe lugar más romántico ni mejor ubicación. Se fundó en 1755 por orden de Fernando VI a orillas del río Manzanares, pero el rey Carlos III tomó la determinación de trasladarlo al Paseo del Prado, su emplazamiento actual, en 1781. Se encuentra en una localización privilegiada, a continuación del Museo del Prado y frente al Observatorio enclavado en la punta sur del parque del Retiro. La entrada se hace por la plaza de Murillo, donde confluyen el Paseo del Prado y la calle Espalter, de pronunciada pendiente, que comunica con el parque del Retiro desde la calle de Alfonso XII. El recinto se extiende desde el lateral sur del Museo del Prado hasta la cuesta de Moyano, una calle peatonal presidida por la estatua de Pío Baroja y, en su extremo opuesto, al desembocar en la glorieta de Atocha, por la estatua de Claudio Moyano. En ella, en pendiente se alinean, de una punta a la otra y pegadas a la verja que cierra el Jardín por el sur, las casetas de libreros de ocasión, muy concurridas los fines de semana. Mariana suele visitarlo desde que hemos llegado a Madrid, nuestras visitas al Jardín acaban rebuscando los dos entre los miles de libros que abarrotan los puestos.

He de reconocer que tras cada visita al Jardín los domingos yo acompañaba a Mariana por el plan del final de la mañana, a saber: la rebusca de libros en la cuesta de Moyano, a la que seguía un aperitivo en El Brillante que a veces se convertía en algo más consistente por la irresistible tentación de sus bocadillos de calamares, una de esas joyas de la gastronomía elemental madrileña, pero ella visitaba el Botánico por pura devoción. En la entrada que daba al Paseo del Prado, las plantas estaban distribuidas en tres terrazas. La más cercana al Paseo del Prado era la que contenía las plantas de exhibición, ornamentales o temáticas (la rosaleda, los tulipanes, las petunias...). Por encima de ella se extendía la terraza que representaba a las escuelas botánicas y se ordenaban con arreglo a los criterios científicos de clasificación de las plantas. Estas dos, conocidas como «de los cuadros», respondían al diseño neoclásico del siglo XVIII, más cartesianas; y sobre ambas se alzaba la tercera terraza, la favorita de Mariana por su estilo romántico isabelino propio del XIX; se conocía como la «del plano de la flor», y en ella se juntaban las plantas por su grupo taxonómico; las dos primeras estaban a la vista y totalmente descubiertas, en la última, su estructura laberíntica y los setos la mantenían más recogida.

Paseábamos entre los parterres perfectamente cuidados, ella con verdadero placer, como si fuera la castellana de aquel jardín, las plantas y los árboles sus súbditos y yo su chambelán educadamente interesado en la flora traída de los cinco continentes por expedicionarios tan importantes como Malaspina o José Celestino Mutis, cuyas aventuras me interesaban más que el botín de naturaleza cobrado por ellos, fueran especies o láminas.

Mariana estaba cerca de cumplir los cuarenta y ocho o cuarenta y nueve años, no lo sé bien: lo que ella consideraba la puerta de entrada al decenio más comprometido en la vida de una mujer de hoy, lo mismo que antaño se consideraban los finales de los treinta la culminación de la desaparición física de la belleza femenina. La verdad es que Mariana seguía siendo una mujer de llamar la atención; a mí, desde luego. No era especialmente guapa, pero sí muy llamativa, una mujer de un metro setenta y cinco, de complexión robusta y porte atlético debido al ejercicio, esbelta, de piernas largas y bien musculadas con una imagen de mujer fuerte que imponía respeto; lucía un deslumbrante par de ojos negros como dos gemas de obsidiana en un rostro redondeado que se había ido afilando con el tiempo. Detestaba sus manos y pies grandes, pero a mí me parecían irresistibles. El conjunto de su cuerpo poseía un encanto y una armonía singulares, que era lo que la hacía atractiva, con un punto, además, de seducción y atrevimiento en su manera de ser. Era firme en el ejercicio de su oficio, pero desinhibida en el trato con los demás, especialmente con los hombres; saltaba a la vista que era una mujer de carácter. Hay que decir que, en este inicio del siglo XXI, la belleza de la madurez femenina cotizaba al alza en la bolsa de la vida social. Ella seguía haciendo deporte e incluso había redoblado su exigencia: además de levantarse al alba para correr por el parque del Retiro —pegado a la zona donde nos habíamos instalado, concretamente en el llamado barrio del Niño Jesús—, dos tardes a la semana se había apuntado a un nuevo ejercicio físico llamado «zumba», que parecía una broma, pero que la mantenía en un peso envidiable y con una agilidad igualmente envidiable. Yo he de decir que sólo con verla salir de casa con su atuendo de *runner* (con el que seguía estando bastante sexy, por cierto) me entraban ganas de volverme a la cama: no estoy hecho para el ejercicio, sino para el estrés del periodista de la frontera, ése es mi verdadero método de adelgazamiento, pero he de reconocer que a ella le lucía más su ejercicio que a mí el oficio.

Había tomado posesión de su Juzgado de Primera Instancia e Instrucción en el edificio de los juzgados de la plaza de Castilla y a él se dedicaba en cuerpo y alma, como era su costumbre aunque, en mi opinión, le iba a resultar muy trabajoso mantener el prurito de llevar los asuntos al día; a efectos del ejercicio físico, Madrid no era la ciudad de G..., de donde veníamos, pero yo estaba seguro de que con el tiempo lograría adaptar su hábito al nuevo escenario; no he conocido persona más tesonera ni más combativa que Mariana, incapaz de retroceder ante cualquier reto. En principio, este carácter tendría que ser incompatible con la dulzura, el buen humor, la afectividad, la femineidad..., pero no era así. Su dureza sólo se reflejaba en el ejercicio de su profesión porque, como si se tratara de un caso de desdoblamiento de la personalidad, una vez que salía del juzgado se transformaba en esa persona tierna, encantadora y sociable que yo tardé en conocer y que finalmente me atrapó sin remedio. Más o menos por esa época ya no se entregaba fácilmente, ni física ni emocionalmente como sí ocurriera en el pasado, pero en las raras ocasiones en que la empatía y el afecto entraban en juego, debía de ser —y lo digo por propia experiencia— una mujer inolvidable para aquel hombre o mujer, compañero o amiga, que tuviera ocasión de haber entrado en armonía con su intimidad.

Acceder a su intimidad era como asediar y tomar un bastión de su bien amurallada y defendida fortaleza. No lo digo por jactarme, sino, al contrario, para celebrar mi suerte. Su fortaleza intimidaba a propios y extraños, y aunque su cordialidad aparecía siempre al primer contacto, no solía pasar de ahí. De que el contacto la atrajera o no dependía todo lo que debiera seguir detrás. De hecho, me consta que había tenido numerosos amantes, pero no un compañero de vida, algo a lo que yo aspiraba. No necesito decir que estaba profundamente enamorado de ella, y ella..., en fin, yo le gustaba, eso era evidente, pero ante lo insondable de su complejidad y su elevada calidad moral, no me atrevería a afirmar que fuera reconocido por ella como el hombre de su vida, que así suele decirse, aunque me sentía querido. En fin, la paciencia es mi fuerte como en ella la firmeza de convicciones. Si alguien me pidiera que jurase que ella confiaba íntegramente en mí, no me atrevería a hacerlo; lo deseaba, pero no me atrevería a hacerlo, sinceramente. Todos tenemos heridas mal cerradas y cicatrices bien marcadas. A veces asomaban a sus bellos ojos negros unos destellos de oscuridad más profunda.

Más contexto: estábamos en Madrid y comenzaba ya una crisis económica de tamaño aún impredecible que amenazaba con llevarse por delante la seguridad y el confort en que habíamos vivido los últimos años. Comenzó con el colapso de la temida «burbuja inmobiliaria» que venía anunciándose con anterioridad, de la que todo el mundo hablaba como si se tratase de una amenaza suspendida en el aire y que finalmente reventó sobre la economía mundial en 2006 y que fue seguida por el hundimiento de las hipotecas *subprime*, un modelo de codicia empresarial que sembró el pánico en los países del área occidental el año siguiente. En la primavera de 2008, año en el que nos encontrábamos, la euforia del nuevo siglo se estaba transformando en frío y vértigo, y no había ni calor ni seguridad para la gente; todo lo contrario: la inseguridad agitaba el fantasma de la pobreza y el miedo empezaba a extenderse en la sociedad. Nos habíamos mudado a Madrid en un momento dramático, y si bien a Mariana no debía de afectarle en sus ingresos como funcionaria del Estado, mi caso era absolutamente preocupante. Las reacciones ante la situación oscilaban entre el más negro pesimismo de muchos expertos, la indiferencia de una parte de la población que pensaba que éste era un asunto ajeno y un optimismo irracional basado en el tradicional «nunca pasa nada».

Pero basta ya, porque me estoy desviando de mi primera intención, que era la de narrar un suceso criminal sorprendente; el relato de la investigación en marcha responde a un caso desconcertante, una muerte sucedida el día anterior en Madrid, y cuya instrucción se adjudicó al juzgado de Mariana. El suceso había causado sensación por lo insólito del lugar en el que apareció el cadáver de una mujer, perteneciente a cierto club privado de amigos de los jardines con sede en Madrid al que no se debe confundir con la Asociación de Amigos del Jardín Botánico, oficial. El club acogía a un grupo de entusiastas de la jardinería que acostumbraban a reunirse habitualmente en un pequeño local del mismo barrio del Niño Jesús donde vivíamos para entregarse a comentar su afición favorita y poner en común sus logros florales. El club estaba presidido por el conde de Camarena, un aristócrata de la vieja escuela (o eso pretendía ser él) de porte más envarado que elegante, ya entrado en años y conspicuo mantenedor de concursos florales por el país, como si su dedicación al mundo vegetal no le pareciese suficiente. El club era una entidad privada en la que, bajo fachada, se desataban, como en todo este tipo de asociaciones de aficionados, los más gratos encuentros y supongo que, como es natural entre competidores, las más mezquinas pasiones. Pero basta de dilaciones. Confío en que esta breve introducción no haya anulado la atención del posible lector, si es que estas páginas ven la luz pública, cosa que dudo, porque maldita la gracia que le haría a mi juez y compañera.

El cadáver de una mujer de unos cuarenta años, bien parecida, con su documentación en regla, había sido encontrado un lunes por la mañana en el interior del Real Jardín Botánico de Madrid tendida y semiescondida bajo la exuberante palma azul que se halla en la parte superior derecha de la terraza de las escuelas botánicas; apareció tendida en posición de decúbito supino como si hubiera estado teniendo un sueño demasiado agitado, y con la peculiaridad de mostrar un ramito de acónito atado con un cordel. Mostraba señales de dolor en su gesto final por el sufrimiento que debió de acompañar a la agonía, probablemente debido a alguna clase de intoxicación, y su rostro se veía afeado por un rictus espástico. Estaba vestida con un traje de chaqueta convencional manchado de tierra por la espalda y los costados, como quien se revuelve sobre sí mismo al buscar una postura idónea para dormir que se resiste. No había rastros de arrastre, por lo que cabía deducir que no la habían llevado así hasta allí y depositado bajo la palma. Tenía el pelo algo revuelto, quizá a causa de los movimientos agónicos. No había marcas de agresión sexual. Toda la vestimenta, interior y exterior, estaba en su sitio. No faltaban ni el bolso ni el contenido. Una vez abierto, no se encontró nada que pudiera ayudar a esclarecer el suceso. De no ser por el desagradable rictus de su rostro, habría parecido una bella durmiente. Lo único que no acababa de casar era el lugar donde recibió la muerte. Un jardín botánico es un jardín de vida.

La pregunta que se hacían la juez de guardia, el forense y los agentes de policía destacados allí era cómo había llegado esa mujer al Jardín, habida cuenta de que nadie entró en el recinto después de la hora de cierre del domingo. El guarda que recorría cada tarde el recinto con su silbato para advertir a los rezagados de que el Jardín se cerraba no mostró su sorpresa ante la presencia del cadáver; tras el cierre de la puerta de entrada, él solía volver dando una vuelta camino de la parte alta, donde están el pabellón Villanueva y las oficinas, en un cochecito de golf, y confirmó que no quedaba un solo visitante en el recinto. ¿Cómo había podido acceder más tarde a éste? ¿Cómo había entrado a su vez el asesino? Y lo que resultaba aún más extravagante: si ambos se habían escondido a la espera de que se vaciase el recinto, ¿pactaron su encuentro y la espera hasta que el Jardín se vaciara o lo había hecho la Muerte por su cuenta? Y más: ¿qué impulsó a un hipotético asesino a quitar la vida a su víctima a unos metros escasos de los pocos viandantes que circulasen, por la acera del paseo, al otro lado de la verja, en la calle donde se alineaban las casetas de los libreros? Las casetas estarían casi o totalmente cerradas a esas horas, pero no por eso quedaban menos expuestos a cualquier contingencia que los descubriera; salvo que estuvieran ante un caso de suicidio, que es algo íntimo. ¿Fue una increíble coincidencia o un encuentro premeditado y con intención de matar? ¿Fue una cita convenida, como parecía desprenderse de la anotación en la agenda?

¿Bebió el veneno antes de acceder al Jardín o allí mismo, bajo la palma azul? Éstas fueron las primeras preguntas que se hizo la juez Mariana de Marco cuando el caso recayó en su juzgado y se personó en el lugar. De lo que no dudó en el primer momento fue de que se trataba de un asesinato.

—El ramillete colocado en las manos de la mujer es la marca del asesino —explicó a sus acompañantes.

—¿El ramillete de acónito? —preguntó el inspector jefe con gesto escéptico.

—Sugiere la posible firma del criminal. El acónito, inspector —respondió la juez—, es una de las plantas más venenosas que existen. En forma de polvo de acónito extraído de las raíces se puede mezclar con la comida o algún líquido, por ejemplo el alcohol, y producir la muerte en menos de media hora a quien lo haya ingerido.

—Es cierto —corroboró el forense—, con cinco miligramos la muerte es segura. No hay antídoto; lo más que se puede hacer es un lavado de estómago y no de cualquier manera, además de que no es seguro; en todo caso tendría más posibilidades el paciente si se lo traslada urgentemente a una UCI. Pero no conviene aventurar las causas de la muerte hasta que yo haya hecho la autopsia al cadáver.

—¿Sugiere usted —dijo el inspector— que estaban aquí de extranjis el asesino y su víctima disfrutando de un piscolabis mortal? ¿No sería más razonable hablar de un posible suicidio de la señora?

—Razonable, sí. Habría que indagar una causa probable.

—Al menos —comentó el subinspector Rico levantándose tras rastrear algo en el suelo—, si fue un asesinato, debieron de correrse antes una modesta juerga. —Exhibía un botellín de ron vacío recogido del suelo. Lo sostenía en su mano enguantada junto con un pañuelo de mujer que había encontrado muy cerca del botellín—. El alcohol, señoría. La verdad es que estamos ante una escena desconcertante.

—Ese botellín me parece la prueba más digna de ser tenida en cuenta —dijo el inspector—. Que un agente lo embolse para llevarlo al laboratorio junto con el pañuelo y veamos qué es lo que nos dicen. Si el eficiente forense y la autoridad judicial nos autorizan ya, procederemos a llevarnos el cadáver. Subinspector: acoten el perímetro de la escena en busca de cualquier indicio o pista relevantes que nos ayuden a descifrar el enigma de este cuerpo que parece haberlo depositado en tierra un ángel maligno.

Aunque la mañana era primaveral, se había levantado un viento fresco procedente de la sierra madrileña que hacía que los presentes, confiados en el previsible buen tiempo y vestidos con ropa ligera más propia del verano, pateasen el suelo de arenilla o se protegiesen del inesperado frescor abrazándose a sí mismos con disimulo, como si los avergonzase su escasa tolerancia a la temperatura matutina.

El subinspector Rico, tras recoger las palabras de su superior, dio las órdenes oportunas y acompañó a la juez hasta la salida. En cuanto se hubieron alejado a una prudente distancia, susurró:

—Ya le comenté que el inspector era un poco redicho.

María de la Concepción Rivera Rifé, funcionaria del Ministerio de Justicia, era el nombre de la mujer encontrada muerta bajo la soberbia palma azul. Casada y separada, vivía en un piso de la calle Máiquez, en el distrito de Retiro, sola, con un perro callejero, uno de esos descarados mil razas de ciudad que superan a sus congéneres más selectos por su listeza y picardía, y que era toda su compañía. Fue encontrada por uno de los trabajadores del Jardín, donde era conocida entre el personal por su actividad como miembro del Club de Amigos de los Jardines, una organización de recreo para aficionados al cultivo de las plantas de jardín que solían celebrar sus reuniones en un bajo de la colonia del Niño Jesús propiedad del presidente de la entidad. La sede se hallaba situada a unos trescientos metros de la puerta del parque conocida como del Niño Jesús, último acceso al parque del Retiro desde la avenida de Menéndez Pelayo. Era la entrada natural de los socios cada vez que, al finalizar la reunión mensual de rigor, se trasladaban al Botánico cruzando el parque de este a oeste, para después bajar la cuesta de Moyano y tomar el Paseo del Prado hasta la plaza de Murillo, que era la entrada natural del Jardín Botánico. Otras veces remontaban la calle de Alfonso XII para bajar a la misma plaza de Murillo por el lado contrario, por la calle Espalter, pero este trayecto resultaba más fatigoso a los mayores, sobre todo en verano por el calor, aunque una vez llegados a Espalter, el pronunciado descenso los aliviaba e incluso aprovechaban para tomar una cerveza o un refresco en la cafetería de la esquina con la calle de Ruiz de Alarcón.

María de la Concepción, o Concha, como se la conocía habitualmente, era una mujer separada y perfectamente autónoma, por lo que, llegado el momento de hartazgo en la convivencia con su marido, no dudó en emprender su camino en solitario. Al decir de sus vecinos y amigos, incluidos los miembros del club, mantuvo con él una relación matrimonial normal y formal, lo que en mi opinión significaba que habían cambiado el amor, si es que lo hubo, por una compañía convencional dedicada a observar el cumplimiento de la rutina diaria con estricta convicción. El marido era un tipo apellidado Fermoselle, comercial de profesión y de temperamento inestable, tan volátil como ella partidaria de una vida reglada, o sea, agua y aceite. Evidentemente, la suya debió de ser una relación ahogada por lo distinto de sus caracteres, hasta el extremo del cansancio y el hastío, por lo que la disolución del vínculo no debió de causar un trauma emocional en ninguno de los dos cónyuges y más no habiendo hijos de por medio. Todo ello era sabido a pesar de la discreción con que ella llevaba sus sentimientos. En el club propusieron un homenaje a Concepción apenas dieran tierra a su cuerpo en el cementerio de la Almudena, donde tenía adquirida una tumba, legado de sus padres ya fallecidos. Era una madrileña auténtica, nacida en el barrio de Retiro.

La asociación la presidía el conde de Camarena, de

nombre Mauricio de la Torriente y Almenara (el segundo apellido me pareció de broma e imaginaba al aristócrata recorriendo la pasarela del muro tras las almenas de su castillo), de cuya personalidad no se sabía qué era más importante, si el apellido o el condado, pero en ningún caso la inteligencia. Perteneciente a la aristocracia rural, había dedicado buena parte de su vida a la explotación de sus fincas, distribuidas entre las provincias de Toledo, Badajoz y Jaén. Ciertamente, se había ocupado de ellas junto con su administrador, un hombre de confianza, toledano como él, que regentaba las propiedades de su mentor con mano de hierro. El título de don Mauricio, como era tratado dondequiera que fuese, procedía de un antepasado que luchó contra el moro largos años; al parecer fue un guerrero valeroso que cubrió una larga campaña en el desierto y tenía fama de dormir en el suelo, en cama de arena, con su espada al alcance de la mano, por lo que el rey le concedió del título de conde de Camarena.

Este singular personaje sentía una irresistible atracción por los jardines, pues había viajado por toda Francia en su juventud, donde aprendió que los jardines son patrimonio de la aristocracia y muestra decisiva de gusto y poder. Desde entonces había probado a crear el suyo con duradera conciencia de blasón familiar, y cuando conoció al marido de la señora Pereña, un conocido diplomático ya fallecido, gracias a su amistad y la de su esposa, pudo al fin llevar a cabo su sueño con la ayuda de un fiel servidor de la casa que los Pereña poseían en La Vera, un tal Faustino Pedroñero, hombre de campo del lugar a quien ella adoctrinó en la ejecución de jardines y más tarde, ya viuda, trasladó a la cornisa cantábrica, donde su familia poseía una casona con un jardín cercado de notables dimensiones, a la que se incorporó y donde continuó como jardinero suyo; en la actualidad seguía a las órdenes de la señora también como chófer. Esta señora había sido una Lady Chatterley de los valles del Tiétar, donde se recreaba con el espléndido y rudo cuerpo de su protegido. La unión se debió de quebrar cuando ella, al perder a su marido, decidió instalarse por temporadas en la casa solariega de la familia en el norte de España donde creó su jardín de viuda y buscó otras compañías más adecuadas a su posición. Pero Faustino siguió trabajando el nuevo jardín y manteniendo también su condición de chófer, por lo que acabó viajando a Madrid a menudo, lo que, por esa vía, facilitó su incorporación, a título de asesor, al Club de Amigos de los Jardines.

Dentro de la asociación, los mejores amigos de la fallecida eran los Vázquez-Simón, un matrimonio de mediana edad. Ella cultivaba sus flores en la amplia terraza de su ático madrileño cuyo mantenimiento le acababa de costar una pequeña fortuna por haber tenido que solarla de nuevo tras impermeabilizar el suelo debido a las protestas de los vecinos del piso inferior; éstos habían sufrido ya dos inundaciones desde el principio del año, y aprovechó la ocasión para añadir un complejo y completo sistema de riego automático que no sólo facilitaría su trabajo, sino que iba a servir para proteger las plantas durante el tórrido verano madrileño, cuando abandonaba la capital al acercarse el verano para instalarse en Cantabria, y luego en un hotel de Biarritz como centro de operaciones en el agosto estival. El marido era un robusto egocéntrico de bigote tan recortado como sus sentimientos, amigo de antiguo del conde, misógino y de patriotismo rancio, del que no se sabía si amaba u odiaba las plantas, tal era su inexpresiva actitud al respecto. Acompañaba a su esposa a las reuniones como un marido celoso y desafiante, pues se llevaba unos quince años de diferencia con ella, pero era incapaz de despertar pasión alguna debido a su natural estolidez.

Por otra parte, y a rebufo del conde de Camarena, se encontraba un joven de buena familia, Borja Contreras, el «pipiolo» Contreras, un guapo ejemplar que se prestaba a toda clase de conjeturas maliciosas por parte del resto de los asociados, el cual, sin embargo, era bien aceptado tanto por su origen como por la protección del conde, lo que hacía que todos se sintieran liberales y cosmopolitas. Contreras pajareaba en las reuniones con mucho encanto y se ocupaba de tanto en tanto de organizar juergas vegetales con conferenciantes cualificados. Una furtiva vez tuve la suerte de conocer, pues sólo aparecía por el local muy de tarde en tarde, a veces con ausencias de cuatro meses, a un auténtico caballero y un verdadero amante de los jardines, que se rendía tanto a ellos como a la contemplación de las bellas jóvenes visitantes del Jardín Botánico, aunque no desdeñaba una buena conversación sobre gardenias y azaleas, que cultivaba con extrema dedicación, pues él sí que era un aficionado cabal. Se llamaba Carlo di Montelleschi; procedía, al parecer, de una acreditada familia del Véneto y tenía a todas las señoras al retortero con sublimes relatos de su impresionante finca-palacio, su fabulosa y envidiable colonia de rododendros en pendiente y con sus no menos envidiables figura y simpatía.

Las dos últimas integrantes del grupo que conocí el primer día de mi seguimiento fueron las dos hermanas Escabias, Dolores (Lolo) y Prudencia, dedicadas a cuidar de su anciano padre, un rentista provinciano que sólo anhelaba la llegada de los meses de verano para instalarse a merendar en el jardín de la casa familiar en un pueblo de la Ribera Navarra. Años antes iban y venían para atender personalmente el jardín, pero desde que se redujo considerablemente la movilidad del padre estaban atadas a su domicilio madrileño y sólo acudían a la llamada de su querido jardín los meses de junio a septiembre. Eran dos solteronas complementarias: una de ellas, la llamada Lolo, vivaracha, intrigante, chismosa, guapa a la antigua, con voz de pito y gestos que pretendían ser un ejemplo de desenvoltura social y en realidad eran unas poses gazmoñas. La otra, Prudencia de nombre y de temperamento, complementaba la viva y zumbante imagen de su hermana con una actitud pasiva y una vocecilla infantil, y apenas intervenía si no era para asentir; cuando, además, quería aportar algo a la conversación, abría la boca como un pajarito y, apenas emitía la primera palabra, su voz se apagaba con aprensión igual que el pabilo de una vela.

Hago toda esta exposición de entrada (aunque volveré sobre ellos con mayor precisión a medida que los vaya conociendo mejor) porque fueron de los primeros con los que me topé cuando Mariana empezó su investigación. Naturalmente, había otros muchos socios tan poco atractivos y dignos de atención para nuestro caso que prefiero dejarlos a un lado, pero no tomaré una decisión hasta que los conozca un poco más. La juez se centró en los más conspicuos y relevantes de todos ellos, convencida por los detalles externos (el ramillete de acónito en las manos entrelazadas de la víctima y la elección del Jardín Botánico como escenario del crimen) de que el eje del misterio estaba en el Club de Amigos de los Jardines y, de entre todos ellos, en los socios que acabo de mencionar y alguno que falta. ¿Por qué fijé de entrada mi atención en éstos y no en otros? Pues por la sencilla razón de que estaban en el local el día anterior al descubrimiento del cadáver y eran los más habituales. Conozco íntimamente a la juez (y en este caso me refiero a su pensamiento y a su modo de ser, y no a otro aspecto que ahora no hace al caso) y sé que apenas le llevaría un par de mañanas seleccionar a los que le interesaban. En fin, que las indagaciones habían empezado por donde tenían que empezar. Al cabo del par de días por el que desfilaron casi todos los socios conocía perfectamente el *who's who* de los miembros de la asociación y ya había seleccionado a los más adecuados como sospechosos.

Los primeros movimientos los dirigió hacia los asistentes a la reunión quincenal, al término de la cual varios de ellos se encaminaron al Jardín Botánico como solían hacer al final de cada reunión, algo establecido ya como un acto ritual y simbólico. La tarde en que tuvo lugar esta convocatoria fue la del día anterior a aquel en que se produjo la muerte de Concepción Rivera Rifé. Ella acudió a la mencionada reunión como era su costumbre y en función de su cargo, pues no faltaba a una sola, con toda puntualidad, ya que era la secretaria del singular club. Nadie hubiera imaginado que la muerte la esperaba al día siguiente, y todos aparecían aún consternados cuando la juez empezó a repartir las primeras citaciones.

Y ahora es cuando empieza mi relato.

Comienza la investigación

—Estrambótico asunto éste —dice el inspector Alvarado, con gesto de fastidio—. ¿A quién se le ocurre matar a una señora y dejarla tirada en el Jardín Botánico?

—¿A un asesino botánico? —apunta Javier Goitia. El inspector le dirige una mirada fulminante y le da la espalda para dirigirse a la juez De Marco.

—Pues no está mal visto —dice la juez, y sonríe—. Es una sensata opinión, para empezar. Pero quizá deberíamos profundizar un poco más. ¿Qué otra posibilidad se le ocurre, inspector?

—Sencillamente, la acción de una mente trastornada. En el supuesto de que no se trate de un suicidio, que bien pudiera ser. ¿No están de acuerdo conmigo?

—¿Trastornada por la botánica o en general? —aventura Javier. El inspector le ignora retirándose las gafas de sol para observar displicente el estado de limpieza de las lentes.

—Creo que hay una incógnita de grado superior —dice el inspector después de la pausa, sin dirigirse a nadie en concreto—, a saber: si fue un crimen, ¿cómo entró el cadáver en el Botánico?

—Sin pagar entrada, me temo —sugiere Goitia—, si ya estaba muerto. Si no, por la puerta.

—Javier, anda, no seas ganso —le reprende la juez—. No me parece que sea difícil de imaginar el modo en que fue traído hasta aquí.

—Porque aún no era cadáver —añade el subinspector Rico.

—Excelente, subinspector, excelente —le felicita su superior—. Así que usted es de la opinión de que entró solo o incluso acompañado por su asesino y que éste lo ultimó *in situ*, ¿no es así?

—Es sólo una hipótesis —contesta el otro.

—Es una buena hipótesis —ratifica la juez—, pero insuficiente en sí misma. Es de suponer que en el recinto habría numerosos paseantes. El Jardín está floreciendo con la primavera, lo que siempre atrae a más gente. En tal caso, el asesino y su víctima, si no entraron juntos, se habrían buscado y encontrado en algún momento, o eso es lo que sugiere la anotación de la libreta de la víctima, momento que aprovechó el asesino para ofrecer a la víctima un trago de acónito... Si no fuera por la anotación, yo diría que vino a suicidarse en un lugar que le resultaba agradable, o reconfortante, o simplemente adecuado.

—Tenemos el botellín de ron en el escenario —apunta el subinspector Rico.

—... de acónito con ron —precisó la juez—. Cualquiera que estuviese cerca de ellos pudo ver la escena de una pareja haciendo pícnic, pero no creo que a los visitantes los atrajera algo tan simple como ofrecer un botellín a una acompañante; es, sin más, un gesto simpático o galante. Sólo llamaría la atención si hubiera tenido que embutírselo en el gaznate. En mi experiencia de visitante asidua, la gente suele estar desperdigada aquí y allá, curioseando. Lo que les interesa no son las personas, sino las plantas. Así que el asesino pudo actuar con toda normalidad, como si él y su víctima fueran una pareja bien avenida. Luego, bastaba con sujetarla mientras caía, por efecto del veneno, y depositarla en el suelo. El asesino sólo corrió el riesgo de que algún guarda del parque le llamara la atención por situarse donde no debía.

—Pero, mi estimada señora, alguien habría encontrado el cuerpo al cabo de poco tiempo.

—Señoría, inspector —precisa la juez—. No habría por qué si el crimen se llevó a cabo poco antes del cierre, que en mayo es a las ocho de la tarde según dice este folleto que tengo en la mano. Desconozco si tras el cierre alguien recorre el recinto una vez despejado de público, ya lo preguntaremos. En todo caso, era el momento adecuado.

—O sea, que el asesino debió de ser uno de los últimos, o el último, que abandonó el Jardín.

—Es una posibilidad razonable.

—Muy bien —concluye el inspector—. Interrogaremos al personal del Jardín para ver si conseguimos alguna pista, declaración u observación sobre las últimas personas a las que se vio abandonando esta noble institución, tanto sean público o empleados. Nunca se sabe. Los más fútiles o despreciables indicios pueden acabar siendo los clavos del ataúd del asesino. Y con esto me despido de ustedes, damas y caballeros.

—¿Este hombre habla siempre así? —pregunta la juez en un susurro al subinspector Rico.

—Le encanta oírse —contesta el subinspector a media voz.

El día del descubrimiento del cadáver y con la sensación de estar de sobra, me alejé del protocolo del atestado y salí del Botánico a dar una vuelta por los alrededores mientras decidía qué hacer. Permanecí junto a la estatua de Pío Baroja tratando de recordar cuándo leí por primera vez *Las inquietudes de Shanti Andía*, una de esas lecturas de juventud que se te quedan grabadas para siempre. Por aquel entonces yo devoraba cuanto libro cayera en mis manos y hasta coqueteé con la idea de escribir una novela del mar. La idea perduraba, soñaba aventuras destinadas a la novela, tomaba apuntes en un cuaderno comprado al efecto, tachaba anécdotas y anotaba citas o párrafos enteros de otras lecturas, todas por el mar... En fin, cuando años más tarde acepté la propuesta de hacer un reportaje en cinco entregas sobre la vida en un bacaladero, reportaje en el que me embarqué sin saber en la que me metía con la intención de sacar de la experiencia, además, historias para mi proyecto literario, abjuré del romanticismo del mar. Si hubiese leído en su momento los libros de Pancho Coloane y sus formidables descripciones de la terrible épica y dureza del mar en la Tierra del Fuego, me habría ahorrado las penurias que hube de soportar; y eso que Terranova no es la Antártida.

Y no sé cómo, la meditación junto al hosco escritor

vasco me dio ánimos para meter la nariz en el Club de Amigos de los Jardines, un nombre que prometía felicidad, dedicación, compañerismo y, sobre todo, una afición perdurable para gente tranquila y paciente en contacto con la naturaleza, aderezada con una dedicación fervorosa al diseño de un mundo vegetal, además de viajes y excursiones por España y a terceros países; en otras palabras: un club de cultura y sensibilidad. Ni por lo más remoto, camino de la sede, sospechaba lo que encontré allí; cuando arribé al local, lo que yo me esperaba era que sólo tendría que perder unas horas, o un par de días a lo sumo, tratando con un pintoresco grupo de aficionados.

Puede parecer simpático que a un club de almas entregadas a la naturaleza lo califique de pintoresco, pero ya desde el comienzo de mi relato el lector comprenderá que no exagero un pelo en todo lo que voy a revelar, si es que Mariana no resuelve antes el caso y me deja con un palmo de narices. A primera vista, sus socios componían un grupo variopinto, común y corriente de entusiastas de la flor y la planta, del árbol y el arbusto, un grupo de infelices dedicados obsesivamente a su afición, inocentes como pajarillos y, como mucho, metidos en rencillas producto de una competitividad de extrema pequeñez emocional y mental. Pero, como suele decirse, donde menos se piensa salta la liebre. No imaginaba yo, cuando me dirigía al local del club en el barrio del Niño Jesús, la suma de egoísmo, perfidia y maledicencia que había hecho nido en su interior y en sus retorcidas almas, pero lo olfateé al instante, como al acercarme al mar. En la vida corriente, y yo tenía que saberlo, se puede encontrar, más a menudo de lo que suponemos, un surtido variado de miserias y bajezas escondido tras la apariencia de almas entregadas a lo bello y a la composición ornamental.

Pero, al fin y al cabo, hay que reconocer que, para muchas personas de vida impersonal, la posibilidad de reunirse con un objetivo o afición común es lo que puede dar sentido a unas vidas sin aliciente alguno, aunque sea a costa de cultivar rencores y malas intenciones conjuntamente con hermosas plantaciones.

—Como no teníamos nada que hacer, ¿no? —dice la juez De Marco, y mira a su secretaria judicial—, aquí tenemos a unas señoras que se entretienen con las plantas para ayudarse a soportar a sus maridos porque los hombres, en general, son unos dejados.

—Yo sé de alguno que no —protesta la secretaria—. No será el juez Mansilla ni será mi marido, te lo digo yo. Es la vida. Unos tienen la fama y otros cardan la lana. Bueno, ¿y qué vas a hacer tú con la muerta? ¿Ya se sabe de qué murió?

—Se tomó una copita de acónito.

—Jolines con la señora. ¿Es un suicidio o la indujeron?

—No lo sabemos aún.

—Pues nos van a dar las uvas con el forense, no te digo...

—Podemos suponer. Un asesino seductor, por ejemplo. Se la lleva encandilada al Botánico, se sienta en el suelo tipo pícnic y le ofrece la copa mientras la requiebra en plan castizo o en plan señor; ella pica y adiós, muy buenas, porque el veneno es fulminante.

—El amor, Mariana, que la atonta a una.

—Oye, criatura, ¿tú eres del mismo Madrid?

—A ver. Servidora nació junto a la plaza de Cascorro, en la calle Maldonadas. Ahí es nada. ¿Qué te parece?

—A mí, muy bien. Eres lo que se llama una mujer del cogollo popular —dice Mariana.

—Yo es que soy una flor de los Madriles, di que sí. ¿A que no me pega ser secretaria de juzgado?

—¿Secretaria de juzgado en Madrid, Encarna? Te pega todo, yo te encuentro muy propia.

—Pues de pequeña quería ser actriz de revista, o sea, *vedette*, como la Lina Morgan, fíjate tú; las vueltas que da la vida. Y todo por mi madre, que se empeñó en que estudiara una carrera para no ser ni ama de casa ni de la farándula. Mi madre era una luchadora que ni tenía estudios ni nada, pero cabeza y carácter... no te lo puedes imaginar. A mi padre lo tenía acoquinado. Conste que lo quería, no faltaba más, mi madre era una mujer como hay que ser, lo que pasa es que tenía sus cosas.

—Pues en la época eso era un valor, pero no sé lo que dirían las feministas hoy en día.

—¡Y tanto que era un valor! El valor de coger al toro por los cuernos. Aquí me tienes gracias a ella: impartiendo justicia, con tu permiso —añade.

—Y yo que me alegro —dice Mariana.

—Pues nada, a lo nuestro —contesta Encarna—, que hay que bajar el montón —dice, y señala la pila de legajos—, y además tenemos un cadáver.

—Aunque Madrid sea una ciudad abierta y animada —dice la juez—, ésta no es una ciudad de provincia, sobre todo en el ámbito de la jurisprudencia. Los intereses y el poder pesan demasiado como para confiarse. Es la jungla. Es un quítate tú que me pongo yo. Y eso que es mi ciudad, que le tengo cariño, pero también es la capital del reino.

—Cada una a su nivel, en todas cuecen habas.

—Precaución, pues. Cuando estos asuntos llaman la atención, y éste tiene todos los ingredientes para convertirse en carne de noticia, y eso es algo que no me gusta, ni el ruido ni la notoriedad. Nunca se sabe de dónde pueden venir los tiros, pero aquí estás más al descubierto. Así que sí, seamos precavidas.

El local del club se encontraba en uno de los dos bajos de un edificio de ladrillo grisáceo en una calle que desembocaba en una plaza con rotonda. A la sede se descendía por un tramo de escaleras en codo. Entre medias se hallaba la portería, el ascensor y el paso al cuarto de calderas y a un semisótano más bien misterioso donde debían de estar los trasteros. El resto de la planta lo constituían los dos bajos abiertos al patio de vecindad. En la puerta del club, una placa escandalosa e innecesariamente dorada exhibía su nombre. Sabiendo que la juez me lo reprocharía, llamé al timbre.

El local era todo lo que cabe esperar de un piso bajo: agobio matizado por una luz artificial deprimente al rato de estar allí. Un distribuidor daba paso a una suerte de sala impersonal salpicada de butacas y sofás que se daban de patadas entre sí, pero con un confortable aspecto de clase media rancia; carteles florales fijados con chinchetas, revistas de jardinería recientes apiladas en dos mesas de apoyo, un par de habitaciones que se escondían por un pasillo, una puerta entreabierta que supuse que debía de ser de la cocina y un cuarto de baño. Vislumbré una estancia donde se asentaba la biblioteca, que debía de utilizarse también como sala de reunión y completaba el cuadro. Cuatro personas se encontraban en la sala cuando llegué. El presidente, el «pipiolo» Contreras, protegido del presidente, y el matrimonio Vázquez-Simón, pero la que me abrió la puerta del local fue otro miembro del club, María Jesús Cicuéndez, una persona expansiva y muy desenvuelta que me cayó bien desde el primer momento. Los dos primeros se excusaron tras las presentaciones alegando una confusa reparación en la terraza de su ático. Los demás me acogieron amablemente cuando expuse mi deseo de informarme sobre las características y el fin del club tras presentarme yo a mi vez ante ellos como periodista. *Periodista* es una palabra mágica para cualquier asociación dedicada a cualquier cosa, pero en esta ocasión percibí de inmediato el recelo por encima de las normas de buena educación y me llevó un buen rato, haciendo uso de todos mis recursos, convencerlos de que no era un buscador de chismes sensacionalista, sino un profesional de confianza con un código deontológico. Cuando la insípida pero sociable señora de Vázquez-Simón se animó al fin a ofrecerme un café, las cosas empezaron a mejorar y poco a poco fue estableciéndose un ambiente tentativo de confianza. Creo que soy un tipo serio, pero también cordial cuando quiero serlo, y la mezcla ayudó.

Con todo, el recelo se redujo, pero no desapareció, y perdí mucho tiempo cuidando de no sacar el asunto central que me llevaba hasta allí. A primera vista, aquellos tres personajes, sobre todo el matrimonio, parecían ser unas personas necesitadas de una afición a la que dedicar unas vidas más bien grises. De la misma manera que las flores son utilizadas para embellecer un salón, ellos utilizaban las plantas para embellecer sus almas. Por lo que pude deducir de nuestra conversación, sus conocimientos no eran los propios de un profesional, sino del sentido común, de lo que se suele llamar, refiriéndose a la habilidad para mantener con vida a las plantas de jardín o terraza, «mano verde», que, en mi opinión, no es más que pura suerte con algo de dedicación. La más simpática resultó ser la señora Cicuéndez, desenvuelta y divertida, una madurita de figura algo rolliza, rostro expresivo y decidido desparpajo que cultivaba su jardín en el exiguo espacio que le dejaba su chalet adosado en una histórica urbanización dentro de la capital, con un jardín ubicado en forma de esquina, lo que le hacía ganar unos metros de terreno extra con respecto al resto de los alineados en paralelo y se mostraba muy ufana por su perspicacia a la hora de sacar partido a su inversión; los Vázquez-Simón, por su parte, disponían de un ático con terraza en el barrio de Salamanca que cuidaban como si fuera oro en paño. Los tres se quejaban de lo mismo: lo duro que resulta sacar adelante las plantas en el clima de Madrid.

—Seis meses de invierno y seis de infierno —sentenció el señor Vázquez-Simón en un vano intento de intervenir en la conversación para demostrar que pintaba algo en las decisiones que, sin duda, tomaba en exclusiva su esposa en lo referente al noble arte de la jardinería.

—La suerte de María Jesús —dijo la señora de Vázquez-Simón refiriéndose a la señora Cicuéndez— es que ella tiene un terrenito a ras de tierra y nosotros estamos en las alturas de un edificio en el centro de Madrid y, claro, mis plantas sufren mucho más castigo.

—Nuestras plantas, cariño —apuntó su marido.

—Ay, por Dios, Fernando, pues claro, todos lo hemos entendido.

48

—Y luego —añadió el marido— que no es lo mismo ir a un vivero, comprar y trasladar a casa lo que has comprado. Una vez nos pilló con el ascensor averiado y no le quiero contar lo que fue subir las plantas a la terraza. Una odisea.

—Tampoco es moco de pavo descargar a la puerta del chalet y ponerse a cavar a toda prisa para que las plantas no sufran —contraatacó la señora Cicuéndez—. Y sin ayuda, además, porque yo vivo sola. Pero todo lo doy por bien empleado por tener el jardín tan guapo como lo tengo —concluyó derramando su pericia sobre los otros.

—Anda, y yo —dijo la señora de Vázquez-Simón—. Debería usted ver la instalación que tengo en mi terraza.

—Nosotros, cariño —apuntó su marido.

—Sí, bueno, éste también se ocupa —admitió la señora—, pero donde esté una mano femenina... ¿Verdad, María Jesús?

—Hombre, a ver —contestó la tal Cicuéndez.

Cambié de conversación por si la rivalidad entre géneros oscurecía mi tarea de hacerme aceptar.

—¿Llevan ustedes mucho tiempo dedicados a esta afición?

—Uy, toda la vida —contestaron las dos mujeres al unísono.

—Yo no entiendo casi nada, pero ya me gustaría —expliqué—. Lo que sí me gusta es conocer jardines, pero tienen que ser públicos porque es difícil acceder a los privados.

—Pues nada —dijo Cicuéndez—, lo único que tiene usted que hacer es unirse a nosotros. Solemos hacer visitas a jardines públicos y privados. Para los privados pedimos permisos y en general negociamos los días en que podemos acudir a verlos sin límite de tiempo.

—Pero es que yo no soy jardinero.

—Con que le interese a usted la jardinería es suficiente, aquí no somos nada estrechos. Además, tenemos sesiones de formación cada equis tiempo, sesiones que damos nosotros mismos o bien invitamos a paisajistas y expertos que nos ofrecen conferencias y todo eso. Damos orientación a mucha gente que quiere pasar del sota, caballo y rey de la jardinería, y tenemos contactos con los mejores viveros de España y de fuera de España... En fin, que por falta de conocimientos no va a ser.

—Pues me lo voy a tener que pensar —les dije.

Estaba más que satisfecho por este primer contacto. Lo único que tenía que evitar es que supieran de mi relación con la juez De Marco. Sin pretenderlo, me estaba metiendo en un terreno resbaladizo, porque la verdad es que los jardines me importan un pito salvo excepciones, y cuando digo excepciones me refiero a piezas del calibre de Versalles, Keukenhof o Villandry, que tuve ocasión de conocer y admirar obligado por mi oficio de reportero trotamundos, que en cuanto llego a alguna parte, agarro mi guía y fatigo todos los puntos de interés, sean museos, castillos, tabernas o jardines, como si me estuviera examinando de mundología. Tengo ese vicio, como el de probar siempre la comida típica de cada lugar, aunque me ofrezcan gusanos fritos, cerebros de mono o rata en escabeche. De hecho, he comido de todo gracias a mi curiosidad impostergable y a que tengo un estómago de acero cromado y muy pocos prejuicios.

—Cuando usted guste —me contestaron a coro—. Ya sabe dónde nos tiene.

Allí estaban los tres, mirándome cada uno a su aire, María Jesús con una punta de malicia y los otros dos con el desinterés debido a quienes consideran que su posición los obliga a hacerte de menos, pero dispuestos a concederse a sí mismos la conveniente dosis de educación con los extraños propia de gente como ellos.

Misión cumplida, primera parte.

—El señor conde de Camarena —anuncia la secretaria del juzgado a la juez De Marco.

—Señor conde... de Camarena, encantada de saludarlo. Su nombre es Mauricio de la Torriente, veo aquí. Tome asiento, por favor.

—Y yo estoy encantado de conocerla, señora jueza.

—Señora jueza o juez, si no le importa. Prefiero señora juez. También puede dirigirse a mí como señoría.

—Como usted guste, señoría.

—Usted es el presidente del Club de Amigos de los Jardines, al que pertenecía la víctima de este caso, doña Concepción Rivera Rifé.

—Em..., así es, señoría, y me pongo a su disposición en todo lo que usted pueda necesitar de mí y del club, por supuesto.

—Muchas gracias. En primer lugar, me gustaría conocer su opinión sobre la relación de la señora Rivera con el resto de los asociados.

—Yo, em..., diría que cordial, aunque quizá otros le digan que era un poco seca de trato.

—¿Los otros? ¿Todos?

—Verá usted: ella era la secretaria de la asociación y estaba obligada a hacer que cumplieran con el reglamento interno. Como se puede imaginar, eso crea reticencias con cierta frecuencia y la mujer se comportaba con ellos como un sargento con la tropa, pero eso iba con el cargo; por lo demás, era muy eficiente y lo tenía todo al día.

—¿Todo?

—Sí, em..., actas, recibos, comunicaciones, convocatorias, viajes y excursiones e incluso la intendencia. Era muy activa y cumplidora. Y muy exigente, no digo yo que no, ya se puede imaginar que eso es algo que inevitablemente ocasiona roces, pero nada fuera de lo que es normal y cotidiano. Desde luego, nada que mereciese la muerte, si es ahí a donde usted quiere llegar.

—No le preocupe dónde quiero llegar. Lo primero que me interesa saber es si había habido situaciones o actitudes que pudieran haber dado lugar a alguna antipatía expresa, es decir, por parte de alguna persona o personas en concreto.

—No, no, tanto como eso, no. Em..., entre nosotros hay roces a menudo, roces sin importancia porque, como comprenderá usted, junto a la camaradería propia de una afición común también existen piques entre unos y otros por el mismo objeto de nuestra asociación, que es el conocimiento del mundo de las plantas, porque hay competencia, competencia sana, pero competencia, lo cual es normal y lógico y, em..., siempre dentro de la educación y las buenas formas. La competencia es estimulante, si quiere conocer mi opinión, nos ayuda a todos a aprender y mejorar.

—No lo dudo, pero todo indica, aunque sea aventurado decirlo, que en el seno de la asociación la muerte se ha llevado por delante a una persona querida por todos, y la suya es una muerte llena de incógnitas; por ejemplo, que el cadáver haya sido encontrado en los terrenos del Jardín Botánico.

—No lo diga usted así, señoría. De hecho, el deceso no se ha producido en el club. Es una diferencia.

—Cuestión de apreciación, señor conde. Tampoco puede descartarse que más de uno de entre ustedes disponga de información relevante sobre las circunstancias de la muerte de Concepción. Y cuando digo información no digo culpa, como usted teme a juzgar por su actitud. La muerte de la señora Rivera es, como poco, confusa.

—¿Confusa?

—No puedo darle detalles por ahora, pero, sí, confusa.

—Vaya por Dios, qué situación tan desagradable.

—Pero no es de esto de lo que debemos hablar, sino de la situación de la víctima dentro del club, es decir, como secretaria de éste.

—Em..., efectivamente. Una secretaria muy eficiente, como ya le he dicho antes. Nos costará olvidarla.

—Muy bien, porque no quiero que la olviden, al menos hasta que resolvamos este caso. Veamos: ¿el suyo era un puesto codiciado? ¿Generaba reticencias?

—¿Reticencias? No, por Dios. Era una persona entregada.

—Se puede ser entregada y aceptada o detestada. Es lo que quiero saber. Y también si había otros aspirantes a ese puesto. ¿Es fijo o rotatorio? ¿Se elige por decisión de los socios o de la dirección?

—Al titular del puesto lo elige la dirección, naturalmente, pero las candidaturas las pueden proponer los socios.

—¿Y la dirección?

—Yo soy el fundador y director desde el primer día. Ha de haber una cabeza y lo que cae por su peso es que lo sea quien ha ideado y formado dicha asociación. Son muchos años entregados a un ideal.

—Y es usted quien toma las decisiones de importancia.

—Precisamente. Las demás estaban en manos de la señora Rivera, que, por supuesto, despachaba conmigo.

—Perfectamente. Vuelvo a mi pregunta: ¿había alguna clase de reticencias o diferencias respecto a la labor de la víctima?

—Em..., ninguna, que yo sepa.

—¿Y con su personalidad?

—No sé lo que quiere decir.

—¿Era una persona amable y cordial o seca y distante? ¿Cuál era su humor habitual? ¿Cuál era su trato con los socios, con el personal de servicio, etcétera?

—Ella era..., sí, un poco distante y muy consciente de su responsabilidad; muy ordenada también, una adicta al orden, diría yo, lo que encaja perfectamente con lo que yo considero un trabajo de secretaria. El día a día de la asociación estaba en sus manos. Ella, como yo, odiaba el desorden. No va a ser fácil sustituirla, es algo que debo pensar muy despacio. ¿Sabe usted lo que es tener la seguridad de que cada cosa está en su sitio, de que no queda un papel sobre la mesa de trabajo?

—Es lo que yo pretendo conmigo y mi trabajo —dice la juez.

—Lo que yo alabo y no pongo en duda, señoría, por eso comprenderá lo que le estoy diciendo.

—En ese caso doy también por supuesto que esto es todo cuanto puede decirme usted acerca de ella. Me habría gustado saber algo más de la persona, quiero decir, cómo era su vida y todo eso, pero puedo entender que no le corresponde a usted facilitar esa información, señor conde.

—Disculpe, yo, como director...

—Muchas gracias por su colaboración. Es muy posible que vuelva a llamarlo después de que finalice mi primera ronda de citaciones y haya empezado a orientarme; éste es un mundo desconocido para mí.

—Ya sabe usted que estoy siempre a su disposición y que haré todo lo que esté en mi modesta mano para contribuir a detener y llevar al asesino de Concepción ante la justicia.

—No espero menos de usted. Por cierto, ¿tiene usted decidida la sustituta de Concepción?

—Es un asunto principal ahora.

—Precisamente por eso lo pregunto.

—Todo depende de las opiniones de los socios una vez que yo los haya sondeado, como es natural. Yo tengo la costumbre de cerciorarme de la conveniencia de mis decisiones.

—Como debe ser. Pero... tiene su preferencia, ¿no?

—Em..., no, la verdad es que no. Este desgraciado asunto se ha presentado de una forma tan repentina...

—Ya veo. Gracias de nuevo por su colaboración.

—No se merecen, señoría.

—Pronto empiezan a escurrir el bulto, Encarna.

—Este hombre se cree el dueño del cortijo, si quieres que le diga la verdad.

Por alguna misteriosa razón, la juez De Marco no tenía un buen día. En seguida me di cuenta por su silencio durante el desayuno. El caso que había caído en sus manos no le gustaba y no hacía nada por ocultarlo.

—Parece una intriga policíaca porque sí, sin otra intención que la de entretener a un lector con un suceso extravagante —había dicho antes de ordenar la entrega de citaciones a los presuntos sospechosos—. Es como si un autor desconocido de escasas luces los hubiera juntado a capricho.

Toda aquella gente, todos aquellos nombres que yo le había entregado tras mi visita al Club de Amigos de los Jardines, que, por cierto, no le había hecho mucha gracia, le parecían un *dramatis personae* de los que en otro tiempo encabezaban las novelas para orientar a los lectores. Un pedazo de irrealidad.

—Si no fuera porque no te creo capaz, y porque es imposible, pensaría que te has inventado esta lista de nombres para gastarme una broma odiosa. ¿Qué clase de club y qué clase de gente son éstos? Es descabellado, vulgar, un castigo que no me merezco, francamente.

Esta salida de tono me dejó herido y confundido, pero me había propuesto contar el desarrollo del caso y pensaba llevarlo a cabo contra viento y marea. La única dificultad que no había contemplado era la decidida desaprobación de la protagonista. El escaso interés del asunto no era imputable a ninguna ficción, sino a la pura realidad, y no veía motivo para semejante disgusto.

—Ese grupo de gente es una torpeza en sí mismo, es una invención de un autor mediocre, como te decía, de un autor sin talento —repitió en un arranque de sinceridad—. Parece el producto de una realidad no agraciada con el ingenio que la vida parece poner en otras cosas. Tengo a una mujer hallada muerta en el Jardín Botánico...

—¿Y eso no te parece ingenioso, diferente al menos?

—Es diferente, no ingenioso. Lo demás suena a falso, como te digo, a invención mediocre, y esa falsedad es la que me indigna. O, mejor dicho, lo que me indigna de verdad es que consideres que esta muerte es merecedora de un esfuerzo personal tuyo para contarlo. ¿Es que no tienes nada mejor que hacer? El mismo Watson no le dedicaría ni un minuto de su tiempo.

—Pero es la pura realidad —objeté viendo tambalearse mi propósito.

—Hay una diferencia, cariño: la realidad es lo que hay, pero a la ficción debemos exigirle imaginación y originalidad. ¿Dónde ves tú alguna de estas dos cualidades en el ramplón asunto que ha caído en mis manos?

—¿Qué tiene de malo que no tengan otros?

—Vulgaridad, mediocridad, inautenticidad.

Otro cualquiera habría desistido de relatar el proceso del caso a la espera de un asunto más atractivo, pero yo tenía la mala costumbre de no rendirme ante la adversidad. Si así lo veía la juez, yo le demostraría la cantidad de sorpresas y alicientes que la realidad guarda en sí misma.

En todo caso, me di cuenta de que estaba metiendo el dedo en el ventilador, y ésa es una decisión suicida, al menos para el dedo. Además, un día que empieza con bronca en el desayuno no augura nada bueno.

—Muy bien, ¿por dónde empezamos? —dice la juez—. Si ya el conde este me ha dejado escamada, no quiero ni pensar en cómo será el resto.

—La difunta era la secretaria de la asociación —dice Encarna—. Ahora le corresponde recibir a la señora Pereña, una viuda con mucho carácter, acostumbrada a mandar, seca y elegante, y que se dedica a cuidar de su jardín en la casa familiar de Asturias y que viene religiosamente a Madrid cada quince días. Y un pajarito me ha comentado ahí, a la entrada, que pretende sustituir a la muerta en el cargo.

—¿Secretaria de quince en quince días? Pero... ¿no decía el puñetero conde que debía tomarse su tiempo para sustituir a la víctima? Esto tiene toda la pinta de que se disponen a endilgarnos mentira tras mentira unos y otros, ya lo verás. Maldita sea mi suerte.

—No te lo tomes así, mujer, lo mismo nos divertimos escuchando a los jardineros estos. Tampoco se trata de una película que uno busca a la hora de ir al cine y vas y eliges: que si los actores, que si el asunto, que si es en color o no...

—Vaya, se ve que tenemos el día sarcástico.

—Venga, Mariana, un poco de alegría.

—Encarna, ahora no estoy para discutir.

—Vale, vamos a dejarlo aquí, que dos no discuten si uno no quiere.

—Me parece perfecto. A ver: ¿quién viene ahora? La pretendiente a nueva secretaria, ¿no? Si ya te digo yo que vamos a tener que meterles el dedo en la boca a todos estos para sacar algo en limpio.

—Pues nos pueden echar la pota encima como nos descuidemos, así que ponte a cubierto.

—Muy graciosa.

—Buenos días, señora Pereña. La he citado como secretaria accidental del Club de Amigos de los Jardines para recabar información sobre la anterior secretaria, Concepción Rivera Rifé, cuyo cadáver, como usted ya sabe, ha aparecido en el interior del Jardín Botánico de Madrid.

—Accidental, no: prácticamente confirmada.

—¿Ah, sí? Bien, pues enhorabuena. Además de la relación entre ustedes por causa de su afición común, ¿las unía alguna clase de relación personal?

—Puede decirse que éramos amigas, sí, pero por nuestra común pertenencia al club.

—Pero ¿la conocía usted bien?

—Insisto: todo lo que daba de sí una relación normal propia de una afición común.

—¿Se le conocían relaciones sociales o personales aparte de las de los miembros de la asociación?

—No me ocupo de esas cosas, pregunte usted a los demás. Como es natural, en todo grupo surgen afinidades, supongo que me entiende, y Concha no era una excepción... Era una mujer activa y bien conservada, y tendría sus preferencias, pero eso es algo que no me concierne. Yo me limitaba a hablar con ella cuando nos encontrábamos en el club. De vez en cuando coincidimos a tomar un café o un refresco, pero en tal caso siempre con alguien más a la salida de alguna reunión. También coincidíamos en grupo o en alguna excursión o visita a jardines. Si se refiere usted a una relación más personal, no, no la había.

—Dígame cómo era ella. Su opinión, naturalmente.

—No me gusta hablar de los demás y no tengo opiniones naturales, pero, en fin, me consta que era eficiente, nerviosa, una devota del orden, maníacamente previsora... No sé qué más decirle. Llevaba esto con mano de hierro y tenía contento al presidente.

—Contento... respecto a la gestión de la secretaría, entiendo.

—Por supuesto. Concepción era seria y responsable. —La señora Pereña hace caso omiso de la malicia de la juez.

—¿Soltera?

—Hasta donde yo sé, sí. Creo que estuvo casada, pero el matrimonio se deshizo hace tiempo; no tengo datos que lo corroboren.

—¿Libre de compromiso?

—Repito: hasta donde yo sé, sí.

—Así que la amistad entre ustedes era más bien funcional.

—Eso es.

—Bien, sigamos. ¿Tenía enemigos dentro o fuera de la asociación?

—¿Enemigos? No, ¿por qué iba a tenerlos? Era una mujer muy normal, con sus peculiaridades, como todo el mundo. Si busca usted a un asesino, tendrá que ser en un medio ajeno al mío, no entre nosotros, quiero decir: el club.

—Reconocerá usted que no es muy normal una

muerte causada por una infusión de acónito. Apropiada sí, dada su afición, pero infrecuente.

—Propia de un suicidio, ¿no le parece? Y no tan infrecuente. Lobo murió también por ingerir una infusión de acónito.

—Disculpe: ¿quién es Lobo?

—Era una de nuestras asociadas. Falleció hace un año por la misma causa, la ingestión de acónito.

—¿De acónito?

—Precisamente.

—¡Dios mío! Eso sí que es una novedad para mí. ¿Cree usted que hay una relación entre ambas muertes? —pregunta la juez.

—Si tuviera un sospechoso o sospechosa *in mente* le diría que sí, pero no es el caso. Supongo que será una desgraciada coincidencia.

—Disculpe, señora Pereña, pero me veo obligada a suspender este interrogatorio hasta tanto no disponga de información sobre lo que acaba de revelarme, pero volveré a citarla de nuevo en cuanto me sea posible, y le agradezco, desde ya, su colaboración.

—No faltaría más. Es un deber cívico.

—Vaya noticia que nos acaba de soltar la señora Pereña, Encarna. ¿A ti qué te parece?

—No sé yo si no vendría a soltarla. Ésa no da puntada sin hilo. Ha esperado al momento oportuno para dejarnos turulatas. No me fío un pelo de esta señora tan señora, tiene doblez y se guarda lo que le conviene hasta que le conviene.

—¿Y qué crees tú que es lo que le conviene en este caso?

—Eso está por ver, pero seguro que hay intención

detrás; intención y cálculo, te lo digo yo. Habrá que averiguarlo. No la pierdas de vista.

—Dos muertes por acónito es mucha coincidencia.

—Como se pirran por las flores, tiene su acomodo.

—A pesar de todo. Conque dos muertes por infusión de acónito, ¿eh? El caso se está complicando. Esto no me gusta nada. Ya verás la cara que pone el inspector. Y el fiscal. ¿Qué tal es el fiscal, por cierto?

—Recién llegado, como usted. Un severo, uno de esos que parece que les han metido un palo por el culo, con perdón. Pero es bueno en lo suyo, muy meticuloso, se prepara muy bien los casos y no se le escapa una. Si me tocara ser el reo con él... Lo que no aprecia en lo más mínimo es la intuición, ya sabes, no la menciones delante de él.

—Yo jamás he imputado a nadie por intuición.

—A mí no me lo digas. Eso, a otros. ¿Tú crees que podría haber un asesino en serie en el club ese de los jardines?

—Bueno, este país no es muy de asesinos en serie, la verdad sea dicha. No voy a precipitar conclusiones, pero la coincidencia me mosquea porque yo no creo en las coincidencias; por lo general, soy muy desconfiada. Las novelas o las series televisivas sí que son terreno abonado para esa tipología, pero en nuestra realidad no se da así como así.

—Claro, eso es muy de los Estados Unidos.

—Qué va, en Europa también existen. Lo que sucede es que llaman mucho más la atención. Por cada caso de asesino en serie hay mil asesinos normales, si es que se puede llamar normal a un asesino. No, no creo en ello, pero tampoco creo en las coincidencias.

—Pues a ver cómo te las arreglas con ésta.

—La verdad es que eres muy graciosa, Encarna.

Ese espíritu tuyo es el que a mí me está haciendo falta ahora para afrontar este caso.

—Pues tú, Mariana, no tienes pinta de aturullarte fácilmente ni de echarte para atrás.

—No es cuestión de pinta, sino de estado de ánimo, Encarna. Es la vida.

—Bah, no exageres. Tienes fama de que a ti no te tumba ni uno de esos ciclones con nombre propio que descargan por ahí, por América. ¿Y a mí que me parece una cursilería eso de darles nombres de personas? Estos americanos se deben de creer que con eso de bautizarlos se los puede amansar. Pues lo que te digo, que no te dejes llevar por un malhumor. Yo, cuando me sucede a mí, me pongo a cocinar. Hay que ver lo que tranquiliza.

—Muchas gracias, lo tomaré en cuenta.

—La vida tiene muy mala leche, te lo digo yo, así que no hay que darle la menor oportunidad.

—Tienes toda la razón. De momento, vamos a investigar esta historia de las muertes por ingesta de acónito. En primer lugar, tenemos un tema específico del que hablar con todos los asociados y, en segundo lugar, hay que encargar al subinspector Rico que empiece a interrogar al personal por su cuenta, porque le corresponde y como complemento. Qué raro que hasta ahora nadie, *motu proprio*, haya sacado a la luz la coincidencia de ambas muertes, ¿no te parece?

—A lo peor hay gato encerrado.

—Pues entonces le echaremos un ratón para que salte y se descubra.

—Eso es, Mariana. Así te quiero ver. Vale. Algo de acción es lo que necesitamos porque, si no, este trabajo es un muermo.

—Estoy de acuerdo, Encarna. ¿Un café?

Mariana y la secretaria de su juzgado congeniaron desde el primer momento en que se conocieron. Encarna era una mujer de mediana edad, algo más joven que Mariana, desenvuelta, muy trabajadora y dispuesta, e incapaz de perder el buen humor, casada con uno del mismo barrio de La Latina. La verdad es que, hasta donde yo sé, Mariana siempre se había llevado bien con los o las sucesivas secretarias; solía establecer por medio de este lazo un ambiente cordial de trabajo que ayudaba en mucho a aliviar la ingente cantidad de papeles que inundaba su despacho. En el caso presente, se disponía a citar a todos y cada uno de los amigos de los jardines porque, además de ser meticulosa, se encontraba completamente interesada, hasta el punto de que primaba la curiosidad por conocerlos sobre la reflexión debida al caso. Se los repartiría con el subinspector Rico.

No llegaba a entender que en el seno de un club como éste naciera un crimen. Incluso pensó que quizá no tuviera nada que ver con los asociados, que podría tratarse de un asunto ajeno a ellos, que le parecía más adecuado que tuviese que ver con la vida privada de la víctima más que con el club. Al fin y al cabo, la idea de que un criminal pudiera estar dentro del club venía sugerida por la infusión de acónito, que, desde luego, no era un medio habitual de quitar la vida a nadie en nuestro país y sí mucho más propio de alguien decidido a acabar con su vida.

El veneno era, por tradición, un arma femenina. Las mujeres del club eran, en principio, unas candidatas perfectas, sí, pero siempre y cuando hubiera una con vocación asesina entre ellas. Luego estaba el motivo como elemento principal de la investigación, pero, sobre todo, me costaba aceptar que aquellas señoras a las que había empezado a conocer escondieran un alma asesina; claro que tampoco esperaba encontrar la clase de rencillas y rencores que albergaban sus almas y que ya empezaban a asomar. De hecho, creo que su fuerte no era la discreción, lo cual me animaba.

—¿Es usted doña Dolores Escabias?

—Ésa soy yo.

—Le agradeceré que conteste verazmente a unas preguntas que voy a hacerle.

—Sí, señora jueza, se las contestaré con mucho gusto.

—Juez, doña Dolores, juez. ¿Cuál es su ocupación en el club?

—Ninguna, pero voy a todas las reuniones y casi siempre a los viajes que organizaba la vicepresidenta, la señora Pereña. Lo pasamos tan bien...

—¿Sabe usted si la señora Pereña aspiraba a suceder a Concepción Rivera en la secretaría de la asociación?

—La verdad, señora jueza, digo juez, es que yo no me atrevería a decirlo así. Lo cierto es que la idea de ser ella la secretaria del club debía de haber pasado por su cabeza, porque ella es muy suya, muy..., ¿cómo le diría yo?..., que le gustaba darse importancia, pero importancia como si le fuera debida por ser quien era. Siempre se las ha dado de mujer de mundo; como es viuda de diplomático se piensa que está por encima de los demás, ya sabe usted. El caso es que lo de la secretaría del club lo dejaba entender por cómo criticaba a

Concha con la boca pequeña. Desde luego, me consta que hablaba muy a menudo con el conde sobre organización y todo eso, pero tampoco me atrevería a asegurar que andaba detrás del cargo, así a las claras.

—¿Usted la oyó en algún momento decir expresamente que aspiraba a ser la secretaria?

—¿Yo? Yo no ando escuchando conversaciones ajenas. Lo que hablaran el conde y ella era cosa suya. La verdad es que había algo más que un roce entre las dos, pero yo de eso no sé nada. Se arrimaba mucho al conde, sí, como quien no quiere la cosa, y criticaba un poco el trabajo de Concha, que a lo mejor tenía razón, yo no digo que no, pero es feo, ¿no?, eso de quitarle méritos a otro.

—O sea, que le estaba segando la hierba bajo los pies.

—Lo ha visto usted muy bien, señora, eso es exactamente lo que ocurría. A mí no me parecía nada bien, se lo puede usted figurar, pero eso era exactamente lo que estaba sucediendo.

—¿Desde hace mucho, señorita Escabias?

—La verdad es que no, sólo desde hace unos meses. Es que, según los estatutos, los cargos tienen que renovarse cada cuatro años y ya los hemos sobrepasado de largo, lo cual es una barbaridad porque el reglamento es el reglamento y los cargos no son en propiedad.

—Pues el conde ha debido de renovar el suyo alguna vez, según lo que usted dice.

—Bueno, el conde es presidente fundador y, pues eso, que está ahí desde siempre. Pero Concha lleva sólo seis años como socia. Ahora tocaba otra vez y quería renovar, pero la señora Pereña estaba todo el día dale que te pego con la cosa del cambio de titular, como lo llamaba ella, disimulando. Y a Concha le sentaba como un tiro. Al pobre conde me lo estaban mareando.

—¿Andaban a la greña, por tanto?

—La verdad es que no se puede decir que estuvieran peleadas, yo no diría tanto, aunque lo que hubiera entre ellas era cosa de ellas, ya me comprende usted. Pero sí, ni Concha quería dejar el cargo, ni Maite Pereña estaba por aceptarlo a las claras. Así estaban las cosas. Oiga, ¿no pensará usted que Maite la mató por eso?...

—¿Lo cree usted, señorita Escabias?

—¡Por Dios! ¿Cómo voy a creer yo una cosa así? No, no, yo no he dicho nada de eso, no se confunda usted. Yo sólo le digo lo que usted quiere que le diga.

—Yo no quiero que me diga nada que no sea su propia opinión sobre este desgraciado suceso, señorita Escabias; sería absolutamente impropio por mi parte tratar de condicionar a un testigo, mida usted sus palabras porque la taquígrafa está tomando nota de la conversación.

—¡Ay, por Dios! ¿Cómo puede usted suponer...? ¡Madre mía de mi alma! No lo decía en ese sentido. Que yo no he hablado nunca mal de nadie. Sólo quería decirle a usted, o sea, contestarle a todo lo que me pregunte...

—Déjelo así. Ahora responda a otra cuestión. ¿Tiene usted plantas en su casa?

—Sí, claro que sí. Las de exterior en los balcones y las de interior, dentro.

—Yo también, ¿sabe usted? Tengo pocas, pero me gusta ocuparme de ellas: geranios, que son muy sufridos, y alguna planta de temporada, como las begonias, los pensamientos, los ciclámenes, la flor de Pascua... Una vez me regalaron un acónito por su color azul, que es maravilloso. ¿Lo conoce usted?

—Muy bonito, sí, pero aquí en Madrid no hay dónde cultivarlo. ¿Usted tiene terraza? Lo mejor para el acónito es un jardín. Asunción Lobo se trajo unas plantas de no sé dónde y nos las ofreció a todos y todo el mundo se apuntó, pero yo no porque soy muy aprensiva.

—¿Sabe usted de alguien que lo cultive entre ustedes?

—No sé quiénes se lo quedarían, pero lo tendrán los que dispongan de jardín o de una buena terraza. Maite Pereña quizá tenga, o los Fernández Santiago. Asunción Lobo tenía un jardincito en su chalet de fin de semana, pero no creo que... ¿Sabe usted que murió envenenada? Pero, claro, no creo que ella...

—No se envenenaría a sí misma, salvo que estuviera deprimida o algo por el estilo, evidentemente.

—Yo pienso que fue un descuido. Cultivaba plantas medicinales y aromáticas, y siempre nos estaba hablando de sus infusiones. Lo mismo se despistó o confundió una con otra. Tendría usted que preguntar a Concepción, pero desgraciadamente ya no es posible.

—¿Preguntar a Concepción?

—El mismo día en que Asunción murió, la pobre estaba en su casa con su marido y con Concepción, que los visitaba muy a menudo, eran muy amigos. Pregunte usted a Fermín. La verdad es que su muerte nos impresionó muchísimo, qué cosa más desgraciada. Con plantas como el acónito, la datura, la belladona... hay que tener mucho cuidado, la verdad, sobre todo si hay niños cerca. Pero la señora Pereña tiene un tejo en su jardín y dice tan tranquila que duerme la siesta debajo de él, en una tumbona. El día menos pensado no se despierta.

—Bien, pues esto es todo por el momento. Muchas gracias.

—A su disposición para todo lo que necesite de mí. Y disculpe por lo de antes, la verdad es que no era mi intención...

—Queda usted disculpada. Adiós, buenos días.

—Adiós, señora jueza.

—Encarna, ¿la hermana de esta mujer está afuera esperando?

—Están citadas las dos.

—Pues hazla pasar, que tengo ya curiosidad por conocerla.

—Ja, ja. Serán hermanas, pero no se parecen en nada. Ya verá, ya.

—Me estaba empezando a doler la cabeza con tanta verborrea. Pero ya sabemos otra cosa interesante: que la muerte de Asunción Lobo por envenenamiento de acónito parecen conocerla todos los asociados.

—Y tendrían que sospechar de la muerte de Concepción, ¿no crees? Me llama mucho la atención que nadie haya relacionado las dos muertes, con lo chismosos que deben de ser. Para mí que nadie quiere hablar voluntariamente del asunto, pero todos lo deben de tener en la cabeza, como es lógico. Esto tiene pinta de ser un puzle en el que todos tratan de guardarse piezas para que no tengamos oportunidad de completarlo, la gente es así.

—Disimulan. Oficialmente, no se conoce la causa de la muerte, pero se sabe. Vamos a ver quién es el primero que lo menciona directamente.

—Sí, porque no lo mencionan, sólo hablan del acónito si yo lo saco a colación; pero el caso es que todos tienen o tuvieron plantas de acónito repartidas en su día, hace más de un año, por la difunta señora Lobo. Es raro, ¿no? Si tú fueras miembro del club, ¿no sería lo primero que habrías comentado?

—Porque no quieren.

Mariana de Marco había iniciado los interrogatorios al día siguiente de descubrirse el cadáver, aunque se amontonaban otros varios expedientes menores sobre la mesa. Por alguna razón tenía prisa, no sé si es que le desagradaba el caso y deseaba quitárselo de encima o si es que era el que más le interesaba. Me producía extrañeza tanta celeridad en la investigación y, dejándome llevar por la curiosidad, telefoneé a Julia Cruz, la amiga del alma de Mariana, para preguntarle:

—Pues no sé qué decirte. Mariana era una maniática de la mesa limpia y al día, y siempre se tomaba todo con mucha dedicación, así que no me extraña lo que me dices, pero ahora en Madrid no debe de ser todo tan fácil y es imposible que no se le acumule el trabajo; así que sí, por eso mismo no me llama la atención que se haya metido a fondo con el caso y quiera quitárselo de en medio cuanto antes; por lo que me cuentas es bastante misterioso, ¿no te parece? Desde luego ha pasado este asunto por encima de otros pendientes. Ella debe de saberlo, ¿no?

Le dije que no era el momento oportuno y cuando empezó a interesarle mi preocupación me despedí con una excusa para evitar preguntas. Mariana estaba tensa últimamente, no sé si en general o sólo conmigo. Yo ya había detectado alguna brusquedad en la conversación, como si apartara mis comentarios o mis preguntas y yo me preguntaba a mi vez si no se debería a que le hubiese molestado, más de lo que ella quería reconocer, la decisión de relatar el caso con ella como protagonista, pero rechazó rotundamente esta idea cuando se lo comenté, de modo que me quedé pensando si no sería un exceso de sensibilidad por mi parte y un malhumor temporal por la suya. O quizá el destino en Madrid no era lo que ella esperaba.

En todo caso, no me daba acceso a los interrogatorios que ella había empezado a llevar a cabo, con lo cual me privaba de una parte importante de mi relato, y yo tampoco quería forzarlo. Así pues, salvo que en un encuentro más o menos casual con el subinspector Rico, con quien tenía alguna confianza, pudiera sonsacarle algo de la marcha de la investigación, no tenía nada que hacer. Habida cuenta de que aún no había tenido ocasión suficiente de estrechar lazos con los oficiales de su juzgado, la única oportunidad para cumplir con mi plan narrativo era seguir indagando en el Club de Amigos de los Jardines. La otra opción sería la de conseguir la confianza de su secretaria de juzgado. Encarna era una mujer extrovertida e incluso algo descarada en su trato, y confiaba en acabar haciendo buenas migas con ella, pero necesitaba tiempo porque sentía verdadera devoción por su jefa. En cualquier caso, yo veía a Mariana poco colaboradora.

Volví a encontrarme con María José Cicuéndez, siempre de tan buen humor, en el club; se había convertido en mi agente de campo voluntariamente y esta vez me presentó a Faustino Pedroñero, de profesión maestro de plantas y jardines. Éste era el hombre que la señora Pereña se había llevado a su casa del norte para atender su muy celebrado jardín. Era un tipo de seca expresión y aspecto rústico, pero en cuanto entrabas en conversación con él, se abría a poco que le manifestaras una aceptable cordialidad y, sobre todo, interés por su profesión.

Le invité a una cerveza en un bar cercano y, con alguna reticencia, poco a poco, empezó a sentirse cautelosamente a gusto. Hablé yo mucho más que él, pero el ambiente distendido, mi esfuerzo por parecer cordial, lo que no me costaba mucho, y una segunda ronda facilitaron las cosas. A Faustino le tenían como puta por rastrojo entre todos los asociados, pero a él no parecía importarle, quizá porque siendo reservado y, probablemente, un hombre de campo poco amigo de la ciudad, es decir, un solitario en el asfalto, estas cosas no le afectaban; el acogimiento que encontraba en el club le haría sentirse protagonista y reconocido cuando aparecía por la capital. De hecho, se ganaba la vida en trabajos ocasionales y estacionales porque rechazaba cualquier clase de contrato que le ligase a un patrón o a una entidad, excepto a la señora Pereña. Le habían ofrecido un trabajo fijo en una urbanización de las afueras de Madrid a la que acudía de vez en cuando, pero rechazó la fijeza y prefirió ir por su cuenta, sin obligación, como solía ocurrir en su pueblo, donde un apretón de manos era señal suficiente de acuerdo. Yo traté de explicarle que, si regularizase su situación, tendría derecho a una pensión el día de mañana y no le convencí. Él se pagaba su seguridad social como autónomo y se sentía libre de compromiso. No insistí, pero creo que me acabé ganando su confianza.

—Buenos días, Prudencia, tome usted asiento. Usted es Prudencia Escabias, hermana de Dolores Escabias, ¿no es así?

—Sí, señora.

—Pertenece usted al Club de Amigos de los Jardines junto con su hermana.

—Sí, señora.

—Hable un poco más alto si no le importa, porque casi no la oigo.

—Perdone, es que no estoy acostumbrada...

—Su profesión ¿es la misma de su hermana? ¿Sus labores?

—Sí, señora. Las dos cuidamos de nuestro padre, que ya es muy mayor.

—Entiendo, entonces, que viven de sus rentas.

—De nuestro padre, sí, señora. Tenemos que ocuparnos de él y de la casa, con la ayuda de una sirvienta nueva porque la otra, que estaba con nosotras desde siempre, ha tenido que irse con su hija porque ya no estaba para nada y, claro, nosotras dos solas...

—No se preocupe, mujer, que no tiene importancia. Usted no se ponga nerviosa.

—Es que como no tengo costumbre...

—Pero hable más alto, por favor.

—Disculpe.

—Bueno, vamos a lo que importa. ¿Conocía usted a Concepción Rivera?

—Sí, pero no nos tratábamos mucho, era más mi hermana, pero me da mucha pena, tan joven todavía...

—Y a Asunción Lobo, ¿la conocía usted?

—La pobre, qué desgracia. Las dos muertas de repente...

—¿Sabe si tenían enemigos, gente que estuviera a malas con ellas?

—No, no, yo las apreciaba mucho y todo el mundo igual, no puedo hablar mal de ninguna de ellas; ni de los otros miembros del club.

—Ya, pero había roces, desacuerdos...

—No, no, nada de nada...

—Perdone que insista, Prudencia, pero es que casi no la oigo.

—Es que yo hablo así siempre, no quiero molestar.

—A mí me puede usted gritar o cantar un bolero, que mientras la oiga no me importa nada.

—Ay, un bolero, me encantan los boleros, en casa tenemos discos...

—Me parece muy bien. ¿Qué opina usted de la señora Pereña? ¿Sabe si estaba detrás de sustituir a la víctima? ¿Alguna otra persona estaba interesada en ese puesto?

—No, no, todos queremos que sea ahora la nueva secretaria del club, es muy dispuesta y lo va a hacer estupendamente.

—¿Puede decirse que todos ustedes se llevaban bien?

—Sí, sí. Todos.

—¿Usted se ocupa de la jardinería?

—Aquí en Madrid, poco. En verano nos vamos

tres meses con mi padre para que esté al aire libre, el pobre, y allí, en la casa de la Ribera, sí que tenemos jardín y me encanta cuidarlo. En verano nos visita Faustino unos días al principio, nos dice lo que hay que hacer y solemos darle a él una propina cuando se marcha. Es un alivio para nosotras.

—¿Tienen en ese jardín plantas de olor, medicinales o peligrosas?

—De olor, sí, y medicinales..., pero peligrosas... ¿Dice usted como la comida del diablo y así?

—Belladona, por ejemplo. Datura...

—No, por Dios, nada de nada.

—En fin, ya veo que llevan una vida de lo más apacible.

—Sí, gracias a Dios.

—Pues nada, esto es todo por el momento y muchas gracias, Prudencia.

—Gracias a usted y que tenga un buen día.

—Venga, que yo la acompaño —dice Encarna.

—Esta mujer es más simple que una mata de habas —dice Encarna.

—Desde luego, creo que el solo hecho de matar una mosca la estremecería. Aunque a veces son estas personas tan hipertímidas y con esa vocecita tan lastimosa las que acaban sacando a la luz detalles significativos.

—Pues de momento, nada de nada.

Faustino Pedroñero, el protegido de la señora Pereña, era un alma campesina que contemplaba a la especie humana con una suerte de retranca defensiva, escéptica, donde los otros tenían bien poco que hacer. Yo era un otro en este caso, pero al menos no había trabajado con él, lo que me dejaba libre de prejuicio por su parte y me concedía un margen de acercamiento más allá del de la desconfianza natural del hombre. Me acerqué a él por el prurito de narrador en el que me había empeñado, pero una vez establecido el contacto como el que se establece en la barra de un bar cercano a la sede de la asociación descubrí que el amigo Faustino era una mina informativa. Estaba al tanto de la vida externa e interna de cada uno de los miembros y, como cabe suponer, la verdaderamente interesante era la interna, porque a mí las peculiaridades de la jardinería me importaban un pito.

De todas aquellas personas reunidas por el azar y el mundo vegetal, cada una de su padre y de su madre, la única de la que podría decirse que era una buena persona estaba muerta: Asunción Lobo. Fue un ama de casa consciente y entregada, casada con Fermín del Águila, un exmilitar ahora reciclado en una empresa privada de seguridad. Este hombre era un personaje de opereta: guapo, aunque entrado en años, autoritario y arrogante. Le debía de poner a la buena de su mujer unos cuernos de alce del Canadá si hay que hacer caso a las medias palabras de sus otros compañeros del club, según Faustino. Varios de ellos, además de su marido y los médicos, conocían la verdadera causa de la muerte de Asunción. Era un semiocultamiento significativo porque morir por una infusión de acónito no es algo que se pueda disimular, pero tras una discreta investigación ajena a los asociados, la policía cerró el caso con la convicción de que se había tratado de un trágico error de la propia Asunción, que siempre andaba haciendo probaturas con las plantas medicinales, su especialidad. La investigación no halló sospechoso al marido, el más probable si se hubiera tratado de un asesinato, porque el dinero era de él. No había móvil aparente y el marido se mostró en todo momento verdaderamente apenado dentro de lo apenado que puede sentirse un militar por una esposa y ama de casa convencional que no destacaba por ninguna cualidad relevante, excepto la de haber sido una cocinera extraordinaria.

Mariana de Marco tomó nota de las circunstancias de este fallecimiento porque era muy dada a conceder importancia a los detalles menores. La doble muerte por acónito no era una coincidencia que le pasara inadvertida y se la guardó sin más para el progreso de la investigación que había iniciado. Por mi parte, pronto dejé de lado esa pista y me centré en el resto de los asociados. La viuda Pereña me pareció tan falsa como autoritaria; tenía ese buen modo de ser de las personas educadas, perfectamente compatible en su caso con la conciencia de superioridad moral y social. Faustino la servía con una docilidad que debía de venir de la costumbre de estar al servicio de personas que pudieran permitirse el lujo de disponer de un jardín lo suficientemente grande como para merecer un mantenimiento tan adecuado y costoso. Ella le daba trabajo regular en cada una de las cuatro estaciones sin compromiso de continuidad, como quien concede sus favores a capricho, y ella era la persona a la que el hombre atendía con mayor regularidad, pero había otras.

Enrique Cabello, el pediatra de moda hecho a sí mismo, y Lucía, su esposa, formaban un matrimonio burgués adinerado y de buena presencia. Ella mostraba un saber estar superior al de su marido, que siempre andaba tratando de imponerse a los demás con el relato de sus viajes internacionales y de los lujosos hoteles en los que se hospedaban. De haber tenido hijos, yo nunca los hubiera puesto en manos de semejante ególatra, pero al parecer era un hombre que triunfaba en la profesión. El comportamiento de su mujer era realmente agradable y se manejaba socialmente con soltura, pero en seguida adiviné que tras esa imagen se ocultaba una inteligencia despierta y una curiosidad notable por el mundo en torno. Tenía buenas piernas, prietas, musculadas, con unos gemelos subyugantes y que parecían expresamente modeladas para lucir sus vertiginosos zapatos de tacón.

Los Fernández Santiago eran un matrimonio que me chirriaba como una puerta mal engrasada cada vez que se hacían presentes, eran burgueses acomodados también, pero de origen menestral. Su hija, Nieves, sosa como ella sola, no sabía qué hacer para llamar la atención del «pipiolo» Contreras, cuya soltería hacía concebir a la pobre chica unas ilusiones muy acordes con su falta de perspicacia. El comportamiento de la madre dejaba mucho que desear y mezclaba expresiones como *jolines* con *delirantemente delicioso* y todo lo que consideraba digno de elogio lo despachaba con un *exquisito* que a veces convertía en un sorprendente *exquiso*, un superadjetivo de su invención. El marido era propietario en Extremadura de una importante dehesa heredada directamente de su abuela, donde se alimentaba el muy cotizado cerdo ibérico, una explotación que le dejaba muy buenas rentas y le permitía desentenderse de todo lo que no fuera su pasión por crear jardines que pudieran ser fotografiados por las revistas de decoración.

Quien me movió a una cierta simpatía por su naturalidad y su falta de afectación, aunque fuese una chismosa de corazón, era mi elegida, María Jesús Cicuéndez, que amaba la jardinería con una pasión contagiosa. Era una persona sana, directa, lista y graciosa a la que había que querer obligadamente, incluso cuando se ponía pesada porque su buena intención borraba todo intento de reproche. Y tampoco era tan simple como daba a entender, pues, si no de inteligencia, disponía de una astucia aprendida en lo que se llama vulgarmente la Universidad de la Vida. Desde el primer momento me acogió con afabilidad. Al contrario de los otros, que no dejaban de demostrar algún recelo con una distancia que parecía no ya estudiada sino perteneciente a los estatutos de la sociedad. En todo grupo, por cerrado que sea, siempre hay una persona abierta y dispuesta a pegar la hebra sin reticencias. Y un par de días más tarde, cuando vi que no sólo me aceptaba una invitación a tomar una copa, sino que se apuntaba al pisco sour que, por cierto, lo preparaban muy bien al estilo peruano en un pub cercano, con su amargo de angostura, jarabe de goma y una clara de huevo, di por hecho que era mi primera posición tomada. A la altura del tercer pisco sour, me aceptó con una sonrisa enigmática bajo sus ojos chispeantes.

Era una mujer de unos cincuenta años, con ese grato punto rollizo de muchas mujeres de tal edad que se cuidan sin negarse caprichos, y mostraba la desenvoltura pícara de quien ha conquistado la conformidad con la vida y disfruta de ella. La soltería, en su caso, venía a añadir un punto de vitalidad a esta mujer de actitud abierta, sin duda porque estaba muy segura de sí misma y del lugar que ocupaba en la vida. Nunca se casó, me dijo, porque no había dado con un hombre que la mereciera. Esta actitud no respondía a una visión arrogante de sí misma, sino con toda probabilidad a la agudeza con que juzgaba a los hombres. El somero repaso a los elementos masculinos del club con el que me obsequió de entrada me convenció de que sabía calar en el alma del macho de la especie con admirable precisión. No sé por qué se tomó esa confianza conmigo, porque yo no le había dado pie, pero se ve que ella sí me dio a mí el visto bueno, siempre a reserva de mi posterior comportamiento, lo digo en su honor.

Total, que gracias a ella empecé a moverme como pez en las más que turbias aguas de aquel estanque rodeado de toda clase de plantas al abrigo de las cuales brujuleaban y chapoteaban ranas y culebras.

—¿Es usted don Antolín Lobo Gómez, primo carnal de la señora Asunción Lobo Grajera, fallecida hace un año?

—Sí, señora jueza. Su madre y mi madre eran hermanas.

—Llámeme juez, por favor: señora juez. Y permítame expresarle, aunque tarde, mis condolencias por la muerte de su prima.

—Sí, señora juez, disculpe y muchas gracias.

—¿Estaba usted muy unido a su prima?

—Era como una hermana para mí.

—Debió de ser un golpe muy duro para usted.

—No sabe usted bien lo unidos que estábamos. Ella no tuvo descendencia y yo soy soltero. Apenas nos queda familia directa. Fue un golpe horroroso, teníamos tanta confianza el uno en el otro...

—¿Puede usted explicar la muerte de su prima?

—No, no puedo, sólo sé lo que su marido me ha dicho que le dijo la policía. Y no, señora, no lo entiendo. Ella estaba dedicada a las plantas medicinales y no entiendo cómo pudo equivocarse con el acónito. Además, era una planta que ella conocía bien, pero un descuido lo puede tener cualquiera, así debió de ser. Lo discutimos muchas veces, que por qué la cultivaba siendo una planta venenosa, o sea, ésa y algunas otras que tenía. Ella sabía lo peligrosa que era y a pesar de todo se empeñaba en cuidarla porque decía que la flor tenía un color azul incomparable.

—No la conozco.

—Es un azul único, maravilloso, muy intenso, muy sensual, yo la comprendía muy bien. Yo pinto en mis ratos libres, es una afición que tengo desde pequeño, aunque no hice estudios de pintura; soy más bien un autodidacta, pero entendía su fascinación por ese azul. Cuando me informaron de la causa de su muerte estuve a punto de seguirla a ella por el mismo medio, pero al fin me eché atrás. Mantuve la planta en casa unos días, como homenaje a su memoria, pero al final no pude soportar su vista y me deshice de ella.

—¿Cómo?

—Se la regalé a Concha Rivera. No debí hacerlo. Me siento tan culpable que no puedo dormir por las noches. Ha pasado un año y se repite la historia.

—Pero Concha ya tenía una planta, se la había regalado precisamente su prima, como a otra gente de la asociación. ¿Es que hacía colección?

—No sé decirle, le gustaría el color. A mí no me la rechazó.

—¿Acaso cree usted que ella se suicidó con una infusión del acónito que usted le entregó a la muerte de su prima?

—No sé qué pensar, no dejo de atormentarme. Las dos muertes, tan seguidas, y de la misma manera...

—¿Tiene usted sospecha de que su prima pudiera haber cometido suicidio?

—¡No, por Dios! ¡No! Asunción era católica practicante, ella jamás se habría suicidado. Es imposible de todas. Imposible.

—¿Y de Concepción Rivera? ¿Qué piensa usted?

—Eso ya no lo sé. Era una mujer muy activa, muy decidida, con muy buen espíritu, pero un poco triste a pesar de todo. ¿Sospecha usted que...?

—¿Que le aceptara la planta a usted con otra intención? Por supuesto que no. Entiendo que esté usted muy susceptible por estos dolorosos sucesos, pero le ruego que se tranquilice y que tranquilice su conciencia, señor Lobo. El problema es saber si había alguna persona o personas que pudieran desear la muerte de su prima o de Concepción Rivera.

—¡De mi prima, imposible!

—No se precipite. Entiendo su reacción, pero le ruego que piense con un poco de calma. Reconocerá que se trata de una extraordinaria coincidencia. Una vez..., vale, pero dos y a la distancia de un año... Eso hay que desentrañarlo.

—Es verdad, no parece muy normal. Bueno, no es nada normal y ha sucedido, pero la verdad... Y no se me ocurre nadie que tuviera motivos para matarlas. A Concepción, no lo sé, no la conocía a fondo. Pero a Asunción... No, definitivamente no. Y no fue un suicidio tampoco. Tiene usted que entenderlo, una equivocación...

—¿Y si ella no se equivocó? ¿Y si otra persona propició que ingiriera el veneno?

—¡Dios mío! ¿Piensa usted...?

—¿Debería pensarlo?

—¡Por Dios, no! ¡Qué barbaridad!

—No, señor Lobo, tranquilícese. Trato de agotar todas las posibilidades porque una de ellas es necesariamente la buena. Por eso pido su ayuda. Necesito que recuerde, que haga un esfuerzo de memoria por recordar algo insólito, distinto de lo habitual, en la vida de su prima en los días anteriores al óbito. Necesitamos un hilo del que poder tirar, ¿me comprende?

—Sí, sí, señora juez; es que estoy muy perdido, pero lo intentaré, aunque, la verdad, de mi prima no puedo ni considerar el suicidio. En cuanto a la señora Rivera... Desde la muerte de mi prima no he vuelto a ver a nadie del club ni me he acercado por allí porque me trae recuerdos muy dolorosos. ¿Cree usted que debería ir...? La verdad es que no me siento con ánimos, y menos ahora con lo que ha sucedido, pero, en fin, haré lo que pueda.

—Estoy segura de que lo hará. No deje de comunicarse conmigo si encuentra algo, a cualquier hora.

—Lo haré. Lo haré.

—Muchas gracias, señor Lobo. Confío en usted.

—¿Confías en él?

—Parece sincero, aunque yo no me fío de las apariencias, Encarna, pero tenía que decirlo. Ya sabes lo que pienso de las casualidades, pero esta vez...

—A mí tampoco me parece que tengan nada que ver las dos muertes. O sea, salvo que haya un asesino en serie en la asociación.

—Pues es descartable la idea. ¿Tú qué piensas del primo?

—Qué te voy a decir: demasiado apegado a su prima, ¿no te parece un poco raro? Ni que fueran matrimonio. No digo que haya habido nada impropio, pero este hombre está muy necesitado.

—Esas cosas ocurren, Encarna, y más a menudo de lo que creemos. Un carácter débil... Pero es cierto que todas esas protestas de entendimiento mutuo...

—Ya te digo yo.

—Somos malvadas, Encarna, o el oficio nos convierte en malvadas y malpensadas. Lo nuestro es desconfiar. Con lo agradable que es confiar en la gente...

—Y así pasa lo que pasa. Que conste que yo no pienso mal de entrada, pero tantos aspavientos...

—Sí, es casi obligado darle vueltas a la apariencia. Y ahora que lo pienso, ¿tendría algún lío sentimental nuestra Concepción Rivera?

—Ni la menor idea, pero no estaría mal buscar por ese camino. Al fin y al cabo, lo de suicidarse por amor siempre tiene público.

—La gente, que es muy morbosa.

—O locamente romántica.

—¿Romántica? ¡Anda ya! Eso es estar mal de la azotea y se acabó. El romanticismo es otra cosa.

—Tendría yo que hablarte de un tal Novalis, de la «flor azul» y de Sophie von Kühn.

—¿Y ésa quién es? ¿Otra que se suicidó con el acónito? Vaya racha.

—Ja, ja, Encarna, eres tronchante.

—Pues ya me explicarás.

María Jesús era, como ya he dicho, extrovertida y dicharachera, y cuando se largaba a hablar iba dejando caer información como si no quisiera hacerlo. La verdad es que no sé si lo hacía con toda intención o, sencillamente, se le escapaba por exceso, pero me estaba resultando de lo más útil para darle brío a mi narración. Al día siguiente a nuestro encuentro medio alcohólico me acerqué de nuevo a la sede del club a última hora de la mañana, tras haber trabajado en el texto. María Jesús estaba ocupada clasificando una partida de semillas recibidas de un vivero de las afueras de Madrid que, aprovechando la primavera, había convocado un concurso de conocimientos de jardinería con la intención de promocionarse y en el que la asociación, representada por los Fernández Santiago, había resultado agraciada con el tercer premio. Este resultado del concurso les valió una reprimenda por parte del conde y de la viuda Pereña, que consideraban un desdoro no haber ganado el primer premio. Los Fernández Santiago estaban muy escocidos por el reproche institucional del que habían sido objeto y se habían retirado a su casa en un ataque de dignidad ofendida. Todo lo cual me vino al pelo para sonsacar a una María Jesús que no necesitaba mucho para largar sin contención.

Así es como obtuve una información que me pareció interesante. Según la Cicuéndez, Concepción Rivera cultivaba la planta del acónito que le dio Asunción Lobo poco antes de que falleciera en un descuido fatal. La del primo se la regaló a una compañera de trabajo porque le daba mal fario, no sin advertirla del peligro. Pero esta pista sobre el origen de la aconitina fatal, que contaba ya con dos víctimas en el grupo, se diversificaba al saber que la propia Concepción, además de recibir la segunda planta de manos del primo de Asunción, había regalado algún vástago de su propia planta a un número todavía indeterminado de asociados. De este modo quedaba claro que era una planta que se hallaba en manos de casi todos los socios, y repetida. Al parecer, su seductor color azul era la razón del éxito de la flor entre los miembros del club.

Ninguno de ellos habría usado la planta para extraer el veneno, o eso confesaban. El acónito lo consideraban entre ellos también como planta medicinal, pero ni siquiera con ese fin se animaron a utilizarlo. Se empleaba al parecer por sus propiedades antipiréticas, antitusivas y descongestionantes, y en especial como analgésico. María Jesús me explicó que se utilizaba en forma de uso externo contra la alopecia, lo que me pareció excesivo. El veneno se extraía de las raíces, como en el caso de la belladona. Aconitina, atropina..., todo esto, decía María Jesús Cicuéndez, sonaba a crimen femenino de novela policíaca. En todo caso, me explicó encantada, era material peligroso incluso como medicina, pues para ello era necesario conocer bien el proceso de concentración y preparación adecuadas. Pero, sin duda, alguien de la asociación sabía utilizarla perfectamente.

—Porque si sólo hubiera sido Asunción, pues vale,

una podría pensar que alguien de afuera tenía algo en contra de la pobre mujer, pero, claro, con lo de Concha, no cabe duda de que el asesino, si lo hubiera, sería alguno de nosotros, ¿verdad? —me dijo María Jesús emocionada—. Quién lo iba a decir, con lo pacíficas que son siempre las plantas.

Esta asunción tan natural de la existencia de un asesino entre ellos parecía ser una característica de la visión del mundo de María Jesús. Para ella todo era de lo más normal, se asumía y punto, lo mismo que había que asumir cualquier adversidad o alegría: con naturalidad. «Cosas de la vida», decía ella, tanto si se trataba de perder el autobús por los pelos como si un incendio devastara un bosque entero. Me habría gustado ver su actitud tras la erupción del Vesubio en Pompeya. «Cosas de la vida», no te fastidia... Ahora tenía necesidad de hablar con Mariana para comentarle esta información, porque de seguro ella sabría sacarle partido. Al fin y al cabo, se trataba de investigar a cada uno de los miembros del club en busca de quien supiera extraer aconitina de una cocción de la raíz del acónito. Era increíble que ese fascinante color azul escondiera una amenaza tan terrible. Belleza y muerte: una combinación letal.

Cicuéndez —empecé a llamarla así, en confianza, como llamábamos a los compañeros de curso en el colegio, sólo por el apellido— tenía sus propias teorías respecto a la muerte de Concepción, pero se resistía a comentármelas. Estaba tan feliz jugando a «yo sé de qué va esto, pero no te lo voy a decir, pero tú sigue preguntando» que no me apetecía estropeárselo, así que me resigné a esperar el momento en que se produjera un desliz.

Me invitó a visitar su chalet, una casa heredada de

unos viejos parientes dentro de Madrid, en la antigua Colonia de los Taxistas, ubicada en la parte norte de la ciudad lindando casi con la M-30, donde un minúsculo jardincillo le servía de aliciente para dedicar sus horas de ocio al mundo vegetal. Pero no eran adosados como creí entender el primer día en el club.

—Te voy a preparar un pisco sour que te vas a caer de espaldas.

Debían de ser tremendos, pero no me arredré, como buen periodista de investigación que era. No obstante, un contenido escalofrío me recorrió la espina dorsal. ¿Y si, aprovechando el momento y el alcohol, se me echaba encima? Reconozco que estaba de buen ver y que su cuerpo sugería alegría, pero no andaba yo en muy buenas condiciones para gestionar una aventura, que a saber a dónde podría llevarme, ni siquiera en un momento en que las cosas no andaban del todo bien con Mariana; con aquello que sabes que es importante en tu vida no hay que jugar. Además, tampoco es que hubiera ningún desacuerdo entre nosotros dos ni que la relación estuviera en peligro, sólo venía notando, como mucho, en los últimos días un cierto rechazo disimulado. O quizá es que me había vuelto susceptible. Fuera como fuese, de ninguna manera aceptaría la tentación de Cicuéndez y menos aún si es que llegaba a producirse al abrigo de unos piscos sour. Mi entusiasmo por esa joya peruana de la coctelería no valía el menor disgusto con Mariana. En fin, tocaba esperar: a Mariana, para ver por dónde salía, y a María Jesús, para ver en qué acababan mis recelos. A veces nos hacemos ideas muy equivocadas de actitudes sin malicia. No me gustaría perder mi mejor fuente de información.

—Señor Vázquez-Simón, tenga usted la bondad de sentarse.

—Gracias, señora jueza.

—Juez, por favor, señora juez.

—Ah, disculpe, es que hoy en día ya no se sabe...

—Sí, estamos llenos de novedades. Bien. Usted, como miembro distinguido de la asociación, debía de conocer a bien a Concepción Rivera Rifé.

—Naturalmente. Tanto mi esposa como yo somos miembros activos y coincidíamos en muchos de los eventos, cursillos, visitas y cosas así que ella organizaba. Era una persona excelente que llevaba su trabajo con encomiable dedicación.

—Ante todo le haré una pregunta obligada: ¿sabe usted si la señora Rivera tenía enemigos que pudieran desear hacerle daño?

—Ah, no, Concha no, en absoluto. Fuera de nuestro club no puedo decirle, pues, aunque teníamos amistad, no conocía ningún aspecto de su vida privada, pero en el club puedo decirle tajantemente que no.

—Pues alguien tenía que haber.

—No le digo yo que no... entre la gente de fuera que ella conociese. ¿Quiere usted decir que ha podido ser un miembro de la asociación responsable de su muerte? Eso es muy duro, ¿no le parece? Tendría que ser alguien muy retorcido porque su muerte es bastante rocambolesca, en mi opinión. Pero ¿no podría tratarse de una muerte accidental? ¿O de un suicidio?

—No puedo comentar los detalles del caso, como comprenderá usted. ¿A qué llama usted accidental?

—Pues no sé yo, que tomase un veneno sin darse cuenta. No sé si usted conoce el caso de una asociada, Asunción Lobo, que ingirió aconitina por equivocación.

—Algo he oído. ¿No fue un suicidio?

—No, no. Fue un error trágico.

—¿Y en el caso de Concepción Rivera?

—¿Qué quiere usted decir? ¿Que si se suicidó?

—Eso mismo.

—No debería ser así. Era una mujer sana.

—No hace falta estar enferma para suicidarse.

—No, no, a Concepción la han asesinado o se ha suicidado. Todo es muy misterioso, la verdad. Comprenda usted: dos errores en un año... Sería una coincidencia extraordinaria, imposible...

—No hay nada imposible.

—Pero Asunción se equivocó, eso lo dejó bien claro la investigación.

—¿Sabe usted si alguien de la asociación, en concreto, tenía o ha tenido algún problema con ella?

—Quién sabe. En toda reunión donde confluye mucha gente siempre hay sus más y sus menos, pero siempre sin mayor importancia. Oiga, ¿de verdad puede ser un crimen? Es que me cuesta creerlo, aunque lo sea.

—¿Tiene usted alguna razón para pensar en un crimen?

—Pues... no, así, de repente, no. Razonablemente,

no. Tendría que recordar algún incidente llamativo que lo apoyase, pero lo cierto es que no recuerdo ninguno en este momento, así que puede usted darse cuenta de la poca importancia de cualquier roce entre asociados. No, decididamente, no. No que justifique un asesinato. Para nada.

—Ya veo que usted no presta atención a las trifulcas domésticas.

—Claro que no. Son minucias, cosas sin importancia.

—De todos modos, si recuerda usted algo que le haya llamado la atención, le agradeceré que me lo comunique. Todo, hasta el más nimio detalle, puede contribuir a esclarecer la muerte de Concepción. Que, por cierto, no parece que le haya producido extrañeza.

—¿Cómo que no? Imagínese, una persona tan cercana...

—Gracias por su colaboración. Ya puede retirarse.

—Gracias a usted por su discreción.

—Este pájaro oculta información, Encarna.

—Uy, lo que yo te diga. Así, tan serio y tan compuesto... No hay que fiarse de él. Éste sabe mucho más de lo que dice, pero va a costar sacárselo.

—No creas, Encarna, es más transparente de lo que él se cree. Para empezar, ha dejado demasiado claro que no quiere complicarse la vida, lo cual es sospechoso porque nos obliga a preguntarnos qué es lo que teme. Este club me empieza a parecer un escondite de almas turbias.

—Mira tú. Me apuesto lo que sea a que están a la greña por cualquier cosa. Lo presentan todo tan redondo como una naranja que no hay duda de que si los apretamos sueltan zumo.

—Sí, pero hay que tener por dónde apretarlos y aún estamos a ciegas. Por no tener, no disponemos ni de exprimidor. Pero confiemos. Los tenemos a ellos y pronto se manifestarán las primeras contradicciones; y en cuanto uno muestre la menor vacilación...

—Le hacemos cantar como un canario.

—No te excites, Encarna.

—A ver si no de qué iba una a disfrutar de la vida. ¿Hago pasar ya a la señora de Vázquez-Simón?

—Lo que me sorprende es que alguien, al fin, sugiera el suicidio.

—Señora de Vázquez-Simón, disculpe que la haga pasar sola, sin su marido, al que acabo de recibir. Sé que están ocupados con el arreglo de la terraza de su ático y no quiero entretenerlos. Veamos: ¿conocía usted bien a Concepción Rivera?

—Desgraciadamente. Ha sido una gran pérdida para el club. Todos le teníamos mucho afecto. ¿Cómo ha podido suceder una cosa así? ¿Y de esa manera tan retorcida?

—Muy retorcida no estaba en el suelo, a pesar del efecto del veneno, si se refiere a eso. Es terrible morir envenenado, ¿no le parece a usted?

—Terrible, en efecto, usted lo ha dicho. Hay que tener el alma por los suelos para morir de esa manera. Porque se ha suicidado, ¿no?

—¿Se le ocurre a usted qué podría estar haciendo en el Jardín Botánico después del cierre?

—No lo entiendo. Todos sabemos muy bien cuál es la hora de cierre y, con lo perfeccionista y cuidadosa que era, ¿quién se iba a imaginar que se quedara dentro y a oscuras? Cualquiera diría que era una cita de enamorados que se alargó demasiado.

—Ah, pero ¿la señora Rivera tenía un enamorado?

—Perdón, yo no he dicho semejante cosa.

—Ya, pero es curioso que se le haya ocurrido ese comentario. Dígame: ¿sabía usted de alguna relación personal más allá de la propia del compañerismo...?

—No sé si es prudente...

—Sea imprudente, se lo ruego. Estamos tratando de resolver la muerte de una compañera suya y en tal situación no podemos dejarnos llevar por el pudor.

—Es que, no sé..., no quisiera levantar falso testimonio. Concha está muerta y entrar ahora en su intimidad...

—Precisamente, señora, está muerta y su intimidad también lo está. Lo que se diga entre estas cuatro paredes se queda aquí. No hay daño alguno a la memoria de la difunta.

—Si usted lo dice, no voy a ser yo quien lo dude. En fin, que quede claro que yo no puedo asegurar lo que voy a decirle porque es sólo..., a ver cómo se lo digo..., una intuición.

—Una sospecha.

—No, no, yo no tengo que sospechar nada. Es... son detalles.

—Adelante. La escucho.

—A mí me parece que Concha estaba saliendo con alguien, no sé quién, por eso que le digo de los detalles. Nada de importancia, ya sabe usted cómo somos las mujeres para intuir estas cosas, ¿no? Y creo también que en ese terreno no le estaban yendo muy bien las cosas. Pero ya le digo, son sensaciones, detalles..., pura intuición. Yo no podría asegurar...

—Entiendo.

—Gracias.

—Entiendo también que no tiene usted la menor idea, la menor sospecha de quién podría ser el que la rondaba, por así decirlo.

—Por así decirlo, sí, no la tengo. Bueno, de esto yo

no he hablado ni con mi marido, ya me comprende usted.

—Por supuesto.

—Pero es verdad, no sé quién podría ser su galanteador. ¿Alguien del club? Es posible. ¿Alguien de fuera, un conocido ajeno a nosotros? Tampoco puedo decirle, porque Concha era muy reservada respecto de su intimidad.

—Supongamos que fuera alguien del club. ¿Se le ocurre un nombre?

—¡Dios me libre! Me arriesgaría a levantar falso testimonio y eso sí que no, antes prefiero callarme.

—Claro que sí, lo comprendo perfectamente, a mí me ocurriría lo mismo. Sin embargo..., no me diga que no se le ha pasado por la cabeza algún nombre. En el supuesto, claro está, de que se tratase de alguien del club.

—Es que eso puede acabar generando muy mal ambiente, prefiero no pensar en ello, la verdad.

—Ya le he dicho que nada de cuanto se diga entre estas cuatro paredes saldrá de aquí. Piense usted que de lo que se trata es de hacer justicia, y para eso tenemos que apurar y aclarar todas las incógnitas, por comprometido que pueda ser aventurar posibilidades. Usted quiere que se haga justicia con Concepción, ¿no es así?

—Eso es verdad, sí que lo es, tiene usted toda la razón. Pero es que me resisto, me parece tan aventurado... ¿Y si me equivoco y acabo perjudicando a alguien? No me gustaría que me lo hicieran a mí.

—Cuando alguien como yo tiene que moverse en el terreno de las conjeturas no hay otra que tomar decisiones, por desagradables que puedan ser. Sea usted valiente y atrévase: no compromete a nadie, salvo que acierte con el culpable. Le recuerdo que la justicia en este país es claramente garantista. Lo que no se prueba no se prueba, y sin ello no hay forma de encausar a nadie, y mucho menos por una mera sospecha.

—Está bien, me decido, me convence usted. Es que es tan difícil..., me comprende, ¿verdad?

—Por entero.

—Bueno, pues siendo así... yo apostaría a que el hombre que estaba saliendo con ella, saliendo o lo que fuera, es el militar, el señor Del Águila.

—¡Menuda bomba ha soltado ésta!

—Lo traía en la cabeza desde el primer momento, Encarna.

—Pues ha costado sacárselo.

—Lo estaba pidiendo, pero había que ser pacientes. La cautela siempre da rendimientos. ¿Has visto cómo ha jugado al despiste hablando de suicidio?

—Vaya pieza que es la señora, qué descaro. Y, encima, haciéndose la virtuosa.

—Es un arte, Encarna, y también una adicción.

—Sí, el arte de drogarse con chismes y con maledicencia, ¿no? Anda que hay que ser asquerosa...

—Encarna, que estamos en un juzgado.

Nos movíamos entre tinieblas. Aunque Mariana evitaba pasarme información delicada, yo estaba más o menos al corriente de la investigación, y donde no lo estaba ponía a funcionar mi imaginación, prosaica pero efectiva. Por mi parte, todo lo que llegaba a mis oídos a través de los miembros del club con los que estaba en contacto se lo transmitía en términos generales cuando nos encontrábamos en casa al final del día, aunque no puedo decir lo mismo de ella. Todo esto coincidía con los altibajos de nuestra relación; nada importante, pienso, porque la relación, en lo afectivo, marchaba por sus pasos, pero yo seguía sujeto a la sensación de que se estaban produciendo algunos vacíos que antes no existían: o bien siempre había sido así y yo, en pleno entusiasmo, no me daba cuenta o me había vuelto muy susceptible; o Mariana estaba harta de la acumulación de trabajo, que lo estaba. Como por experiencia sé que dar vueltas a estos pensamientos no sirve más que para enredar las cosas y empezar a crear malentendidos, preferí enredarme con los miembros de la asociación, a los que más o menos en paralelo estaba interrogando Mariana. Yo le contaba y ella no me contaba. Para eso era la juez.

Una mañana me topé con el «pipiolo» Contreras

en la entrada del club. Él salía y yo llegaba, le propuse tomar un café y no le permití excusarse. Para una vez que lo pillaba no iba a dejarle escapar. Le acompañé por la calle Alfonso XII, subimos charlando hasta el Casón del Buen Retiro y nos metimos en un pub que parecía una imitación discutible del original inglés donde en la primera mitad de la mañana servían desayunos. Él aprovechó para pedir uno completo (café con leche, zumo de naranja natural, tostadas con mantequilla y mermelada, y el tradicional vaso de agua madrileño) y yo me limité a encargar mi tercer café solo doble. Necesitaba carburante.

—¿Qué tal? —dije, ya con ánimo investigador—. ¿Qué tal se lo está tomando la gente?

—¿Tomando el qué? —preguntó mientras distribuía y ordenaba sobre la barra de falsa caoba los diversos elementos de su copioso desayuno.

—Las muertes de un par de compañeras tuyas —precisé.

—¿Compañeras? Sólo se ha muerto Concha, que yo sepa.

—Concha y Asunción Lobo, haz memoria.

—Ay, por Dios, no me acordaba de Asunción. Pero ésa fue una muerte accidental. La tía se equivocó de mejunje, por lo visto.

Le dirigí una mirada fulminante.

—Esa *tía* era una señora, joven, a ver si se te nota la educación que has recibido.

—Perdón —dijo mientras distribuía la mermelada sobre las tostadas con mucha atención—. Es que estaba en otra cosa.

—Ya lo veo, ni que fuera oro líquido —respondí mirando fijamente la mermelada.

—Es de albaricoque, la que más me gusta.

Empecé a considerar la posibilidad de untársela por la cara, pero no me apetecía pringarme las manos y no tenía a mano el instrumento adecuado.

—A ver, empecemos otra vez. Tú sabes que estoy viniendo estos días al club porque soy periodista y preparo un artículo sobre la afición a la jardinería en España, ¿verdad? Pues pon un poco de atención a lo que te digo.

—¿Y eso qué tiene que ver con las dos muertas?

Me di cuenta de que había hablado de más.

—Muy inteligente, sí, señor. Lo que sucede —improvisé— es que yo vine con esa intención de principio, pero además me he encontrado con la muerte de Concepción, o Concha, lo que prefieras, y no puedo evitar que me intrigue.

—Ya. Como periodista, ¿no? Eso es lo malo de este país, que los periódicos están al escándalo y no a lo que importa.

—¿Ah, sí? ¿Y qué es para ti lo que importa?

—Pues que ya no hay moral, ni valores, ni respeto, como había antes.

—¿Con el caudillo? Pero, niño, si acabas de nacer. ¿De qué me estás hablando?

—De lo que había antes, sí, con Franco: paz y orden.

—Pues no lo había pensado.

—Ahora todo es hacer lo que les da la gana con el rollo ese de la libertad. Libertad ¿para qué? ¿Para ver pornografía, para insultar, para reírse de la familia y la religión, para abortar? Eso no es libertad, eso es esclavitud, materialismo, falta de ideales...

—Chico, me estás convenciendo.

—Es la verdad.

—Oye, ¿tú has estado en el seminario?

—¿Yo? ¿Por qué?

—Por esa firmeza de carácter. Hoy en día los jóvenes como tú están en otra onda y nadie se atreve a hablar con la claridad con que hablas tú, chico, me gusta encontrar gente de ideas firmes.

Entonces el «pipiolo» se despachó a gusto contra todo, empezando por el sistema democrático que había venido a destruir España, y yo me dediqué a darle carrete. Un poco más y le sacaría hasta el último y más recóndito secreto alojado en las alcantarillas del club. El chico era el proyecto de ultramontano perfecto: tonto, simple y torrencial a la hora de hablar de sus convicciones. Una perla.

Dejé que se explayara a gusto y, cuando me convino, le cambié el tercio.

—¿Conociste a Asunción Lobo?

—Sí que la conocí. Una mujer muy agradable, una señora.

—¿Cómo de señora? ¿Tradicional? ¿Pacata? ¿Sociable? —pregunté.

—Una señora como se debe ser. Era agradable y siempre dispuesta a hacer un favor. Y era una mujer de su casa, tradicional, muy sociable, muy en su papel y de inquebrantable fidelidad a su marido.

—¿Y su marido?

—Un hombre entero y cabal, por supuesto.

—También como debe ser. Deduzco que se llevaban bien.

—Claro que sí. Ya le he dicho que era una mujer como Dios manda. Y guapa, por cierto, pero guapa con elegancia, o sea, que no era llamativa ni descarada como son tantas otras hoy en día. Daba gusto hablar con ella.

—¿Con quién se trataba en la asociación?

—Con todo el mundo. Ya le digo que era muy sociable y educada y no hacía distingos, pero no era socia; yo creo que sus mejores amigas dentro del club eran María Jesús y Concha, que en paz descanse.

—¿María Jesús es María Jesús Cicuéndez?

—Sí. Y Concha... pues es Concha. Era Concha —precisó acompañándose de un gesto de educada consternación.

—¿Y Concha? Estaba soltera, ¿no?

—No, separada, pero era muy buena persona.

—Y el marido... no pertenece al club —afirmé con seguridad.

—¡Buf! ¡No tenían nada que ver el uno con la otra! ¡Qué bien hizo en separarse de él! Por lo visto la estuvo aburriendo y chinchando hasta que ella se plantó; era una mujer de carácter; pero aguantó lo suyo porque no era de esas que hacen las cosas a tontas y a locas y se divorcian a las primeras de cambio. Concha era una señora.

—¿Tú crees que tenía ilusiones? Quiero decir: por una nueva relación, por ejemplo.

—No tengo ni idea, pero sea como sea lo principal es que era una mujer muy decente.

—Pobre... Mira que acabar así, tirada en mitad del Botánico.

—Muy mala suerte, sí. Esta ciudad está plagada de delincuentes. Como los dejan entrar al país por la cara, éste es el resultado.

—Hombre, también los hay autóctonos.

—¿Los qué?

—Nativos, españoles.

—Sí, claro, pero los peores son los otros, los que vienen de fuera, que no tienen moral ni principios.

Decidí no seguir por ese camino por más tiempo y atacar.

—Pues me han dicho que Concha tenía un medio ligue dentro de la asociación.

—¿Quién? ¿Fermín? Qué va. Se dice, pero es que hay mucha chismorrería entre las mujeres, que es lo suyo.

Perfecto. Había caído como un chorlito. ¿Lo sabría Mariana? Lo dudo. Ahora tenía una baza que jugar con esta información a cambio de otra información para mí, porque Mariana no soltaba prenda. No sé si porque estaba más juez que nunca o porque estaba disgustada conmigo, que no había razón, pero con las mujeres nunca se sabe. En todo caso, la del «pipiolo» era una información decisiva: nada menos que el viudo de Asunción Lobo sin cumplir el duelo de un año que se lleva entre esa gente. Qué pronto olvidamos.

—Esa jueza es bastante dura, ¿verdad? Eso me han dicho, porque a mí aún no me ha citado, pero va lista si cree que voy a decir algo. Y antipática, además. El conde me cuenta que no suelta una sonrisa ni aunque la obligue la Guardia Civil.

—No te equivoques, chaval, yo la conozco y te puedo decir que detrás de esa fachada hay una mujer divertida, afectuosa y llena de encanto.

—Será, si usted lo dice. ¿De qué la conoce?

—Como periodista, nada más, y alguna que otra vez hemos coincidido persiguiendo alguna noticia. —Madre mía, qué cínico soy, a lo que te obliga la profesión—. Además he oído hablar bien de ella a los colegas, como una mujer de rompe y rasga, pero simpática fuera del juzgado.

—Pues no me importaría que se encariñase conmigo, porque está bastante buena.

—Oye, chaval, tú dedícate a las de tu edad.

—¡Jolín, cómo es usted! Ni que fuera mi padre.

—Ni tu padre ni el conde, macho. No concibo un horror semejante.

—¡Cuidado con mi padre o con el conde! ¿Eh?

Sí, había metido la pata, pero esto de fingir con mamarrachos como este joven no me va; demasiado para el cuerpo. En fin, acepté que se me acababa de cerrar en banda el «pipiolo».

—Bueno, hombre. —Vano intento de atemperar—. No lo decía en serio.

—Me da igual, pero no me cabree porque ya no estoy de humor. ¿A qué vienen todas estas preguntas?

—Sólo estamos charlando y tomando una copa. De algo hay que hablar, no te pongas así, chaval, que no es para tanto.

—Y no me llame chaval. —Estaba realmente enojado.

—Yo...

—Me largo. Y me gustaría no tener que volver a ver tu jeta —había empezado a tutearme, qué desastre de conversación, con lo bien que iba. En fin, el «pipiolo» estaba en buenas condiciones físicas, pero no tanto como para amedrentarme.

—Lo siento, pero cuida tu lenguaje. Yo no tengo jeta, tengo cara y sé cuidármela muy bien, además.

El «pipiolo» hizo un gesto brusco, como para desprenderse de mi compañía, y se fue murmurando entre dientes.

—¿Y este Carlo de Montelleschi? ¿De dónde sale? ¿Es miembro del club?

—A título honorario, no me hables. Está en Italia, por lo visto...

—Pero se le ha enviado una citación.

—Claro que sí, Mariana.

—No se nos habrá escapado...

—No, no; es que viene a España cuatro o cinco veces al año, por lo visto, que es cuando se deja caer por el club para que lo adoren las mujeres. Se queda unos días, se dedica a viajar por aquí y por allá, y vuelve a su país, después de dejar turulatas a todas las señoras socias. Le podemos dar un margen hasta que vuelva, pero si quieres le urgimos.

—No me digas que es el típico italiano conquistador... Perdón, me disculpo, eso es como decir un español torero, qué horror.

—Pues algo así. Es guapo y tiene labia. Bueno, eso me dicen, no me mires así, yo no lo conozco.

—¿A dónde se le ha remitido la citación?

—A su dirección de Italia. Tú no te preocupes, que lo tengo todo controlado.

—De acuerdo. ¿Quién viene ahora?

—El pediatra de moda.

—¿Otro seductor?

—No te diría yo que no, pero de otra clase. Y mantiene la barrera de protección que impone la profesión, a lo que parece. Hemos citado también a la esposa, siguiendo tus instrucciones.

—Muy bien, hazle pasar. Sólo a él.

—¿Don Enrique Cabello? Tengo entendido que es usted pediatra.

—En efecto, lo soy. Buenos días.

—¿Sabe usted por qué se encuentra aquí?

—Por la muerte de Concha Rivera, entiendo: no puede haber otra razón. Supongo que ha sido un suicidio, claro, lo digo por el hecho de que nos esté interrogando a todos.

—Quién sabe, señor Cabello, la vida nos da sorpresas, sorpresas nos da la vida, como en la canción.

—Perdón, señora juez, ¿me está usted vacilando?

—Ja, ja. Un poco, sí. Ya veo que es usted una persona desenvuelta, pero no tema, a veces hay que poner algo de humor en el trabajo diario. Quizá a usted le ocurra lo mismo. Sentido del humor sí tiene, ¿no?

—Creo que sí, en efecto, pero no insista usted mucho porque una jueza impone a cualquiera. Me ha dado un susto.

—Juez, señor Cabello, señora juez. La verdad es que el ciudadano común siempre siente temor reverencial ante un juez, pero veo que no es su caso, aunque se haya llevado un susto. Bien, vamos al objeto de esta citación. Antes se ha referido usted al *suicidio* de la señora Rivera, pero me gustaría saber por qué cree usted que se trata de un suicidio.

—Yo, pues... no sé. Supongo que alguien del club lo ha sugerido y me ha llegado por mi mujer. Está todo el mundo revuelto con el asunto.

—Nadie ha hablado de un suicidio de manera expresa, señor Cabello, excepto usted, y usted no puede saber que lo ha sido.

—Por favor, señora, no me defraude usted. Ese comentario me parece que está de más, dicho sea con el debido respeto. A eso se le llama coger el rábano por las hojas.

—Castiza expresión, señor Cabello, pero totalmente inadecuada en este despacho y en este interrogatorio. Le advierto que debe tener cuidado con el lenguaje que utiliza porque está siendo transcrito y se incluirá en el sumario.

—Perdón, perdón, no he sido consciente del lugar en que me encontraba.

—Ni de la persona a la que se dirige.

—Por supuesto. Me excuso.

—¿Ve usted cómo existe un temor reverencial? Antes se tomó mi comentario con humor y ahora, en cambio, recula con preocupación. Oh, por favor, no me haga caso. Es un comentario ajeno al interrogatorio. No ha sido más que un comentario para relajarle. Bien. Se encuentra ante mí por la muerte inesperada de Concepción Rivera. ¿La conocía usted bien?

—Solamente de encuentros en la sede.

—¿Y a Asunción Lobo?

—¿Por qué? ¿Tiene que ver su muerte con la de Concha?

—¿Es usted lector de novelas policíacas?

—No, la verdad es que no.

—Ha relacionado ambas muertes de inmediato y

no hay razón..., salvo que usted tenga buenas razones para sospecharlo. Es una deducción clara por su parte. Es el golpe de efecto propio de un lector asiduo de novelas de crimen y misterio. ¿Lo es?

—¡Por supuesto que no! ¿Qué clase de interrogatorio es éste?

—El que yo estoy haciendo, señor. Y hará usted bien en no cuestionarlo.

—Me disculpo de nuevo, lo siento mucho.

—¿Cree usted que hay alguna relación entre ambas muertes?

—No, señora, no lo creo. Me parece absurdo.

—¿Ninguna posibilidad?

—No, ninguna. Que yo sepa.

—¿Conoce usted la causa de la muerte de Asunción?

—Sí, señora. Al parecer se debió a un error en la manipulación de una planta venenosa.

—Acónito, en efecto. ¿Su muerte no levantó sospechas?

—Bueno..., hubo comentarios, sí, pero...

—¿Qué clase de comentarios?

—Ya sabe usted, maledicencias, que si el marido, que si ella estaba harta y no hubo error, que fue una decisión personal...

—¿Se llevaban mal?

—Yo no diría eso. Creí entender en su momento que ya no había nada entre ellos... Lo clásico; con el tiempo...

—Está bien, dejémoslo aquí. Muchas gracias, señor Cabello, ha sido usted muy útil. Por cierto, ¿conoce usted a un tal Carlo di Montelleschi?

—Viene de vez en cuando por la asociación y no me gusta un pelo. Para mí que es el clásico italiano caradura, un vendedor de tranvías. Viene sólo para lucirse delante de las señoras. Es un fantasmón.

—Entiendo. Gracias otra vez.

—¿Qué te ha pasado? ¿Qué interrogatorio era éste? Ibas de un lado a otro como pollo sin cabeza.

—Nada, Encarna. Que hoy tengo el día loco. Y que este tío me cae bastante mal.

—No me digas.

—Te lo digo. ¿Tienes ahí a madame Cabello?

—Ahí sentada. Muy guapa.

—Pues hazla pasar.

—¿Señora de Cabello, doña Lucía?

—A su disposición.

—Gracias. Son sólo unas preguntas.

—Usted dirá.

—¿Tenía usted amistad con Concepción Rivera Rifé?

—Amistad, no. Sólo la he visto alguna vez, de acompañar a mi marido a la reunión anual del club. Como era la secretaria... Pero yo no pertenezco al club más que como consorte y no me dedico a la jardinería. Sólo sé un poco de plantas de interior, las que tengo en casa. No las cultivo, las compro cada año según la estación.

—Entonces supongo que tampoco ha oído hablar de su muerte.

—Es horrible, la verdad, eso de morir en el Botánico, ahí tirada de cualquier manera. Mi marido dice que ha debido de ser un suicidio, pero no lo entiendo. Yo creo que debió de encontrarse con alguien, a solas en medio del jardín, se asustó y echó a correr con la mala suerte de haber dado con un delincuente... En el Botánico, quién lo iba a pensar.

—¿Huir? ¿Sin pedir ayuda? No parece que fuera con su carácter. Además, nadie ha dicho que fuera agredida.

—Sí, eso es raro. A no ser que el delincuente perdiera la cabeza, pero, claro, si no presentaba trazas de agresión... Y también me parece un poco raro que alguien la llevara allí exprofeso para matarla, creo yo. ¿Saben ya cómo murió? No se entiende nada. También es raro que no la viera nadie hasta el día siguiente.

—Es la segunda muerte en la asociación, ¿lo sabía usted?

—¿Se refiere a la mujer que se tomó una infusión de no sé qué planta?

—¿Es todo lo que sabe?

—¿Por qué? ¿Tenía que saber más?

—Quizá se lo comentara su marido.

—¡Qué va! No me cuenta nada y a mí no me interesan mucho las cosas del club. Son un poquito especiales, ¿no? O sea, que murió envenenada, deduzco.

—¿Por qué lo dice usted?

—Es que están todo el día hablando de plantas como si fuera lo más importante del mundo y te miran por encima del hombro si no estás al tanto de la cosa. Me encuentro incómoda cuando voy por allí, que es sólo por la insistencia de mi marido. Te hacen sentir fuera de lugar.

—Suele ocurrir con los círculos exclusivos, la comprendo a usted.

—Y además son muy competitivos, como se dice ahora. Cuando discuten es como si fueran a pillarse los unos a los otros, a ver quién sabe y quién no sabe de lo suyo, y la verdad es que yo creo que se odian porque se envidian y todos quieren saber más que nadie. Que, la verdad, es bien raro porque se supone que la gente que ama las plantas son todos tan buenas personas como las mismas plantas; bueno, pues aquí no. Todo lo contrario. No sé lo que pensarán las plantas de todos ellos, pero seguro que nada bueno.

—Lástima que no los frecuente usted más a menudo.

—¿Yo? ¿Por qué lo dice? A mí no me apetece nada.

—Porque veo que usted se fija en las personas y nos habrían venido muy bien sus opiniones sobre todos ellos.

—No son nada interesantes, no crea. De la primera que murió no sabía nada y además me había olvidado; pero la otra, la secretaria, era un sargento de caballería, sólo le faltaba el bigote. No sé cómo la aguantaban. Todos ellos son gente corriente y vulgar; un poquito especiales, como usted ha dicho, y bastante antipáticos conmigo, aprovecho para comentarlo, pero ya le digo que yo no entiendo esa chaladura con las plantas. Es porque se creen alguien. Pero nada. Nada de nada.

—Así que un poquito especiales y chalados.

—A ver, mi marido es normal y piensa como una persona normal, pero cuando entra en el club es como si el ambiente le contaminase; por eso intento no ir, ¿sabe?

—Hablando de la gente, ¿conoce usted a un tal Carlo di Montelleschi?

—¿Por qué?

—Por si lo conoce.

—Sí. Un tipo muy simpático, y conquistador, de esos que se pierden por halagarte y hacerte el amor y que te sientas única, y luego, flor cortada, flor tirada. Pero es guapísimo y tiene morbo.

—Caramba. Yo creía que era un caballero italiano de buena familia.

—¡Ja! Un pinta. Y lo que es peor, un farsante, pero hay farsantes irresistibles. Tenía a todas las señoras locas con los relatos de su finca del Véneto, la ladera de rododendros que tapizaba la colina de su propiedad hasta la orilla del lago, el palacete familiar...

—Un partido, por lo que veo.

—Mire, señora, un partido para pasmadas. Todo lo que dice fue verdad en vida de su abuelo; ahora está poco menos que en la ruina y es un simple ejecutivo de una franquicia de ropa en Milán. Un timador, pero divertido, lo reconozco.

—Parece conocerlo usted muy bien.

—Qué quiere que le diga. Todos tenemos debilidades.

—Me lo imagino. Gracias, señora de Cabello. Eso es todo.

—Gracias a usted.

—Esta flor la ha cortado el italianini.

—Sí, Encarna, y te diré que debe de tener su encanto, lo digo por cómo habla de él, a pesar de todo.

—Pues ya has visto cómo habla de él, lo ha puesto a parir.

—Sí, pero lo recuerda al detalle.

Mariana está ya metida en los interrogatorios y lo cuenta en plan más o menos empático, como si fuera una indagatoria convencional, pero lo que no saben los asociados es que una de las habilidades de la juez es preguntar como si estuviera haciendo un seguimiento rutinario del caso para que se confíen. Es una crack en esto de echar el anzuelo como a lo tonto. Está empezando a sospechar que la muerte de Concepción Rivera es un asunto muy muy complicado, nada de lo que parecía a primera vista, cuando la única incógnita sólo parecía ser el nombre del asesino si lo hubiere. Un envenenamiento con acónito y resultado de muerte no pueden deberse a la casualidad. El *modus operandi* revela a un asesino o asesina minucioso, inteligente e imaginativo en realidad, parece que fuera alguien que se ha propuesto retar a la juez, lo cual no es posible porque ni ella misma sabía que le iba a caer este muerto, y nunca más apropiado el dicho. A mí tampoco se me ocurre la manera de hincarle el diente a ese hueso, y el tiempo corre.

Mariana y yo salimos a cenar anoche. Una velada agradable que últimamente no practicábamos mucho. Nuestras parcas cenas diarias están habitualmente regidas por la comodidad y la dieta. Ella empieza a estar obsesionada con el control del peso. Yo no tengo ese problema porque siempre he sido una espingarda, pero me adapto sin problemas, puedo comer y no comer, debe de ser por mi espíritu estoico; ella, en cambio, es mucho más expansiva y hedonista. No es que yo no disfrute con la comida, es que puedo pasar del gourmetismo sin que me afecte. El caso es que estuvimos hablando de todo un poco, de nosotros muy por encima y del caso con cautela. Yo estoy poniendo a disposición de Mariana toda la información que puedo, aunque algo me reservo, sobre todo porque me fastidia su mutismo al respecto, esa distancia... Lo entiendo, la juez no tiene por qué hablar de lo que lleva entre manos con personas ajenas a la investigación propiamente dicha; lo que me causa malestar es que en otras ocasiones ha sido más abierta a la hora de comentar sus avances o de compartir sus dudas, y esta vez el silencio sobre el asunto es casi hermético. Podemos hablar de las circunstancias generales, pero ni una pizca de sus indagaciones ni de la dirección de sus investigaciones, ni de sus sospechas, incluso. Cada vez me parece más sugerente la idea de que la muerte de Concepción Rivera es un asesinato, inexplicable, sí, porque también lo es el modo en que se llevó a cabo y la circunstancia de aparecer el cadáver en una sección del Botánico, pero... lo malo es que Mariana no intenta desahogarse ni compartir lo que la frustra; nada.

—No estés tan seguro —me dijo de pronto.

—¿Cómo que no? ¿Qué puede ser si no es asesinato?

—Ya sabes que yo nunca doy las evidencias por definitivas. Puede ser un asesinato, sí, es por lo que yo apostaría; pero la experiencia me ha enseñado que a menudo las cosas no son lo que parecen.

—Entonces ¿nos vamos a ir al suicidio, o al error suicida, como con Asunción Lobo?

—Entonces vamos a seguir atentos, sin más. Lo de Asunción Lobo me interesa cada vez más. Yo aceptaría el error de la señora, aunque cuesta admitirlo en una persona perfectamente conocedora de las plantas medicinales y venenosas. En cuanto al asesinato..., ¿quién demonios se lleva a su presa al Jardín Botánico, la envenena y luego desaparece entre las sombras de la noche y por dónde?

—Yo te puedo decir por dónde, gracias a mis indagaciones. Hay por lo menos dos puntos vulnerables en el recinto del Jardín. ¿O son tres?

—¿Y ahora me lo dices? —protestó ella.

—Y tú, ¿me dices algo de tu investigación? Donde las dan, las toman, cariño.

—Dos o tres puntos —dijo Mariana irritada— por donde el asesino pudo escapar aprovechando la oscuridad. ¡Tú no tienes vergüenza, saberlo y no decirlo!

—¿Y tú no tienes a la policía judicial a tus órdenes? Que trabajen.

—No han encontrado indicios de un acompañante de la víctima. Te lo estás inventando todo, lo de los puntos vulnerables también.

—Pero ¿a dónde nos lleva eso? ¿Al suicidio? Porque a un error de la mujer otra vez me parece inconcebible. ¿Y qué haríamos en ese caso con la relación entre las dos muertes?

—Yo no sé lo que piensas hacer tú.

—Pero en esto estamos juntos, ¿no?

—Me temo que no, Javier, tú te has arrogado un papel de cronista que te va muy bien. Por mi parte, mi papel protagonista me convierte en cabeza de cartel. Hay diferencias entre un guionista, por bueno que sea, y la estrella, con perdón. Por cierto, no voy a negarte mi curiosidad por saber qué tal va tu escritura.

—Es la misma curiosidad que yo siento por tu investigación, así que no hay nada que hacer por parte de ninguno de los dos. Tú a lo tuyo y yo a lo mío, es lo que has determinado, estrella.

Mariana me miró con una inquietante media sonrisa, se inclinó hacia mí y me besó en la mejilla. Después volvió a acomodarse en su asiento y llamó al camarero, que en ese preciso momento pasaba junto a nosotros. Le pidió la cuenta con gesto encantador. Era una artista haciendo gestos encantadores.

Ya en la calle, volvió a besarme, lo que me devolvió la moral o, por lo menos, me ayudó a relajarme un tanto porque lo cierto es que estaba algo ofendido por su defensa a ultranza de la distancia de separación que había establecido en lo referente a mi boicoteada intervención en el caso. Esta vez sentí con agradecimiento el apoyo de un abrazo espontáneo y cálido, una especie de guiño afectuoso, diría yo, y luego echamos a andar calle arriba abrazados por la cintura. La primavera nos animó a dar un largo paseo hasta casa, cobijados bajo un silencio lleno de buenas sensaciones, y la noche empezó así de la mejor manera en cuanto cruzamos el umbral del dormitorio, donde la lentitud del retorno a casa se tornó en un apasionado y excitante cuerpo a cuerpo. Nos dormimos tarde, exhaustos y en perfecta armonía.

Yo había quedado a primera hora de la mañana siguiente con María Jesús Cicuéndez; he de confesar que con cierta aprensión, pues temía que se pudiera tomar estos encuentros que estábamos teniendo como una incitación a intimidades mayores que no deseo en absoluto y no porque no me atraiga esta animosa, cordial y atractiva cincuentona, sino porque mi sentido de la responsabilidad en lo tocante a las relaciones amorosas es firmemente monógamo en cada relación y no me apetecía romper este noema. En fin, a lo largo de mi vida he tenido relaciones variadas, pero, eso sí, siempre bajo el signo de la monogamia cada una de ellas. Por otra parte, Mariana de Marco es irrepetible, y no seré yo el que arriesgue semejante compañera por una aventura con nadie, así fuera la misma Anouk Aimée, que ha sido siempre mi sueño de mujer. Del sueño a la realidad, Mariana es imbatible.

Mientras nos tomábamos nuestro café con porras en un bar donde las hacían tan suaves y ligeras como las patatas *soufflé*, me di cuenta de que María Jesús había empezado a especular por su cuenta sobre la muerte de Concepción Rivera, lo cual no era nada conveniente para la investigación porque pondría al resto de los asociados más en guardia de lo que ya lo estaban y se cerraría en seco el grifo de la información. No nos convenía ni a Mariana ni a mí, y a mí, en concreto, me dejaría con el culo al aire ante el club, además, si me veían prestando demasiada atención a María Jesús. Un exceso de cercanía podría poner en guardia a sus compañeros, que pasarían de la colaboración al recelo entorpeciendo la investigación judicial y la mía propia. La idea de que se tratara de un suicidio mondo y lirondo era la opinión mayoritaria, probablemente para evitar que la policía metiese la nariz en las interioridades del puñetero club si se barajaba la hipótesis del asesinato. ¿Habría habido cómplices? ¿Qué agujeros negros había en la vida de Concha? ¿Sería una venganza del marido olvidado y despechado? De modo que insistí en la posibilidad de un criminal ajeno al grupo, alguien perteneciente a la vida privada de Concepción e incluso un amor peligroso, aunque esta última posibilidad era tan indefendible que la propia María Jesús empezó a mirarme con un desagradable gesto de duda, como si yo me estuviera revelando de repente a sus ojos como un periodista de pacotilla o, peor aún, sensacionalista. Excepto por conveniencia, no hay nada más desagradable que pasar por lo que uno no es.

Así, en una especie de ten con ten, fue avanzando la conversación hasta que en un momento de confidencia por parte de ella asomó la idea de que entre Asunción y Concepción había sus más y sus menos. Todo lo que yo había recogido sobre la personalidad de Asunción empezó a complicarse. La bondad natural de la mujer, despreocupada, falta de prejuicios, y su libre sentido de la felicidad, que apuntalaban esa buena capacidad de encajar la adversidad con el mejor de los ánimos, todo ello dentro de su imagen de ama de casa y buena esposa, empezó a parecerme una imagen demasiado prodigiosa. Además: ¿habrían sido verdaderamente amigas Asunción y Concha o esa mutua simpatía era sólo un paripé de cara al exterior? No podía olvidar que la que cultivaba el acónito, planta nada fácil de encontrar en un vivero convencional, era la primera, y que ella le había regalado una planta, o lo que fuera, a la segunda. ¿Con qué intención? ¿Habría sido capaz alguna de las beneficiadas con el regalo de alterar o dar el cambiazo al bebedizo que mató a Asunción? ¿Por qué se encontró junto al cadáver de Concha el frasquito que había contenido la aconitina? ¿Quién la había preparado? Y el ramito de acónito en su mano, ¿qué quería decir? Conturbado por tanta pregunta y revelaciones, me despedí de Cicuéndez.

Todas esas preguntas regresaron tras dejar a María Jesús camino de su trabajo. Yo volvía a casa seriamente preocupado por la falta de respuestas debido a la premura con que ella se despidió. La primera pregunta que me vino a la cabeza era tan evidente que me enfadé conmigo mismo por mi falta de reflejos. La pregunta era ésta: ¿cuántos miembros de la asociación conocían la fórmula para extraer la aconitina? Y acuciado por mi propia torpeza y la lentitud de mi pensamiento, allí mismo en la calle tomé el móvil y llamé a María Jesús, a la que acababa de dejar. Su respuesta a la pregunta que más me importaba en ese momento me dejó perplejo:

—Claro. La mayoría lo sabemos. Y te recuerdo que todos tenemos una planta de acónito, yo misma tengo dos. Fue un regalo que Asunción encargó para ella en un vivero de los Pirineos franceses o españoles, no me acuerdo, y gustó tanto porque son unas flores preciosas con ese color azul tan especial... En fin, que estaba entusiasmada y encargó una buena cantidad para repartirlas entre los socios, se puso pesadísima, pero con tan buena voluntad... Creí que lo sabías. Nos los trajo a la asociación con la ayuda de su marido, que echaba venablos por la boca por tener que cargar con ellas, y no veas el revuelo que se armó, sobre todo por parte de los que aquel día no asistieron a la reunión. Todo el mundo quería una y no hubo para todos, por eso Concha acabó sacando esquejes de la suya, para repartirlos a los que se habían quedado sin regalo, y bien que hizo.

¿Estaría Mariana enterada de esta noticia?

Y lo peor de todo: ¿sería capaz de no habérmelo comentado?

—¿María Jesús Cicuéndez?

—A su disposición, señoría.

—Quisiera hacerle unas preguntas acerca del Club de Amigos de los Jardines, al que usted pertenece, y sobre algunos de sus miembros. ¿Tiene inconveniente?

—No, qué va, ninguno en absoluto; puede usted preguntar lo que le parezca.

—Dígame, ¿qué opinión le merecía la señora Concepción Rivera?

—Perdone..., ¿respecto a qué?

—Oh, en fin, su trabajo como secretaria de la asociación, su relación con los demás miembros, y también su opinión personal sobre ella.

—Pues era muy responsable, y cumplía su cometido con eficacia. Acudía puntualmente al menos tres días a la semana para despachar los asuntos que tuviera que despachar, era activa, preparaba las reuniones y también los viajes a los jardines de España y de fuera de España, se llevaba bien con todo el mundo, mejor con unos que con otros, claro, pero sin hacer distingos; era muy seria, un poquito seca si le digo la verdad...

—¿Qué tal se llevaba con la señora Pereña?

—Se llevaba, sin más.

—¿Algún roce, quizá?

—Bueno, ya le he dicho que era un poquito áspera; y la señora Pereña tampoco es fácil de llevar, como era embajadora, acostumbrada a dominar..., ya sabe usted.

—¿Chocaban?

—De aquella manera. La señora Pereña ha cogido a toda prisa el puesto de secretaria, no sé si me entiende.

—Perfectamente. ¿Y Asunción Lobo?

—¿Qué pasa con ella? Murió hace casi un año.

—Quiero decir que si se llevaban bien.

—Era difícil no llevarse bien con la pobre Asunción.

—¿Pero...?

—Pero no eran de la misma pasta. Asunción era un encanto: amable, atenta con todo el mundo, no hacía de menos a nadie...

—Y Concepción era más distante.

—Eso es, sí, debía de ser por el peso de la autoridad, que Concha se tomaba demasiado en serio; pero se aceptaban, con normalidad.

—Entiendo. ¿Qué opina usted del conde, del presidente...?

—Que es presuntuoso y más tonto que Abundio, pero educado. Él fue quien montó el club, que era una especie de chiringuito modesto hasta que llegó Concepción y empezó a moverlo. El conde está muy bien relacionado y tiene muy buenos contactos que nos han venido bastante bien, sobre todo para las visitas a jardines particulares, pero quien le sacó partido a eso fue Concepción. El presidente también sabe mucho de jardinería. Pero carece de empuje y de ideas.

—No será tan tonto...

—No digo que sea tonto del todo, pero nunca le he

oído decir nada interesante; o sea, excepto sobre jardinería.

—Algo es algo.

—Eso también. De entrada, parece arrogante y algo pomposo, pero cuando se le conoce es más cercano. Ya le he dicho que es educado. Incluso simpático cuando está de buen humor.

—¿No le parece una coincidencia que las dos mujeres de las que hablamos hayan muerto por la misma causa?

—Pues sí, la verdad. Eso es también lo que opina el periodista que viene estos días por el club.

—¿Un periodista?

—Sí. Un tal Javier Goitia, un tío interesante. Bueno, da igual. ¿Se sabe seguro que Concha murió por ingerir aconitina?

—Es una posibilidad.

—Y en el Botánico. Qué cosa más extravagante.

—Yo creo que es muy propia. El acónito es una planta.

—Anda, que si Asunción llega a saber lo que iba a pasar con sus acónitos, a buena hora los hubiera repartido.

—¿Cómo dice usted? ¿Que repartía plantas de acónito? —dijo Mariana con la mayor inocencia.

—Los encargó en un vivero francés. Menudo chasco. Si llega a saber las desgracias que ha ocasionado, se muere otra vez.

—Eso me lo tiene que explicar con detalle...

—Tiene gracia, Encarna, que nos enteremos ahora de la razón de la extraordinaria proliferación del acónito en el puñetero club de las narices.

—Sí, la verdad es que sí.

—No sé si convendría empezar a reconocer en voz alta que puede no tratarse de un suicidio. Hasta ahora he preferido no crear confusión dejándolos pensar en el suicidio para darles de qué hablar sin poner emoción a sus días y tenerlos entretenidos y distraídos, pero a lo mejor, si levantamos la liebre, se empiezan a mover las cosas. Reconocer lo que cada vez es más evidente, aunque más misterioso: un envenenamiento provocado y todos con el arma del delito en su casa.

—Agitar el fantasma de dos posibles muertes oscuras, diría yo.

—Sí, ése es el problema. Levantar la liebre sería un palo a ciegas. Pero si crea revuelo...

—A río revuelto, ganancia de pescadores. Ahí se arma la de San Quintín, te lo digo yo. Les va a entrar un canguelo que para qué. No me disgusta la idea, cuanto más nerviosos se pongan, mejor para nosotras.

—No sé si es conveniente, Encarna. Hay que pensarlo.

—Buenos días. ¿Es usted don Francisco de Borja Contreras?

—Sí, señoría. Buenos días.

—Me basta con señora juez, buenos días. Tengo entendido que colabora usted muy estrechamente con el presidente del Club de Amigos de los Jardines.

—En efecto, así es. Tiene una gran confianza en mí y yo le correspondo con mi esfuerzo y mi gratitud.

—Qué bien; estará el hombre tan contento...

—Sí, aunque me esté mal el decirlo, así es.

—¿Conocía usted a Concepción Rivera Rifé?

—Naturalmente. Doña Concepción era el alma del club y todos estábamos encantados con ella. Es una pena lo que le ha ocurrido, nadie se lo esperaba.

—¿Es que cabía la posibilidad de haberlo esperado?

—¿Qué? No, no, por supuesto que no. Creo que no me he explicado bien. En lo que pensaba es en la proliferación de delincuentes que tenemos en España desde que se ha dado paso franco a los inmigrantes sin papeles.

—¿Es que atribuye usted la muerte de la señora Rivera a los inmigrantes?

—Lo atribuyo a la delincuencia. Comprenderá usted que ni el personal del Jardín Botánico ni ninguno de los miembros de nuestro club ha tenido nada que ver con semejante desgracia.

—¿Puede usted explicarme cómo un delincuente, cualquiera que sea su procedencia, ha podido colarse en el Botánico, secuestrar a la señora Rivera y obligarla a beber un cocimiento de aconitina?

—Ah, ¿es que ha muerto envenenada? Nadie nos ha confirmado nada. Se ha dicho, sí, pero...

—La noticia ha empezado a correr, mal que nos pese. En fin, ¿le parece normal que un delincuente común o un inmigrante prepare una poción de aconitina y se la haga tomar a doña Concepción de noche y en el Jardín Botánico?

—Pero entonces...

—Entonces, sí, entonces parece mucho más sensato pensar en alguien de su círculo personal, alguien que la odiase hasta ese punto, ¿no cree usted?

—Hombre, no sé, visto así...

—¿Tenía enemigos la señora Rivera?

—¡De ninguna manera! Era una mujer cabal.

—Porque usted conoce a todas las personas de su entorno, entiendo.

—A ver, todos sus amigos o conocidos, no, la verdad.

—La han matado, pero no cree que pueda ser alguien que la conociera o tuviera una relación con ella.

—¡No, no, por Dios! ¡Una relación! Era una mujer de verdad, una mujer sin tacha. ¿Cómo puede usted pensar en semejante barbaridad?

—¿Era una separada ejemplar y alejada de todas las debilidades? Señor Contreras, no le he citado a usted para que me cuente vidas de santos. Todo el mundo tiene defectos y virtudes.

—No le consiento que hable usted así de doña Concepción, señora.

—Bien, entiendo que para usted se trata de una dama inmaculada. En tal caso, pospongo el interrogatorio. Puede usted retirarse.

—¿Será gilipollas el niño este, Mariana? Pero ¿de qué invernadero sale semejante planta?

—Tranquila, Encarna, será uno de los citados al que acabemos sacando más información. He cortado su declaración porque no íbamos a ninguna parte, con el peligro añadido de que nos acabáramos cabreando nosotras. Hay que empezar otra vez, cuando hayamos terminado la ronda general. Dejémosle, por ahora, confundido e irritado. Soltará lo que sabe cuando haya meditado un poco.

—Es como si lo hubieran educado en un colegio de monjas o en la Sección Femenina. ¿Te acuerdas de las de la Sección Femenina?

—Bueno, no creas que todas eran sargentos; según tengo entendido, había bastantes que trataron de enseñar a las mujeres con buena voluntad, bajo ideas equivocadas, pero con buena voluntad en muchos casos. Yo todavía uso su libro de cocina, que no estaba nada mal, dicho sea de paso. Enseñaban cosas útiles para las mujeres que no sabían hacer la o con un canuto.

—Había mucha mala gente, te lo digo yo.

—Como en todas partes, Encarna, como en todas partes.

Me acerqué ese mismo día al club, una vez más; le estaba cogiendo el gusto o no sé si sería mejor decir el morbo. A Cicuéndez la había dejado yendo a su trabajo y ahora no podía contar con ella en el local, lo que me habría venido muy bien para verla en su salsa, a ella y a los que se encontraran allí en esta mañana primaveral. Me había hecho tan asiduo al club que ya me aceptaban como si fuera un miembro más. En el local sólo estaba presente la señora Pereña, que, al parecer, se estaba tomando muy a pecho su nuevo cometido o, puestos a pensar mal, lo que es una actitud propia de los miembros del club, se diría que estaba disfrutando de su nueva autoridad e instalándose en el lugar con la actitud de un combatiente que ha tomado la plaza en disputa.

La verdad es que no tenía nada que hacer allí. La señora Pereña se metió en su despacho y yo me quedé examinando sin mayor interés los libros de la única estantería, que no eran pocos. En una segunda estantería, de baldas más anchas, se guardaban apiladas cuidadosamente las revistas, desde *Jara y sedal* hasta *House and Garden*, y me entretuve hojeándolas a la espera de que sucediese algo. Y vaya si sucedió.

Al cabo de una hora, el club era un hervidero.

Todo el mundo estaba informado de que la muerte de Concepción tenía todos los visos de ser un asesinato y no un suicidio, y las especulaciones se habían disparado. Los miembros iban llegando poco a poco y se incorporaban a los corrillos que se organizaban espontánea e informalmente, pues nadie tomaba el mando para explicar la situación o para proponer algún orden en la información. Todos los ojos estaban puestos en la estricta y autoritaria señora Pereña, que se había atrincherado en su despacho esperando la aparición del presidente. En un principio todo fueron especulaciones sobre la autoría y las razones del hipotético crimen o sobre el modo en que el presumible asesino había conseguido dejar el cadáver en el Botánico, lo que causó una notable controversia repleta de fantasías; pero, a medida que avanzaba la mañana, la realidad empezó a abrirse paso, lo que transformó la confusión inicial en algo mucho más inquietante para todos. No recuerdo quién fue el primero que puso la idea en circulación y a fe que hubiera sido muy importante estar atento al hecho porque no dejaba de ser una referencia a la hora de empezar a indagar su origen. Me refiero no sólo al origen de la idea, sino al de la conmoción que produjo, pues todos los reunidos empezaron a darse cuenta, como quien despierta tarde y entre sábanas tan enredadas como el sueño recién abandonado, de las implicaciones del delito de asesinato. La claridad del día trajo consigo a aquellas mentes lentas una evidencia estremecedora: que el asesino de Concepción Rivera, si es que se trataba de un asesinato, tenía que ser uno de ellos, no un extraño ni un delincuente... La protectora idea del posible suicidio se desvanecía ante la cruda realidad de un crimen a sangre fría.

—¿Y por qué uno de nosotros? —dijo el doctor Cabello—. ¿Es que ella no frecuentaba otros círculos, no tenía otras amistades?

La pregunta consoló a algunos, pero no tranquilizó a nadie porque la sospecha había sido ya sembrada y desde ese momento no hizo más que fructificar. Las especulaciones adquirieron un tono más serio y, sobre todo, más sombrío. Se preguntaban unos a otros, disimuladamente, cuestiones que llevaban dentro de sí; la incertidumbre, los interrogantes, la desconfianza florecían. Parecía que una corriente eléctrica los había atravesado a todos y evitasen tocarse por temor a sufrir una descarga.

La aparición del conde de Camarena generó una ansiosa expectativa en torno a su persona y sin duda hubo de hacer un esfuerzo para aparentar serenidad y comprensión ante el alud de preguntas que se le vino encima. No, él no tenía la menor comunicación oficial al respecto; sí, acudiría de inmediato a solicitar una entrevista urgente con la juez De Marco; no, no estaba dispuesto a aceptar que alguno de los socios de la asociación fuera capaz de ejecutar un crimen tan vil; sí, es cierto que la señora Rivera había muerto a consecuencia de la ingestión de un cocimiento de las flores, hojas o raíces del acónito; no, no solamente ellos disponían de la planta del acónito, sino que ésta se encontraba en algunos viveros especializados y cualquier desconocido podía disponer de ella. El acónito, también conocido como *matalobos* en regiones de los Pirineos, es peligroso de manipular, sobre todo las raíces, y, sí, ha de hacerlo alguien que lo conozca bien, pues ya el contacto manual con ellas es muy agresivo, pero los miembros del club están al tanto de los peligros de tal manipulación, de manera que no hay por qué alarmarse y dar por hecho que sólo ellos podían haber tramado el asesinato de la señora Rivera; y sí, lo sensato era esperar a recibir noticias de la investigación en curso antes de llegar a ninguna conclusión precipitada.

La improvisada declaración del conde no convenció a nadie, pero logró calmar en parte los excitados ánimos de los concurrentes. Yo los observaba como si se tratase de un gallinero alborotado a cuyo frente tratara de no perder la compostura ni la fingida arrogancia el gallo del corral.

Es extraordinario cómo una sospecha arrojada como una piedra al centro de un estanque se expande en impecables y maliciosos círculos concéntricos. El temor había prendido en la improvisada asamblea, eso era evidente, y el desconcierto, cuando no el miedo, se reflejaba en todos los rostros, excepto el de la señora Pereña. Por mucho que fuera sólo uno el supuesto asesino, el temor se extendía a todos por igual. Además, se hablaba de complicidades involuntarias, pero complicidades, con quien pudiera ser el asesino. La mayoría había sido ya interrogada por la juez, pero ante esta nueva revelación cada uno de ellos repasaba mentalmente su declaración, pues cuando el miedo invade las almas, todo lo que pertenece a su conciencia inmediata queda tocado por él.

Reconozco que interiormente me reía de la mezcla de consternación y temor que la noticia del asesinato les había provocado, pero no dejaba de reconocer que tenían sus razones, aunque no fuera más que por aceptar que, muy probablemente, había entre ellos un asesino. La verdad es que Mariana había jugado bien la baza de descartar la idea del suicidio en este momento concreto de la investigación.

Intermezzo

—¡Julia, cariño, qué alegría oírte! ¡Me tienes abandonada aquí, en Madrid! ¿Cómo es la vida en G. sin nosotros, sin mí sobre todo...?

—...

—Sí que te llamé. Te llamé hace dos días, lo que pasa es que tengo un caso entre manos muy desconcertante.

—...

—No, enrevesado, no, desconcertante. O sea, que no sé por dónde tirar. No te lo vas a creer: una mujer que aparece muerta en el Botánico.

—...

—Asesinada o no, ése es el problema.

—...

—Envenenada con aconitina, un veneno que se extrae de la planta del acónito.

—...

—Una mujer, eso pensé yo por lo del veneno, pero en el Botánico... Hay que ser muy retorcida para envenenar a alguien en el Botánico. Las envenenadoras suelen ser muy caseras, no suelen dedicarse a llevar a sus víctimas a los jardines, en plena noche, para obligarlas a ingerir una copa de veneno.

—...

—Ja, ja, muy graciosa. Un homosexual o un travesti envenenador es más propio de la corte papal o del Imperio romano. No, cariño, ésta es una historia muy rara, sin pies ni cabeza.

—...

—Y yo qué sé cómo se lo hizo tomar a pelo; porque fue así: sólo encontramos un botellín de los que venden en las tiendas de ultramarinos, esos que parecen de coleccionista y no de bebedor.

—...

—Pues esta vez sí, esta vez no encuentro hilo del que tirar, ya ves, no soy perfecta, como tú has supuesto siempre, sino una mujer como tantas otras, como tú, por ejemplo.

—...

—Pues te fastidias. ¿O qué te creías? Todas tenemos la costumbre de considerarnos diferentes, sobre todo diferentes de la gente que no nos gusta. En el pecado va la penitencia, ya ves.

—...

—Tengo una secretaria judicial que es una joya. Encarna. Tan dispuesta como directa, es de las que te lo sueltan todo a la cara sin tomar precauciones, pero como es muy viva, siempre tiene una respuesta que te para los pies; con mucha serenidad, pero una serenidad que es una estocada. Me encanta.

—...

—No se le escapa una. Les ponemos nombre y ficha a cada uno de los que interrogamos aquí y no se van sin una evaluación tan detallada como certera por nuestra parte. Hija, qué quieres que te diga, eso de hablar mal de la gente a sus espaldas, sin hacer daño y compitiendo a ver quién afina más, es un aliciente en este oficio. A veces hacemos apuestas a ver quién da en el clavo.

—...

—No, yo no, solemos empatar o acordar y somos respetuosas, pues claro que sí, con quién crees que estás hablando. Somos malas buenas personas, ya me conoces.

—...

—¿Javier? Bien. Bueno, de aquella manera...

—...

—Nada, no pasa nada. Cada uno es cada uno. ¿Y tu estudio? ¿Os entran proyectos?

—...

—La crisis, ya. Ahora todo es la crisis. Siempre los últimos para todo, como tiene que ser en un país de pícaros e improvisadores. Pero debe de haber una buena cantidad de gente haciéndose de oro mientras nosotros nos empobrecemos. Eso también es propio de las crisis. Ésta va a ser dura, cariño, cúbrete.

—...

—Yo estoy bien, pero pronto estaré peor. Hay gente que no se entera de la que se avecina, no porque estén a cubierto, sino todo lo contrario: porque su precariedad no ha cambiado sustancialmente, llevan toda la vida en crisis permanente y no notan el bajón; no son como la gente adinerada, que tampoco notan la crisis en el día a día porque duermen en colchón de plumas. Quienes lo sufren son las clases medias. He leído que hay familias de clase media empobrecidas que, para disimular, cuando van al comedor social les dicen a los chicos que van al restaurante, qué cosa más triste.

—...

—Madrid me gusta. Me gustó al llegar y ahora... no tanto, pero no por la ciudad, que es fantástica, sin prejuicios y desacomplejada, sino porque la gente que la rige es desesperantemente mediocre. La ciudad y la Comunidad.

—...

—Ya, pero G. es otra cosa, es una ciudad pequeña, es cariñosa, no da lugar al exhibicionismo de aquí...

—...

—Sí, ya sé, ya sé, pero allí es todo más recogido, más cercano, la gente se conoce; es como un pueblo, pero no tan cerrado ni tan estrecho... A lo mejor es que me estoy haciendo mayor y empiezo a valorar la vida tal como la vivían nuestros padres.

—...

—Es verdad, es verdad. Por nada del mundo repetiría mi vida con el caudillo. El *aurea mediocritas* es lo que tiene, aunque te diré que aquí disponemos de lo mismo con un aire cosmopolita más falso que un Judas. En todas partes cuecen habas, como bien sabes; la ventaja es el anonimato de la gran ciudad, pero todo tiene su parte buena y su parte mala. En fin, en este país cualquier tiempo pasado fue peor. En general, digo en general. También hemos tenido alguna autoridad respetable, como Carlos III o Juan Negrín. Bueno, te corto o nos vamos a poner sentimentalmente nostálgicas o furiosas y no me apetece, para una vez que hablo contigo. La verdad es que estás muy a tu aire, ahora que lo pienso. No te habrás echado un ligue, ¿eh?...

—...

—Menos protestas, que te conozco. No es muy propio de ti estar tanto tiempo sin dar señales de vida. Eso es que estás muy entretenida, sí, sí, que tienes quien te entretenga, eso es lo que quiero decir. ¿No me vas a contar nada?

—...

—No, la entretenida de nadie, no tergiverses.

—...

—Que sí, que sí, que me tienes olvidada, pero, en fin, una se hace a todo...

—...

—Vale, no empujes. Ya te llamo yo. Un beso, cariño. Chao, chao. Un beso, sí, mi vida, te quiero, ya lo sabes, mucho. Adiós, adiós, adiós. Llama tú también. Vale. No empecemos con el «cuelga tú; no, cuelga tú», Julia, por Dios... Chao, *pescao*.

SEGUNDA PARTE

Se reanudan los interrogatorios

—Bien, Encarna, ya se han enterado todos de que la muerte de Concepción puede ser un asesinato. Se ha armado la gorda, por lo visto. Eso me dice mi compañero.

—Hombre, a ver, tienen que estar de los nervios. Y ya verás cuando empiecen a hacer cábalas y la memoria comience a funcionar.

—Precisamente. He aquí el momento ideal: van a empezar a desconfiar unos de otros, a hacer suposiciones, a recordar, y ahí entramos con todo. Como suele decirse: «A río revuelto, ganancia de pescadores». Tenemos que estar muy atentas porque, sin quererlo, nos van a decir mucho más de lo que quieran decir. Sólo de trata de atar cabos.

—Porque sigues pensando que el criminal ha de ser uno de los miembros de este jodido club, ¿no?

—La verdad es que sí. El suicidio está más o menos descartado. No tendría por qué descartarlo, pero me parece una manera tan sofisticada de llevarlo a cabo... Nadie se suicida haciendo tanto teatro, salvo que tenga una intención que vaya más allá de la muerte. ¿Tú la ves?

—No, desde luego que no. Esto no es una novela policíaca. Pero reconoce que estamos a oscuras. Tampoco es fácil de explicar el asesinato en un Botánico cerrado, sin acceso a partir de las ocho y con la víctima y el asesino dentro.

—Totalmente de acuerdo. Es lo que hay que descubrir y no sabemos cómo pudo escapar, aunque es de suponer que fuera ágil. Una cosa es que haya algún punto débil en el cercado y otra muy distinta que sea asequible a un criminal medio.

—Ja, ja, muy bueno eso de criminal medio.

—En cuanto a quién sea el criminal, también es bastante retorcido. ¿No tenía otro sitio para matarla? Y corriendo el riesgo de que lo pillaran en plena faena o de que alguien los viera.

—Ése es uno de los caminos que seguir: si estaban ya dentro del recinto..., porque pensar que el asesino y su víctima se colaran por la noche es absurdo; alguien tuvo que verlos, aunque fuera de refilón. La policía ya ha interrogado a las taquilleras y los empleados que estuvieron ese día por la tarde en el jardín, pero no han sacado nada en limpio, excepto que no recuerdan nada diferente a lo normal.

—De todos modos, no me lo acabo de creer; con lo fácil que es envenenar a la gente en casa...

—No me digas.

—Pues sí, sí que lo es, yo misma...

—¡Madre mía! ¿A quién has envenenado tú misma?

—Mariana, por favor, que es una manera de hablar.

—Lo será, no lo dudo, pero si nos ponemos un día a las malas, no pienso aceptar una invitación a tomar el té en tu casa.

—Y bien que harás. No sabes tú de lo que yo soy capaz.

—Señora Pereña, tome asiento, por favor.

—Gracias, pero ya le dije a usted todo lo que podía decirle la vez anterior en que me citó.

—Siempre queda algo pendiente, precisiones y cosas así. Veamos: me dijo usted que esperaba ser nombrada secretaria de la asociación en sustitución de la anterior titular, doña Concepción Rivera, ¿no es así?

—No lo recuerdo, pero, sí, yo era la persona más adecuada, en efecto.

—La sustitución ha sido muy rápida, de un día para otro.

—No había razón ninguna para no hacerlo cuanto antes.

—Estando la anterior secretaria de cuerpo presente, la sustitución parece un poco precipitada, además de...

—¿Poco elegante? Mire usted, señora jueza, yo no me ando con tiquismiquis. Había que hacerlo y punto.

—En primer lugar, le agradeceré que se refiera a mi persona como señora juez; en segundo lugar, le recuerdo que soy yo quien hace las preguntas, así que le ruego que aguarde a que yo termine la pregunta en vez de ocuparse usted de completarla.

—No era mi intención ocupar su sitio. Yo ya tengo el mío en la vida.

—Muy bien. ¿Puede usted justificar la necesidad de un relevo tan urgente?

—No. No puedo. Me puse de acuerdo con el presidente y convinimos en volver a la normalidad cuanto antes. Es una cuestión de orden interno que no creo que tenga nada que ver con la muerte de Concha, salvo en lo que respecta al hecho de que dejaba vacante la secretaría.

—¿Convinieron?

—Sí. Era lo adecuado.

—¿Estaba en precario la gestión de la asociación?

—¿Por qué iba a estarlo? No, en absoluto, Concha era una mujer competente. La prisa, que tanto le llama la atención, es una pura cuestión de eficacia. Nada que ver con asuntos o simpatías personales, si eso es lo que sospecha.

—No sospecho nada, sólo quiero dejar en claro la razón de esa precipitada sustitución. Cuestión de procedimiento.

—¿Es que cree que tiene que ver con la muerte de Concha?

—Insisto en que no debe hacer preguntas, sino ofrecer respuestas claras y precisas. Lo que tenga o no que ver es asunto mío.

—Yo no soy sospechosa.

—Sí, sí lo es.

—¡Absurdo!

—Lo es como el resto de los miembros de la asociación. Pero usted tiene un móvil.

—De manera que por fin reconocen que se trata de un crimen.

—Lo sospechamos de inmediato, pero no deseábamos darlo a conocer hasta que dispusiéramos de una opinión fundada.

—O sea, que ahora sí lo es. El crimen.

—Es evidente.

—Bien. ¿Ahora qué desea? ¿Coartadas o algo así?

—Simplemente queremos conocer sus movimientos el día de autos.

—Me levanté temprano, estuve leyendo hasta media mañana, después salí al aperitivo con dos amigas, en el bar del hotel Wellington, almorcé en casa, sola, me eché una ligera siesta y acudí al club porque necesitaba consultar unos libros en la biblioteca. Estuve allí hasta cerca de las ocho de la tarde y regresé a mi casa para vestirme e ir a una cena con amigos en un restaurante de Los Jerónimos. Hacia la una de la madrugada, cuando terminamos, uno de ellos me trajo a casa en su coche. Aún me quedé leyendo un poco, en la cama. Eso es todo.

—Estuvo, pues, cerca del Jardín Botánico a una hora crítica.

—No lo niego, pero no fui al Botánico.

—Dígame: ¿le regaló también a usted una planta de acónito Asunción Lobo?

—Y quedé muy agradecida. Al parecer las consiguió en algún lugar de los Pirineos. Le digo esto porque en el club corrió el rumor de que las había encargado en un vivero francés.

—¿Sabe que a su antecesora en el cargo la envenenaron con aconitina?

—Eso he oído.

—¿Había alguien más con usted en la sede del club esa tarde?

—Seguro que sí, pero no recuerdo con precisión.

—Quizá si hace un esfuerzo... En todo caso, le agradeceré que lo piense cuando vuelva a su casa y, si puede recordar quién estaba allí además de usted, se lo agradeceré mucho más. Con que piense en una sola persona que estuviera en el club... Seguro que puede apoyarse en ese recuerdo.

—Puede ser. Lo intentaré. Tengo una excelente memoria visual... Ah, sí, Faustino Pedroñero pasó por el local porque lo cité para comentar unas cuestiones que no vienen al caso acerca de mi jardín en Cantabria.

—¿Ve usted qué fácil? Seguro que con su excelente memoria me reconstruye el movimiento de aquella tarde.

—Así que Faustino Pedroñero, el único jardinero de verdad de toda esta gente, estaba allí aquel día. A éste ya lo hemos citado una vez e, igual que con la señora Pereña, conviene tener un segundo encuentro. ¿Te ocupas tú, Encarna?

Mariana de Marco decidió tirar por la calle de en medio en cuanto dio vía libre a la hipótesis del asesinato y, tras aguardar a que la noticia calase en todos los afectados, empezó la segunda tanda de interrogatorios. Esta vez no iba a ser el apacible intercambio de información en que habían consistido antes, sino algo bastante más inquietante para los presuntos sospechosos; esta vez cada uno de ellos recelaría ante las preguntas de la juez, adoptarían igualmente actitudes bien diferentes y mucho más acordes con su verdadera personalidad, y se acentuarían los recelos entre ellos. La juez De Marco se disponía a tender la tela de araña en la que apresaría al culpable y fijaría los movimientos de todos los demás; pero también habría que contar con que un conjunto de personas como el que se reunía en el Club de Amigos de los Jardines se iba a convertir en un peligroso avispero si alguien se dedicaba a fumigar su nido.

La juez De Marco era una mujer valerosa que no se arredraba fácilmente. Las dificultades la hacían crecerse, aunque en ocasiones habían supuesto para ella un desgaste emocional nada fácil de sobrellevar; pero, como decía a menudo mencionando el chiste del escorpión y la rana: «Es mi naturaleza».

Si era o no su naturaleza, no soy yo quién para juzgarlo; en mi opinión, esa actitud se parecía mucho a la lucha ciega del creyente contra la adversidad. A menudo he pensado que su capacidad de lucha era el resultado de la falta de afecto y comprensión familiar en el hogar de los De Marco. Con un padre irreductible al razonamiento abierto y el respeto al disidente, con una madre que constituía un ejemplo de sumisión al hombre y que daba a su hija un amor tan ciego como distante, muy diferente de la adoración por su otro hijo, Antonio, el príncipe heredero... Mariana podía comprender la contradicción de su madre, una contradicción que la privaba de una expresión sincera del amor materno; y, para completar el cuadro, estaba su hermano Antonio. Éste sí había sido cariñoso con ella las más de las veces, pero también acaparó sin reparo, como algo que le era debido por ser el hombre, el aprecio de sus padres. He ahí la palabra: *aprecio*, además del *cariño*. Todos estos sentimientos, sumados, eran sentimientos de hierro para lo bueno y para lo malo, lo que hacía que Mariana, en su afán por afirmar su personalidad, estuviera acostumbrada a dejarse la piel entre las zarzas. Quizá por eso mismo tendiera a no confiar en nadie en último extremo o, por lo menos, en ningún hombre, incluido yo mismo. Esa distancia, ese recelo íntimo, ese evitar mostrar el verdadero fondo de sus emociones más hondas, estaba firmemente anclado en su historia personal y tan profundo que muchas veces dudaba yo si en verdad ella poseía dominio sobre ese recóndito sedimento de experiencia y emoción sumadas y conjuntas o, por el contrario, ese poso sustancial se había estratificado en el fondo del olvido. ¿Alguna vez pueden perderse las experiencias, las vivencias más intensas, aquellos impactos recibidos y diluidos en los recovecos de la sensibilidad hasta el punto de que lleguen a condicionar nuestra vida y nuestros actos sin que seamos conscientes de ello? En todo caso, Mariana era, yo creo que a su pesar, la inequívoca imagen de una mujer fuerte que, como toda persona fuerte, lo es sobre todo por su capacidad de asumir sus contradicciones y sus temores, las emociones debilitantes y las emociones triunfantes.

Lo que queda en suspenso es la felicidad. ¿Producen felicidad la fortaleza y la resistencia al dolor? ¿Tiene verdadero sentido asumir la frustración o es un efecto indeseado? Estas preguntas nos valen a todos, por lo que no hay respuesta objetiva sino individual, una respuesta individual que está en el eje mismo de la supremacía del ser humano en la naturaleza: su capacidad de adaptación. El problema es el precio que se paga por ello. La juez De Marco es una fuerza de la naturaleza, pero a la fuerza del huracán sigue siempre la debilidad del después. No me refiero a la calma que viene tras la tempestad en sentido estricto, sino al estado de flojedad que sigue a los grandes esfuerzos, ese estado que es el equivalente a la línea de menor resistencia de un navío, o de un carácter, el punto por donde todo daño puede colarse por sorpresa.

Entonces me pregunté por algo que hasta ahora había quedado oculto en su vida cotidiana: ¿dónde se alojaban sus miedos? ¿Cuáles habían sido las experiencias más personales, o íntimas, de temor y desamparo? Nunca hablaba de ello y, sin embargo, debían de existir en su memoria, fuertemente custodiadas tras una barrera infranqueable. Ninguna referencia, ningún atisbo había dejado escapar sobre sus malos momentos, sobre sus abatimientos y sus vértigos, ante el vacío del dolor o de la soledad. Su silencio impenetrable, tan impenetrable que daba miedo, aislaba perfecta y deliberadamente toda aquella parte de su vida. De un modo u otro, todos acabamos vertiendo nuestra realidad oscura en el oído de algún amigo o amiga, aunque sólo sea porque de esta manera intentamos airear y exponer a la luz curativa las heridas íntimas y lo hacemos después de mucha resistencia para evitar que se pudran. ¿Lo había hecho ella? No conmigo. A veces incluso basta con decirlo a alguien que simplemente nos escuche; otras veces el alivio viene en ayuda por el hecho de compartir esa carga oculta. Mariana guardaba celosamente esa parte de su existencia con una firmeza excluyente, y yo me preguntaba si habría amado a alguien alguna vez, si me amaba a mí.

Pero estaba hablando en principio de una mujer fuerte y valerosa. Detrás de toda construcción semejante subyace la amenaza de un derrumbamiento: una crujía o una viga cuyo deterioro pasa inadvertido porque se encuentran fuera del alcance de la vista; cuando ceden, una parte del edificio cede con ellas. Pero en ese caso no sólo interviene la imprevisión, sino que también lo hace el destino. Por eso, estas lucubraciones son más propias de un alma atribulada, como es la mía, que de la realidad misma. Sin embargo, tras la fortaleza y la autoexigencia que borraron la huella de su miserable despido del bufete que compartía por igual con su marido y los otros dos socios, la acechaba, en lo más escondido de la conciencia, el miedo a otra ruptura emocional; un miedo que quizá aguardaba su ocasión tras la puerta con la que pretendía haber clausurado el resto de la inseguridad que aún latía en lo más hondo de su alma, junto a la certidumbre de sus cicatrices.

El caso del crimen del Jardín Botánico era de los

que suscitaban toda la atención de la juez. No se perdonaría dejarlo escapar sin resolverlo, no estaba en su naturaleza. Y ella, a fin de cuentas, quería creer que disponía de recursos más que suficientes para dar buen fin a la investigación.

Estaba yo rondando la sede del club, vacía a la hora del almuerzo, cuando vi entrar en el portal a la señora Pereña; apenas se introdujo en él, me acerqué con mucho cuidado a tiempo de verla extraer una llave de su bolso, abrir la puerta del local y cerrarla cuidadosamente después; a los pocos minutos el señor Vázquez-Simón, solo, entró en el mismo portal, se dirigió, como ella, al piso bajo y llamó a la puerta, que se entreabrió lo justo para dejarle paso; luego se cerró tras él. Un perfume de conspiración y una sensación de ocultamiento me afectaron a la vez cuando me introduje yo también en el portal que, con sus prisas, el señor Vázquez-Simón había dejado mal cerrado, por fortuna, pues no me atreví a llamar a la puerta del club. A esta hora no debía de haber nadie excepto los dos que me precedieron, y preferí esperar acontecimientos. Si el olfato y mi sensibilidad no me engañaban, ahí dentro estaba sucediendo algo.

Al cabo de una media hora que se me hizo larga, recordé que, al ser un bajo el local, bien podía buscar un posible mejor punto de observación. Salí al patio de vecindad y atisbé por las ventanas correspondientes; estaban protegidas por una tupida malla metálica que impedía la visión en un primer momento, hasta que descubrí en la última ventana, la que se correspondía con el despacho de la secretaria, un pequeño boquete en la malla que permitía oír adentro. No había luz y apenas podía ver nada, así que me disponía a rendirme cuando un sonido inconfundible me retuvo junto a la ventana. Era una especie de jadeo intermitente mezclado con lo que parecían palabras susurradas en el movimiento conjunto de dos cuerpos en acción, y no me cupo duda de que la moderna Lady Chatterley se solazaba también con un distinguido miembro de la asociación. Digo «también» pensando en Faustino Pedroñero, pero la verdad es que no podía evitar pensar en aquella relación ilícita con el campesino a espaldas del marido cuando él aún vivía. Por lo entrevisto no sólo era cosa del pasado.

No supe qué hacer. Tenía en mis manos una información muy sensible que sin duda interesaría a la juez tanto como a mí, pero quería dar un paso más y comprobar que no me engañaba mi oído. Así que el empingorotado señor Vázquez-Simón se la estaba pegando a su mujer. Me parecía más bien sórdida la escena que sucedía al otro lado de la ventana. Si le sobraba el dinero, como le gustaba dar a entender, ¿por qué no se la llevaba a un buen hotel por horas en vez de hacérselo sobre la alfombra o encima de la mesa de despacho de la señora Pereña? Y llegué a la conclusión de que todas estas aventuras entre gente de alcurnia tenían el mismo aire sórdido que las de la gente de medio pelo. El asunto era concurrente en democracia.

Entonces, mientras me mantenía acuclillado e indeciso en el patio, empecé a pensar en los juegos de parejas que se habrían establecido en la asociación, incluidas las que hubiera podido establecer la propia

Concepción Rivera. ¿Con quién se lo montaría Concepción? ¿Con el conde? ¿Con el rudo Pedroñero? ¿Con el «pipiolo»? ¿Con el militar retirado? No, tenía que buscar en otro lado, aunque no quedaban muchos candidatos, salvo que Concha se hubiese decantado por un amor del mismo sexo, posibilidad que descarté de inmediato en cuanto mi fantasiosa imaginación se proyectó sobre el resto de las damas de la asociación. Aunque, bien pensado, puede que la Cicuéndez, con esa soltura que Dios le había dado...

Finalmente comprendí que donde yo no hacía nada era en el patio arrimado a una ventana escuchando gemidos apagados y susurros ardientes. Pero ¿qué hacer, si no, a la espera de posteriores acontecimientos? Entonces se me ocurrió que bien podía rogar a la portera que me abriese la puerta pretextando que necesitaba entrar para recuperar unos papeles olvidados o algo así.

La portera me observó de arriba abajo mientras me dejaba reconocer como visitante asiduo e incluso como aspirante a ser acogido en la fraternidad de las plantas; debía de ser desconfiada de natural porque en sus ojos brillaba un aviso luminoso que venía a decir: «Éste me la quiere pegar». Pero al fin se avino y regresó a su vivienda por la llave. A la vuelta percibí que aún mantenía la desconfianza, aunque aceptó tácitamente que ya me había visto otras veces por el lugar.

—Vamos a llamar primero —dijo—, no sea que haya alguien y me lleve yo la bronca.

Traté de disuadirla jurando que ya antes había llamado a la puerta, lo cual no era cierto, pero resultó inútil. Me había metido yo solo en una trampa que sólo podía acabar mal, pues o bien nadie contestaba a la llamada del timbre (y me imagino a los dos amantes vistiéndose a todo correr o sumidos en el más absoluto silencio), o bien entrábamos por las buenas y los sorprendíamos in fraganti. No acertaba a decidir cuál de las dos opciones era la peor.

El timbre sonó y yo me encomendé a todos los santos mientras improvisaba una excusa para estar allí. No se me ocurría ninguna, y los segundos galopaban desbocados hacia mí.

—Pues tiene usted razón —comentó la portera— de que no va a haber nadie. Si es que estas horas, a quién se le ocurre...

Ya estaba girando la llave en la cerradura cuando la puerta se abrió bruscamente sobresaltando a la portera.

—Ay, señora Pereña, qué susto me ha dado. Es que este señor me ha pedido que le abra el local porque se ha olvidado no sé qué dentro, y como hemos llamado y no contestaban...

—Que no conteste de inmediato no quiere decir que no esté —respondió la señora con evidente enfado.

A mis ojos, que serían de suyo menos perspicaces que los de la portera, el aspecto de la nueva secretaria de la asociación mostraba la interrupción habida. Vestía sólo camisa y falda, una camisa blanca de seda un punto desajustada y lo que, en mis tiempos, se llamaba una falda tubo, ligeramente corrida sobre la cintura. En seguida me percaté de que no llevaba sujetador bajo la camisa y cuando nos despidió, una vez resuelto el malentendido, y se volvió hacia el interior del local, supongo que a su despacho, me pareció advertir gracias a sus enérgicos pasos de vuelta que tampoco llevaba bragas.

Fingí buscar lo que había venido buscando, tomé unos cuantos folletos para disimular y salí a toda prisa tras la portera con la sensación agridulce de no saber si había descubierto algo importante o simplemente había metido la pata.

—Mi problema, subinspector Rico, es que dudo, es que empiezo a estar persuadida de que la muerte de Concepción Rivera no ha sido un crimen, o al menos lo que entendemos por crimen, pero aún no concibo el modo en que se ha podido llevar a cabo.

—¿Qué quiere usted decir?

—Quiero decir que no imagino a Concepción y a su presunto acompañante y asesino conduciéndola a deshoras por el Jardín Botánico y dándole finalmente a beber de un botellín que contenía aconitina. No. Es demasiado fantasioso. Y sé que la investigación no puede sostenerse en sensaciones y sin embargo...

—Pero la cita anotada en su libreta... no sugiere suicidio. Va a volver locos a todos los socios después de anunciarles que se trata de un crimen.

—Esa posibilidad también tiene sus fallos. ¿Imagina usted a una suicida que organiza el espectáculo que pudimos presenciar *in situ*? Hay que ser muy exhibicionista para montar semejante ceremonia. Por eso pensé en ello y lo descarté. Y ahora...

—¿Y qué es lo que propone usted?

—Eso es lo malo, que no tengo propuesta que hacer. Quizá haya que volver a la idea de un extraño, alguien que la conduce al Jardín una vez cerrado y...

—¿A deshoras? Discúlpeme, señoría, pero a deshoras es imposible entrar en el Botánico salvo que el criminal conozca los puntos vulnerables, lo cual es imposible salvo que se trate de alguien de dentro. Tan imposible como que la señora Rivera y su acompañante hallasen un punto vulnerable en el recinto y salvasen la verja, y más difícil aún para ella, que llevaba falda.

—No me ha entendido. Bien pudieron entrar antes del cierre, entretenerse paseando un rato y, tras el cierre, acercarse al lugar donde la hallamos y obligarla a beber el veneno. Luego, sí, es posible que él abandonara el recinto saltando la verja.

—No tiene sentido. ¿Se imagina al criminal ofreciendo a Concepción un botellín de ron de muestra? En realidad, nada de este escenario que usted expone tiene lógica y, sin embargo, lo haya programado quien lo haya programado, ha sido muy bien concebido, con mucha cabeza.

—Hum...

—Pero ahí está. Por muy absurdo que pueda parecer, ha ocurrido. Ya sabe que nuestro trabajo es ir descartando opciones. Como decía el amigo Holmes, hay que ir descartando opciones y la que quede, por absurda que pueda parecer, es la verdadera. Y, sin embargo, yo prefiero la enseñanza de la navaja de Ockham y abogo por la sencillez.

—No hay sencillez en este asunto, señoría.

—Sí que la hay, pero resulta tan simple, y a la vez tan diabólica, que no me decido a considerarla aún.

—A mí me gustaría conocerla.

—No, subinspector, prefiero esperar a ver cómo se desarrollan los acontecimientos porque, en cualquier caso, la noticia de que se trata de un asesinato ha revuelto las aguas y hay que esperar a ver qué sale de ello, que saldrá. Al fin y al cabo, mi solución simple puede esperar y darme tiempo a eliminar las opciones más inverosímiles para asegurar que mi conclusión no me llevará al ridículo. Toda opción requiere su probatura, y no seré yo la que precipite mis conclusiones sin tener antes la seguridad de que estoy ante la única opción posible. Cuando sea así, se lo comunicaré.

—En fin, señoría, prefiero suponer que no me está tomando el pelo.

—Paciencia, subinspector, no es la primera vez que trabaja conmigo.

—Ni será la última, preveo, pero, a fin de cuentas, guardarse la solución es como interferir una investigación policial.

—Y puedo acabar en la cárcel, ¿no? Confíe en mí, no tengo la menor intención de obstaculizar la investigación ni mucho menos acabar en la cárcel; estoy ya mayor para pasarme una temporada en una celda —dice con una sonrisa malévola—. Hay otra cosa, otro asunto de por medio, que quién sabe si no ayudaría a aclarar las cosas. Como usted sabe, hace aproximadamente un año otro miembro de la asociación murió por causa del mismo veneno. Me refiero a Asunción Lobo, no sé si sabe usted de quién le hablo.

—Sí, lo sé por un comentario de Javier Goitia.

—Ah, ¿ya está ése por ahí enredando?

—Creí que usted lo sabía...

—Más o menos. Le encanta fisgar en mis casos, ya sabe usted cómo son estos periodistas.

—El señor Goitia tiene una buena cabeza.

—A mí me lo va usted a decir. Pero a veces mete la nariz donde no debe.

—Y ayuda.

—Sí, en efecto. Bueno, a lo que íbamos. Esta mujer, Asunción Lobo, repartió entre varios de los miembros del club unas plantas de acónito que se había hecho traer de los Pirineos, que, al parecer, es donde crecen. Interesante, ¿no, subinspector?

—No lo sabía.

—Esta vez me lo contó el señor Goitia a mí.

—¿Ve usted? Lo que yo le dije. Es útil en una investigación; ya lo fue antes, si lo recuerda; y que conste que a mí no me entusiasman los periodistas, pero...

—A mí tampoco, pero... no digas «de esta agua no beberé».

—Ahí está la cosa.

—¿Qué le dice a usted lo de las plantas repartidas?

—Que concede la oportunidad al criminal.

—Oportunidad, motivo y medios, ¿no? Sigamos por ahí. ¿Cuál podría ser el motivo del crimen?

—No sé: envidia, celos, rechazo, odio...

—¿Ve usted? Y eso quiere decir que hay que ir sonsacando uno a uno a los amantes de los jardines hasta que salga a la luz alguna pista sobre el motivo.

—Pero yo no puedo...

—Ni yo, como juez. Hablando en términos de literatura de intriga, necesitamos un topo.

—Pues eso no va a ser fácil, es un grupo muy cerrado.

—¿No se le ocurre nadie?

—Sí —dijo el subinspector—, pero yo podría contar con Javier... con el señor Goitia.

—Mala opción. Prosigamos: ya disponemos de medio y de motivo. Ahora nos falta la ocasión. ¿Cómo piensa usted dar con ella?

—Interrogando, buscando en los tiempos de que dispusieron los sospechosos...

—Eso es cosa de usted y mía, cada uno desde su posición.

—Exacto.

—Pues no se hable más: es a lo que nos tenemos que poner, así que... ¡andando!

—De acuerdo, nos ponemos en marcha y nos comunicamos resultados.

—Muy bien. En eso quedamos.

—Espere, deje que le invite.

—De ninguna manera, es mi trabajo.

—No cabe discusión, he sido yo quien le ha hecho venir.

—Sí, pero es mi trabajo.

—¡Camarero!: cóbrese, por favor. Déjeme a mí, Rico, hoy en día las mujeres estamos muy emancipadas. Y, además, soy más alta que usted.

—Ahora que lo dice, me acuerdo de cuando el inspector Alameda comentaba que era usted demasiado alta para ser mujer.

—Alameda, que es una persona a la que adoro y el investigador más inteligente que he conocido, es verdad que era un tapón; y más con ese gabán hasta los pies que no se quitaba nunca y que le daba un aspecto de roedor. ¿Alguna vez le llevó a usted en su coche? Era graciosísimo: la cara alcanzaba justo a asomarse sobre el límite inferior del parabrisas. Era la imagen imposible del detective arrojado y perspicaz que una se imagina en acción.

—Mi padre le apreciaba mucho. Eran buenos compañeros.

—Lo sé, Rico, lo sé.

—Bueno, pues muchas gracias. Estamos en contacto.

No sabía qué hacer con lo que acababa de ver. ¡La señora Pereña y el señor Vázquez-Simón eran amantes!
Una información muy jugosa y, de haber sido yo una
mala persona o simplemente un periodista sin escrúpulos, podría proponer un canje de información a la
policía, al juez o incluso chantajear a la pareja; total, ya
puestos a internarse en la malicia... Pero a esta juez me
la conocía muy bien y la sola propuesta de poner un
precio a mi descubrimiento me habría costado mi relación con ella, por lo menos. Así pues, no me quedaba
otra que ofrecérsela *gratis et amore* y confiar en que me
contase algo más sobre sus pesquisas para engordar
esta crónica. Pero decidí, de momento, guardarme la
información. Siempre podía ponerla en juego en otro
momento y quién sabe si, al final, no podría sacarle un
mejor partido que el de la rendición incondicional.

La señora Pereña estaba resultando ser una auténtica viuda alegre bajo la máscara de altivez con la que
protegía su respetabilidad. Siempre he pensado que los
más conspicuos pecadores coinciden con los fariseos en
alardear de decencia y buenas costumbres, decencia y
buenas costumbres que exigen repetidamente a los demás mientras ellos se refocilan en sus vicios. «Vicios
privados, virtudes públicas» se titulaba una película de

Miklós Jancsó de los años setenta y el título me venía ahora al pelo porque de eso se trataba. Esta Lady Chatterley de andar por casa se había tirado a su guardabosque particular, el jardinero salvaje Faustino Pedroñero, en su casa del norte entre arbusto y arbusto, y a quién sabe cuántos maromos más hasta detenerse, por el momento, en el estirado Vázquez-Simón, otro que tal. Muy a menudo, en esta época de falsarios y *parvenus*, la vida de muchas respetables de buena posición económica y social es una sucesión de saltos de cama pactados en la intimidad.

Lo que más me intrigaba era saber cómo se reconocían entre sí para practicar el pecado, en esas reuniones donde alternaban con tanta desenvoltura social y fingimiento moral. He de confesar que nunca se me habría ocurrido tirarle los tejos a la viuda porque su sola arrogancia era una advertencia contra toda intención de fornicar, aunque bajo esa misma altivez se escondiera un cuerpo al parecer deseable. Debían de tener un código secreto, como el de los homosexuales para reconocerse entre sí, porque en el caso de la viuda, el código personal era el de no dejar asomar ninguna clase de sensualidad que invitase a una proposición deshonesta. Lo que sí estaba claro, a la vista de los hechos, es que la señora para solazarse no le hacía ascos a nada, pues lo mismo se regalaba con un rústico que con un elegante.

En cuanto a la otra parte de su *affaire*, me divierte pensar que la peripuesta y acomodada señora de Vázquez-Simón, tan satisfecha de sí misma y de su irreductible convicción de que el mundo está bien hecho, no sabe nada de la aventura de su marido con la viuda. En cuanto se convoque una reunión del club me plantaré para observar el paso a dos que ejecuten ambos en ese florido escenario, disimulando su relación ante un público tan malpensado.

El que apareció de repente, y digo de repente porque sólo frecuentaba el club de tarde en tarde, fue Fermín del Águila, el viudo de Asunción Lobo. Era un tópico de hombre: de porte marcial, como le correspondía por dedicación, que no sólo no lo había perdido cuando pasó a ejercer como civil en la empresa privada de seguridad a la que se acogió tras su pase a la reserva, sino que se diría que lo acentuó, tanto en sus gestos y ademanes como en el ejercicio de sus opiniones, si es que a sus bruscas e infundadas apreciaciones se las podía calificar de tales. Era un hombre alto, fuerte, de cara llena, nariz sanguínea y labios como líneas. Se expresaba con una pesada energía, un cierto engreimiento que intentaba hacer pasar por superioridad y una campechanía emanada de la mala educación. No era mi tipo y no me cuesta nada confesarlo. Yo tuve que pasar por su despectiva desconfianza cuando supo que era periodista, pero su lado campechano y una escapada a la barra del bar cercano disminuyeron las reticencias.

Como es natural, esperé con prudencia el momento adecuado para hablar de su esposa y, a lo que pude deducir, la echaba de menos, de una manera que me atrevería a calificar de distanciada, pero el caso es que parecía tener agradecidos recuerdos. No me extraña si la tenía a su servicio. Asunción debía de ser una de esas mujeres que, apenas embarcada en la compañía debida, es decir, debida a las normas de la comunidad a la que se pertenece, se adaptaba a todo lo que supusiera seguir al lado del hombre que le hubiera tocado en suerte. Fue sumisa porque siempre estaba viendo el lado bueno de las cosas y de las personas. No sé si eso la compensó, sospecho que sí, mas a quien compensó sin duda alguna fue a su marido. Asunción era, según pude deducir, una persona cordial, cercana a los demás y compasiva, y su gran debilidad fueron las plantas medicinales, de cuyos productos proveía a toda persona que se le acercase con una dolencia o que manifestara alguna clase de decaimiento. Extraía toda clase de remedios de sus plantas y los ofrecía por puro altruismo. En las fotografías que vi de ella en la asociación, siempre grupales, deduje que debió de ser más empática que guapa, pero tenía esa peculiar forma de belleza que exhalan las buenas personas. El exmilitar, en cambio, no guardaba una sola foto suya en la cartera y nunca llegué a acceder a su casa para ver si mantenía algún retrato, la clásica pose de recién casados por lo menos. Lolo Escabias, que parecía gozar de las simpatías de Fermín, me contó que en el aparador del comedor había un retrato de Asunción de joven.

—Era muy agradable y muy dispuesta, y tenía la casa como una patena —me dijo.

Yo seguía sintiendo que había hilos disimulados que entrelazaban a los socios de una manera u otra, muchos hilos y muy confundidos que el tiempo y la costumbre habían ido enmarañando hasta hacerlos indistinguibles y los había apelotonado en un cestillo, y tendría que empezar a devanar si quería sacar algo en limpio.

Por un momento volví a verme a los doce años sosteniendo entre mis manos la madeja de lana recién adquirida que mi madre devanaba para convertir en un ovillo mientras me daba lecciones de urbanidad.

—¡Anda la osa! Esta mañana me he enterado de que este Faustino es del mismo pueblo que mi asistenta de toda la vida. Estaba de lo más emocionada cuando le he dicho que hoy le citamos en el juzgado. Me había hablado de él y no caía yo en que era el mismo. Qué pequeño es el mundo, ¿verdad?

—Pues no nos vendría mal, Encarna. A ver si le sacas algo a tu asistenta, nunca se sabe de dónde te llega la iluminación.

—Iluminar, no creo que ilumine mucho porque es bastante corta, pero como mucha de la gente del campo tiene esa astucia especial con la que los pueblerinos se defienden de los urbanos; y de los que se ríen también; les encanta demostrar que los de ciudad son tontos, pero se lo guardan para ellos, para reírse entre ellos, los muy cautos. Alguna vez ha venido por mi casa a visitar a mi Lorenza y hemos hablado de plantas y cosas así, pero no he caído en que era él. Desconfiado y seco, pero amable a pesar de todo.

—Muy bien, pues hazle pasar, a ver qué nos dice.

—Buenos días, ¿es usted el señor Pedroñero?
—Servidor de usted.

—Tome usted asiento.

—Ande, Faustino, hable usted a la señora juez con toda confianza, que es mi jefa.

—Como usted diga, Encarna.

—Señor Pedroñero, tengo entendido que usted pertenece al Club de Amigos de los Jardines.

—Pertenecer, no pertenezco, pero me dejo caer alguna vez. He hecho trabajos para varios de los asociados.

—De jardinería sólo, entiendo.

—Mayormente, pero estoy a lo que sale.

—¿Qué opinión tiene usted de los miembros de la asociación?

—¿Sobre qué?

—En general y en lo personal.

—Yo no le puedo decir, no tengo trato personal.

—¿Y como jardinero?

—Bueno, yo los ayudo.

—Faustino, hijo, a ver si eres un poco más expresivo.

—Disculpe, Encarna, es que no tengo costumbre.

—Gracias, Encarna, me ocupo yo. Bien, Faustino, vamos a lo concreto. ¿Conoció usted a doña Asunción Lobo?

—Una verdadera señora. Muy amable y muy poco amiga de darse importancia, al revés que las otras señoras. Tuvo muy mala suerte, una pena que muriese de aquella manera.

—Cuando dice «otras», ¿se refiere a otras «señoras» de la asociación?

—Yo digo lo que digo, sólo eso.

—O sea, señoría, que sí, que se refiere a las otras, ¿verdad, Faustino?

—Deje que hable él, Encarna. Veamos, señor Pedroñero, ¿sabe usted de alguien de la asociación que le tuviera especial inquina a la señora Rivera?

—Inquina no, pero la envidiaban y hablaban mal de ella a su espalda.

—¿Le parecía injusto, le parecía que no tenían razón?

—Ninguna. Ella siempre estaba dispuesta a organizar lo que se necesitase y resolver problemas a cualquiera. Yo creo que eso les molestaba. Lo que pasa es que era callada...

—Quiere decir seca, porque callar...

—Encarna...

—Lo siento. Punto en boca.

—Es curioso eso que me ha dicho usted. ¿Por qué se molestarían? No es natural tomar esa actitud contra una persona que se ocupa de hacer la vida agradable a los demás y de que el club funcione bien, según me dice usted.

—Vaya a saber. A lo peor ninguna tenía una vida agradable.

—Ésa es una apreciación inteligente, señor Pedroñero. Y ella, ¿cree usted que era feliz?

—No, pero como era una verdadera señora, lo mismo que doña Asunción, se lo guardaba para ella. Eso a las demás las ponía de mala leche y no se aguantaban. Muy finas ellas y muy educadas, pero no se aguantaban de envidia, me supongo.

—¿Cree usted que era una persona feliz?

—Es que la cosa iba por rachas, a veces feliz y otras más bien taciturna. Me da que era feliz con ella misma, por eso le gustaban las plantas, como a doña Asunción, que hablaba con las plantas como si fueran personas. Me gustaba verlo. Las plantas son muy agradecidas.

—¿Qué opinión tiene usted de don Fermín del Águila?

—Yo no lo trataba.

—Vamos, Faustino, estoy segura de que sí tenía una opinión acerca de él, y no muy buena, intuyo.

—Era un soberbio y un arrogante que trataba a su mujer sin compasión. Además, le ponía los cuernos.

—¿Sabemos con quién?

—Yo no entro en esas cosas, allá cada uno.

—Bien. ¿Hay alguna otra persona en la asociación para la que haya trabajado y que merezca su respeto?

—Yo respeto a todo el mundo, menos a los que me vienen por la espalda. No quiero juzgar a nadie.

—Pero ¿respeta a alguien en especial?

—Al señor conde, que es un caballero, y a la señora Cicuéndez porque es muy muy natural y buena persona.

—¿Y a la señora Rivera, la que acaba de fallecer?

—Como le dije antes, era una mujer que parecía seca y antipática de primeras, pero luego era muy considerada. También tenía sus cosas que ocultar. Todos tienen cosas que ocultar.

—Muy interesante.

—Pero yo no he dicho nada, no me tome la palabra cambiada. Cada uno que mire para lo suyo y se acabó. No me gusta contar chismes de los demás.

—Ni yo pretendo que me los cuente; sólo quiero conocer mejor a los que la rodeaban para llevar a buen término mi investigación.

—¿Es que piensa que alguno de los miembros ha matado a doña Concepción?

—Alguien ha tenido que hacerlo.

—Pero no tienen por qué ser ellos.

—No puedo precisarle nada al respecto porque la investigación es secreta.

—¿Y piensa que a doña Asunción la mataron igual?

—Ya le digo que no lo sé, sólo estoy investigando, tengo que considerar todas las posibilidades. Doña Concepción era seca y distante, como usted dice...

—Según con quién.

—... y a doña Asunción le tenían envidia.

—¿Envidia?

—Sí, señora. La gente feliz produce envidia.

—Pero eso no es para matar a nadie —interviene Encarna.

—Usted sabe que es más que suficiente si se atiza el fuego. Usted, señor Pedroñero, ha nacido y vivido en un pueblo, y estoy segura de que sabe perfectamente lo que es cocerse en el rencor, no me diga que no.

—¿Eso qué tiene que ver?

—Pues este club es como un pueblo, un grupo pequeño de almas que sólo se tratan cuando se cruzan. No es exactamente lo mismo, pero sí que son un grupo de almas pequeñas cocinándose en el mismo caldero, un grupo donde todo el mundo trata de impresionar a los demás con sus pequeños éxitos y donde la envidia y la rutina juntas hacen nido. En las comunidades pequeñas y obligadas a convivir es donde se dan las mayores vilezas, en pequeña escala, pero por eso mismo son más miserables.

—No lo veo yo así. En todas partes cuecen habas.

—Ahí lleva razón, lo que varía es la escala. Bueno, usted ha trabajado para algunos de los asociados, ¿no es así? Entonces podrá decirme quiénes de ellos son personas verdaderamente amantes de la jardinería y quiénes están allí por moda o por esnobismo.

—¿Por moda o por qué?

—Por darse importancia.

—Ah, sí. Bueno, yo creo que la señora Cicuéndez,

la señora Pereña y las dos fallecidas son las que se ocupaban de verdad de sus plantas, sobre todo la señora Lobo. Y el señor conde. Los demás lo tienen como una distracción. No cuidan, compran las plantas, las desatienden, las vuelven a comprar cuando se les mueren y así se entretienen. Cuidar, los que le he dicho. Dos están muertas y supongo que sus plantas con ellas.

—¿Sabe usted si la señora Pereña y la señora Rivera se llevaban bien?

—Se entendían bien, sí, pero nada más.

—Usted conoció primero a la señora Pereña, ¿no es así?

—Primero en La Vera, hace mucho tiempo, pero ahora me ocupo del jardín que tienen en la casa, un jardín muy bueno, con fama en la región.

—Obra suya de usted.

—La señora era quien daba las órdenes. Yo sólo me ocupaba de que todo saliera como ella quería.

—Pero no es una experta...

—Sí, sí. Ella y la señora Lobo eran las que más sabían. La señora Pereña diseñaba el jardín a su gusto. Yo tenía que hacer que creciera y mantenerlo.

—Alabo su modestia, pero tengo entendido que usted sí que es un verdadero experto.

—Se agradece la opinión.

—¿Y el conde? ¿Qué me dice del conde?

—Al señor conde lo que le gusta de los jardines es mirarlos y lucirlos, y no se mancha las manos, pero le pone dedicación. Él dice: «Esto aquí, lo otro allá...». La señora Pereña sí que se arremanga, se anuda un pañuelo a la cabeza y coge la azada o el rastrillo, poda, injerta, replanta..., pero el señor conde...

—Tengo entendido que todos tienen una planta de acónito, regalo de la señora Lobo...

—Eso se dice.

—Pero ¿usted las ha visto?

—Alguna queda.

—Sabe que es una planta altamente venenosa, ¿verdad?

—Hay muchas plantas venenosas.

—¿Sabe cómo se extrae el veneno?

—Cociendo las raíces.

—¿Cuántas de las personas a las que se les regaló un acónito sabían o saben que es muy venenosa?

—Todas. La señora Lobo lo advertía, pero además me encargó a mí que las convenciera, un día que tenían reunión. Dijo que yo lo conseguiría porque era una autoridad y que me respetaban por eso. No sé yo.

—Alguien, señor Pedroñero, ha podido matar a las dos con ese cocimiento.

—¿A las dos? Me habían dicho que sólo a la señora Rivera.

—Es posible, sólo posible, que a las dos. Porque usted no cree que nadie quisiera matarlas, ¿verdad?

—No, no. A ninguna de las dos.

—¿Y que se suicidaran?

—¿Por qué iban a suicidarse? Eran personas normales.

—Pues ya me dirá usted lo que queda.

—Se equivocarían. Es peligroso jugar con esas plantas.

—¿No le parece mucha coincidencia? Y con el mismo veneno.

—Es el que había.

—Piense, señor Pedroñero, y si se le ocurre o recuerda algo, no dude en hablar conmigo.

—Aquí todo el mundo sabe más de lo que dice.

—Este hombre es seco y secreto, Encarna, vaya conchas que tiene.

—Él es así, como diría mi asistenta.

—Y ahora que lo pienso, ¿no podría sonsacarle ella? Hablando, sin más. Si él le tiene confianza...

—Es que es muy corta y se le iba a notar a la legua lo que busca. Además, que es muy nerviosa y se aturullaría.

—No he conocido asistenta, a partir de cierta edad, que no sea una experta en chismes y en sonsacar hasta a las piedras si hace falta.

—Oye, mira, yo lo intento, y si mete la pata, la metió.

—Pues vamos a arriesgarnos. No tenemos nada que perder. Faustino ya desconfía de mí suficientemente. Soy la autoridad.

—En fin, yo hablo con mi asistenta y que salga el sol por Antequera.

De manera que Lolo Escabias había estado en casa de Fermín del Águila después de la muerte de Asunción; si no, ¿cómo sabía lo del retrato que mantenía el viudo en el aparador? ¿Sería fidelidad o disimulo? Ésta sí que era una sorpresa. ¿Y si además de gozar de las simpatías de Fermín gozaba de alguna otra prebenda más? Mi primera tentación fue arreglármelas para preguntar a Prudencia si conocía el trato personal entre Lolo y Fermín, pero lo pensé bien y decidí que corría el riesgo de provocarle una arritmia a su virginal hermana, tan delicada, tan espiritual, tan retraída y pudorosa como una novicia a punto de tomar los hábitos. La verdad es que Lolo era franca, abierta y propensa al gorjeo femenino, pero no me resultaba fácil aceptar que la mitad festiva de las dos hermanas solteronas al cuidado de su anciano padre frecuentase el hogar de un viudo reciente. ¿Y por qué no? La busca de compañía era una razón de supervivencia y, con todos los miramientos sociales y de decoro que debían de proteger a ambas mujeres acuciadas por la madurez inexorable, la tentación sería demasiado fuerte para Lolo. La que tendría que recogerse en un convento era Prudencia en cuanto les falte el padre. Todo imaginaciones, sí, pero me gustaba la idea de estar asistiendo a una sórdida historia de clase media.

En seguida, todos estos pensamientos se manifestaron sólo como lo que eran, pura interpretación, nada sólido y demostrable. Mariana me lo habría reprochado, así que me detengo aquí. No disponía del contenido de los interrogatorios de la juez. Yo creo que no me permitía estar presente en ellos para que no pudiera escuchar, a ella y a su secretaria, los comentarios jocosos y las conclusiones compartidas. No es que hicieran muchas bromas con los testigos porque, a lo que tengo entendido, los trataban de una manera muy profesional, aunque al estilo Mariana, o sea: impecables, pero incorrectas; serias, pero desparpajadas. Lo que no querían es que ninguna de las dos se cortara a la hora de opinar *a posteriori*, por eso debía quedar dentro de las cuatro paredes de la sala. Menuda pareja. Cuando yo era joven, un juez era algo tremendo, de mucho respeto; y mi padre me contaba que en nuestra ciudad, cuando un civil se cruzaba con el juez en la calle, le cedía el paso. En cambio, estas dos...

De modo que, al no haber conexión, estábamos desarrollando dos investigaciones paralelas. En un primer momento, estuve dispuesto a contarle a ella lo que yo fuera descubriendo, pero al ver que decretaba conmigo el secreto de sumario, es decir, que ni siquiera al recogernos por la noche en casa, o durante el almuerzo o la cena si salíamos a disfrutarlo fuera, hacía comentario alguno sobre la marcha de las investigaciones, me puse en plan ostra. Yo añoraba aquellos tiempos en los que metía la nariz gracias a la propia complicidad de ella o del subinspector Rico. Con él compartí unas cuantas cañas de cerveza en el caso de la niña Yepes, cuando vinimos a su boda, y ahora tampoco él soltaba prenda: colaboración anulada a todos los niveles. Mariana y yo podíamos hablar de todo excepto del caso. Sorprendente novedad.

De manera que yo resolví cerrar el pico y no comentar nada sobre lo que iba descubriendo, que no era poco, pero siempre estaba presente la incertidumbre de no saber quién de los dos disponía de mejor y más eficiente información. Donde las dan, las toman. Ninguno de los dos soltaba prenda. Llegué a pensar que la relación se estaba torciendo, pero la verdad es que no, teníamos una razonable relación física, seguíamos saliendo al cine, a exposiciones, a conferencias, a conciertos, sí, pero la falta de referencias al caso me la tomaba como si se hubiera instalado entre nosotros un mandato jurídico semejante a una franja de oscuridad.

Era como si algo se nos hubiera escapado de las manos.

Total, que me senté a recopilar mis notas y repasar lo que tenía escrito.

Intermezzo dos

—¡Julia! ¡Hola, cariño! Espera, que me cambio de habitación.

—...

—Ahora, ya. ¿Qué me cuentas? ¿Cómo llevas la crisis inmobiliaria?

—...

—Lo siento. Aquí también se están cerrando estudios de arquitectos. Lo malo es que no se trata sólo de ti y de tus colegas, es una crisis mundial y nos coge a medio vestir, como quien dice.

—...

—Ya lo sé. La burbuja maldita nos está jodiendo de verdad, y tu oficio es de los peor parados, bueno, también están los notarios, que a este paso van a tener que salir a las calles a buscar clientes cuando antes, en plena efervescencia hipotecaria, no daban abasto. Ahora entras en una notaría y está todo el mundo leyendo el periódico.

—...

—¿Brasil? No lo veo, no. La crisis es mundial. ¿Volverías a Brasil?

—...

—Pero no hagas tonterías. Lo de aquella chica se acabó, cuidado con las nostalgias y los reencuentros, que son de lo más traicioneros.

—...

—Pues vente, aunque sean un par de días o una semana.

—...

—¿Javier? ¿Por qué le va a molestar? Tengo un cuarto libre. A Javier que le den por saco si no le gusta, sólo faltaba. Además, él te tiene mucho cariño.

—...

—¿Por mí? No, por mí, no. No interfieres nada porque no hay nada que interferir.

—...

—Que no, que no es problema para nada. Tú te vienes los días que te parezca, te instalas y nosotros hacemos vida por nuestra cuenta. O la hacemos tú y yo, que a Javier ya lo tengo muy visto.

—...

—No. ¿Qué va a pasar?

—...

—Venga, no te pongas tonta, que no hay nada.

—...

—Tengo muchas ganas de verte y, desde el otro día que me llamaste, muchas más. No sabes lo que te echo de menos, nuestras charlas, nuestras cenas... Hace tanto tiempo... Anda, anímate; un fin de semana, aunque sea.

—...

—Tenemos un tiempo de lo más madrileño. La primavera brota entre los edificios...

—...

—Por el dinero no te preocupes, por lo menos aquí. A lo mejor te sale algo que te interese. Es verdad que las cosas están muy mal, sé de gente, burguesía, personas con un trabajo regular hasta ayer, pero gente de carrera, abogados, ejecutivos, que están con el agua al cuello. He oído de una familia, profesionales liberales, que están recibiendo ayuda de sus padres, a estas alturas de sus vidas... Y no hablemos de los verdaderos pobres, la pobreza...

—...

—¿Allí también? Esto es un desastre.

—...

—Vale, vale, no le demos más vueltas. Tú vente y hablamos y nos consolamos. Como decía no sé quién: «Pues ya que no podemos cambiar el mundo, cambiemos al menos de conversación».

—...

—Chao, mascarita, chao.

Todos los socios andan revueltos. En el club hay más jaleo que nunca porque es donde se reúnen para contarse las noticias. Curiosamente han abandonado el teléfono para comunicarse, por insuficiente. Necesitan verse las caras, hablar, considerar, proponer. Hay quien se plantea contratar a un abogado para el conjunto de los socios que están siendo interrogados, es decir, los más afectados. La intranquilidad reina en la sede. También se advierte otra manera de mirarse entre sí y me atrevería a decir que los unos recelan de los otros. Se entiende: entre ellos se ha instalado la certeza del asesinato de Concepción Rivera, y como en cierto modo reconocen que quizá el criminal sea uno de ellos, el clima corporativo se ha enrarecido. En el fondo de sus inquietas almas no cala aún la idea de tener al criminal en casa, pero lo cierto es que, entre tanta conversación y tanta especulación, la idea mina poco a poco sus preocupadas mentes.

María Jesús Cicuéndez tiene ideas propias al respecto y no es de desdeñar lo que se cuela entre sus comentarios. Por ejemplo, he podido descubrir, y el descubrimiento me ha dejado perplejo, que Concepción y el viudo de Asunción Lobo, Fermín del Águila, se sentían atraídos el uno por la otra, por decirlo de una manera discreta, o más bien la una por el otro, aunque este interés, en el grado en que fuese por cada parte, no fuera del todo mutuo, pero me pregunto a quién no habrá tratado el exmilitar de echar un ojo, o una mano a todo par de tetas a su alcance: para este tío, el club es territorio de caza. Pero si había algo entre Lolo y él, eso haría aún más desgraciada la muerte de Concepción. La mala suerte se cebaba en una mujer que vivía sola con su perro mil razas, separada de su marido, del que nadie sabía nada... ¿Y si su marido fuera el asesino? Móvil: los celos, la posesión, la intolerancia al hecho de que ella coquetease, o lo que fuera, con el exmilitar. Tendría que investigar al carácter del exmarido. ¿Un intolerante? ¿Un posesivo? ¿Un humillado? Quién sabe, pero era un camino razonable porque, además del móvil, es lógico que dispusiera de oportunidad y para ello nada como el lugar abierto que era el Jardín Botánico. Y en cuanto al arma del crimen, el veneno, ella lo tenía en su casa en forma de planta, lo que pudo darle la idea. Oportunidad, motivo y medios: la trilogía clásica.

De nuevo se me planteaba la duda de si advertir o no a Mariana de este hecho y descubrí que mi resentimiento por haberme dejado fuera del caso era mayor que mi deseo de ayudar, al menos de momento.

Pero, por otra parte, el resentimiento no me parecía el caldo de cultivo de una buena relación y, por lo tanto, también estaba tentado de ceder. Esta disyuntiva es lo que se solía dar cuando vivía este tipo de situaciones personales, nada que ver con el oficio de periodista. Había una barrera entre nosotros en este caso, yo sabía que ella nunca se echaría para atrás y esto me quemaba porque si cedía iba a parecer que el débil era yo.

Si entramos en la tentación de establecer nexos entre el conjunto de los sospechosos (suponiendo que la solución al misterio se halle entre los supuestos sospechosos), hay un hilo conductor que salta a primera vista: el que va de Asunción Lobo a Concepción Rivera pasando por el fielato de Fermín del Águila y Núñez. A esto hay que unir el papel por definir de Lolo Escabias, al parecer otro capricho de Fermín. Pobre Concha. Los triángulos nunca dan mucho juego. Pero el desgraciado error que le costó la vida a Asunción no es imputable a su viudo, que no sabe un carajo de plantas y cocimientos, así que no.

No es bueno fijarse en lo más aparente o seductor: habría que buscar otros sospechosos, aunque no fuera más que por precaución. La señora Pereña aspirando al puesto más relevante de la asociación tras el del conde era un motivo, sí, pero insuficiente en mi opinión. ¿Y qué más? Lo cierto es que nada, porque hablamos de matar y ésas son palabras mayores. Sin embargo, en conjuntos de personas unidas sólo por una afición, una vez que la afición se aparta, quedan los individuos al descubierto. Lo cual quiere decir que la labor de investigación, tanto de la juez como de la policía judicial, abría un amplio campo de posibilidades. Por ejemplo, ¿qué podían esconder en la intimidad de sus vidas, en relación con este sórdido asunto de las muertes con fondo vegetal, personajes como el conde, el pediatra de moda o el matrimonio Vázquez-Simón? Por citar a los más significados. O el tontolaba del «pipiolo», o los Fernández Santiago. A los investigadores les quedaba tarea, y a mí, que sólo pretendo ser cronista del desarrollo y solución (no dudaba de la perspicacia de Mariana), sólo me quedaba retirarme a observar, pero, llevado de mi natural curiosidad profesional, el deseo de entrometerme y levantar el velo de lo desconocido tiraba demasiado.

Según María Jesús, había un resquemor entre los socios y Concepción que no respondía sino al trato y al roce diario, es decir, a todas las minucias del día a día que tomaban cuerpo según el momento, el humor y el estado de ánimo de cada uno. Los más descartables serían los más ocupados profesionalmente por falta de tiempo para atender fruslerías que, en cambio, serían el caldo de cultivo para los más ociosos. Ahora bien, estas tonterías no empujaban a nadie a matar, salvo que tuviesen unas desviaciones de la psique tan desviadas que cualquier pulla o desaire se convirtiera en una espoleta fatal. Eso era lo malo: nadie tenía un verdadero motivo para matar, eran unos insustanciales. Lo suyo sería hacerme con un cuaderno del tipo de los de contabilidad y establecer pros en una columna y peros en otra, a ver si saltaba la liebre, pero me daba pereza, la verdad, y además estaba desanimándome de escribir la crónica que tenía proyectada. Mera pérdida de alicientes porque los amantes de la jardinería carecían de interés como seres humanos.

Sea como fuere, crónica o investigación detectivesca, lo que tenía bien claro era que iba a seguir adelante mientras la solución al enigma de la muerte de Concepción se mantuviera entre la curiosidad y el misterio, aunque me temía que, al final, esa solución sería decepcionante. Mi mejor ayuda y compañía para seguir al pie del cañón sería siempre María Jesús Cicuéndez, la única persona singular de entre todos los asociados, y a ella pensaba dedicarme con mis mejores artes de simpatía.

—Muchas gracias por su tiempo, subinspector, supongo que estará más ocupado que yo, pero hoy no me quedaba tiempo más que para este sándwich urgente con café. La vida en Madrid es demasiado frenética para mí, que en el fondo sigo siendo una juez de provincias.

—No se quite méritos, señoría. Usted está en Madrid porque un juzgado de provincias le tiene que quedar pequeño.

—He venido con cierta esperanza de recordar una felicidad y veo que el pasado me lo han cambiado, se ha desvanecido sin dejar rastro. Esto es la vejez, Rico, el tiempo pasa inexorablemente.

—Quite allá. No empiece a coquetear conmigo, que ya nos conocemos.

—Bueno. Me encanta hacerme la interesante, lo reconozco, pero es por la edad; y ahora lo digo de verdad.

—No le creo.

—Me lo temía. En fin, vamos a lo positivo. ¿Sigue usted de acuerdo conmigo en que la muerte de Concepción es un crimen premeditado?

—Totalmente premeditado, ya no me cabe la menor duda. Yo también estoy de acuerdo en que la solución más sencilla es casi siempre la más probable. Éste es un crimen que nos ha confundido, sí, pero el suicidio lo descarto; es demasiado enrevesado como suicidio.

—Nunca hay nada demasiado enrevesado en los actos humanos, subinspector, pero sí, en este caso yo estoy también por la sencillez. Adiós, dudas, retiraos de mi mente.

—Lo que me parece más aventurado es relacionarlo con la muerte de Asunción Lobo.

—El medio, Rico, el medio.

—El veneno, ya, pero es insuficiente; y más entre amantes de las plantas. Está más cerca de la casualidad que de la evidencia.

—Lo reconozco. Sin embargo, no olvide que usted me ha alabado más de una vez por el valor de mi intuición y, créame, la tentación es muy fuerte. Mucho.

—Si usted quiere...

—Quiero que investigue la muerte de Asunción. Ya sé que ha pasado un año y no va a ser fácil, pero quiero quedarme tranquila al respecto. Inténtelo y, si no encuentra nada, le pediré perdón y me olvidaré de mis sensaciones. Aparte de lo que yo pueda extraer de mis interrogatorios, hable usted formalmente con los miembros del club y procure dejar bien claras las relaciones entre ellos, a ver si entre unos y otros dejan escapar otra información que nos arroje alguna luz sobre aquello que más necesitamos: el móvil del crimen. En algún momento, al seguir el hilo de sus vidas y contactos, alguien nos va a poner sobre la pista adecuada.

—No se preocupe, que yo me encargo.

—Gracias, subinspector, al menos sé que no me toma por una juez loca.

—¿Cómo puede decir eso? Mire, usted y yo hemos

trabajado juntos más de una vez y he visto lo que es capaz de conseguir. Trabajar con usted es un regalo y es, además, emocionante. Soy yo el que agradece esta nueva oportunidad de estar a sus órdenes.

—No me halague, Rico, no me conviene, porque cada vez estoy más necesitada de aprecio. ¿Me estaré reblandeciendo? ¿Qué cree usted?

—Creo que usted sigue siendo de acero cromado, señoría.

—Vaya, qué elogio. Me gusta y me preocupa. La edad otra vez.

—Usted no envejece.

—No lo sabe usted bien, pero prefiero que lo crea así. Y ahora dejémonos de floreo y pongámonos en marcha. No, no, no pretenda pagar usted, es mi consumición y usted sólo ha tomado un modesto café.

María Jesús, que ya empezaba a confiar en mí, estaba a punto de irse de la lengua por donde a mí me interesaba: las relaciones eróticas o amorosas de varios de los asociados estaban a dos pasos de salir a la luz y con ellas, esperaba yo, toda la cantidad de miserias que esta gente solía arrastrar consigo. Además, yo le había prestado un cedé de Nat King Cole en español (*Perfidia*; *Ansiedad*; *Quizás, quizás, quizás*; *Solamente una vez*; *Piel canela*) que le produjo una verdadera sacudida emocional, qué tiempos aquéllos. Incluso tarareamos juntos alguna melodía tirando de memoria: *Aquellos ojos verdes / de mirada serena / dejaron en mi alma / eterna sed de amar. / Anhelos de caricias...* Pura adolescencia de guateque que le tocó la fibra más íntima y soñadora.

Descubrí que había sido amiga y confidente de Asunción Lobo en sus malos ratos, los cuales me confirmaron la idea de que Fermín del Águila no era el viudo afligido, pero dotado de entereza militar, imagen que pretendía vender a todo el mundo, en especial a las señoras de mediana edad y de buen ver dispuestas a compadecerlo de entrada... con intención oculta; pero no puede deducirse de ese coqueteo que hubiera dado pasaporte para la otra vida a su mujer porque, al menos así pensaba yo, tampoco había motivo; una cosa es buscar la libertad, pero con una persona tan emparejada y acomodaticia como Asunción el deseo de escapar no tenía mucho sentido, no sería necesario salvo caso extremo de engaño. Cosa bien distinta sería si Fermín pretendía dar matarile a su esposa, como diría María Jesús, con el lío añadido de ocultar pruebas, deshacerte del cadáver, soportar sospechas e interrogatorios... En fin, que habría de estar muy harto y desesperado para meterse en semejante embrollo.

Hasta el momento yo tenía claro que Asunción y Concepción no habían establecido vínculo mayor que una ligera amistad y el obligado de la convivencia jardinera. Asunción regaló a la otra la planta de acónito porque lo había hecho con los demás; no cabía otra razón que su educación y buen carácter, y no tanto el afecto. Concepción no era afectuosa, posiblemente porque era una funcionaria del Estado a la antigua usanza, de esas, o esos, que disfrutaban haciendo humillarse a los ciudadanos que acudían a gestionar sus necesidades. Pero dejando estas observaciones de lado, la verdad es que, a medida que los asociados se iban confiando a fuerza de verme por la sede, iba recabando opiniones sobre ella y cada vez se me aparecía más adusta y más distante en mi imaginación. Claro que por dentro...

Quizá nos estábamos obsesionando —Mariana y yo, cada uno por su lado, se entiende— con la posible relación entre las muertes por aconitina de ambas mujeres, pero la lógica deductiva nos empujaba a ello. Lo verdaderamente interesante del caso era, como decía antes, el hecho de que, cada vez que hurgaba en cada uno de los numerosos orificios de la misma madriguera, un conejito asomaba su encantadora y temblorosa nariz y se dejaba ver incautamente; si el cebo puesto en la entrada de sus refugios era suficiente y tentador y se dejaba coger sin proferir un solo gritito de terror... No sabría decir si es que eran tontos o simples o, sin más, unas personas despreocupadas de todo peligro al abrigo de su amada institución floral.

María Jesús, que era muy larga, sí que desconfiaba de mí, pero le encantaba el juego de tonteo que nos traíamos. Si yo daba un paso en falso, si rompía la fina frontera que delimitaba el natural jocundo de su privacidad, se desharía de mí como de un pañuelo de papel, sin la menor nostalgia por las buenas charlas cumplidas y sin el menor remordimiento. Nuestra relación era ligera como una gasa.

La insinuación de que entre el «pipiolo» y el conde había algo más que una especie de prohijamiento, por ejemplo, provino de ella. Creo que poseo la facultad, o suficiente grado de inocencia natural no devastada por los años, de seguir asombrándome por la cantidad interminable de variantes de relación que se dan entre las personas más reputadas como decentes y respetables. ¿El «pipiolo» y el conde? Mi candidez me desarmaba. Yo tenía noticia de todas las extravagancias, variantes y aberraciones que afectan a los seres humanos, pero nunca dejaba de asombrarme cuando se manifestaban ante mí. Seguro que se debe a mi formación religiosa, una asignatura emocional estudiada en el colegio durante la infancia y la primera adolescencia que fue la única asignatura en la que destaqué gracias a mi inocente credulidad, y se ve que me queda el reflejo que sentía entonces cada vez que descubría alguna manifestación del pecado.

Luego estaba el intercambio entre el señor Vázquez-Simón y la señora Pereña, que a su vez había holgado sobradamente con su jardinero. ¿Acaso la señora Pereña, ya aupada a la secretaría de la asociación, pretendía desbancar al conde de la presidencia con la ayuda de su actual amante? Era una operación diabólicamente femenina al viejo estilo, pero posible, visto lo visto. ¿Y el pediatra de moda, que era un figurín de mediana edad?

Quedaba mucho por descubrir, pero quedaba por descubrir, sobre todo, quién se acostaba con Concepción Rivera. A Asunción no le asociaba amante, pero sí a la otra. A la primera, porque dado su carácter nunca le pondría los cuernos a su marido, no era lo suyo, no le correspondía en el reparto de roles sexuales y, por lo tanto, si su muerte no fue accidental, resultaba difícil aplicarle alguno de los pecados capitales. Asunción era demasiado buena persona. En cambio, me parecía evidente que bajo la capa hosca o seca de Concepción se ocultaba un corazón ardiente incapaz de reducirse a la inacción. ¿Quién sería el afortunado, si es que su atractivo merecía fortuna? El matrimonio Fernández Santiago era un misterio para mí y aún más su sosa hija, aunque nunca se sabe cuándo un capullo escondido puede florecer y abrir una corola de sensualidad. En un principio llegué a pensar en el «pipiolo» y ella, pero las últimas revelaciones no abonaban esa hipótesis, salvo que el chico se manejara a pelo y a pluma. Yo me había propuesto contar el caso de Mariana como un devoto cronista, y gracias a su nula colaboración estaba abandonando el proyecto para cambiarme de periodista a detective aficionado y ya no podía desprenderme de ello, o casi. Necesitaba ganarle a Mariana en su terreno por una cuestión de pundonor y algo más.

—¿Un margarita, señor periodista?

La voz de María Jesús a menos de un centímetro de mi oreja derecha me sobresaltó. Tenía, entre otras, la mala costumbre de acercarse en silencio y por sorpresa. Nos habíamos citado esta vez en un restaurante mexicano donde uno podía sentarse a la barra a tomar una o dos copas.

—Seguro que estabas pensando en mujeres desnudas —dijo alegremente mientras tomaba asiento a mi lado.

—Te equivocas —le contesté—, estaba pensando en los candidatos a asesino o asesina de las dos mujeres muertas. Soy un tipo macabro y previsible, pero no vuelvas a hacerme una aproximación como ésta o te vas a llevar un disgusto.

—Ay, qué miedo.

La verdad es que resultaba entretenida a pesar de todo, siempre con sus chismes y sus medias verdades. Tenía una imaginación volandera de la que siempre podían extraerse conclusiones de interés. Por más alocadas que fueran sus imaginaciones, todas tenían un aire de verdad que era la que había que descubrir.

Esta vez tampoco me falló: el pediatra de moda le había tirado los tejos a Concepción. La verdad es que Concepción debía llevar dentro de sí a una castigadora de primera división porque los hombres de la asociación, a lo que estaba viendo, se la rifaban. Es verdad que era una de esas mujeres maduras con personalidad y buena planta, pero tampoco era lo que se dice una belleza, aunque se cuidaba y tenía una mirada de rara intensidad que no dejaba indiferente a nadie. Yo no la había conocido, naturalmente, pero me fiaba de la apreciación de María Jesús.

—No era nada coqueta, aunque lo era a su manera, o sea, haciéndose la inaccesible. Menuda lista estaba hecha. Cuando se tienen un buen cuerpo y una madurez bien llevada y sabes hablar con los ojos manteniendo decorosamente las distancias, te llueven los pretendientes, es un cebo que no falla. No como a mí, que soy una gorda ligera de cascos —dijo con el mayor desparpajo—. Pero no me quejo, todas tenemos nuestra disposición, unas de una manera y otras de otra.

La figura de Concepción se iba delimitando poco a poco. Me llamó la atención esa mezcla de autoritarismo y eficacia; no me atrevía a decir eficiencia porque no tenía evidencia de ello, pero no dudaba de su eficacia y de su dedicación, y eso que siempre he recelado de las solitarias con perro porque a menudo esconden frustraciones o traumas de todo tipo, lo que es potencialmente peligroso para quien pretenda establecer alguna clase de contacto más personal con ellas. La contradicción entre virtud severa y seca y facilidad aparente para las relaciones, si María Jesús llevaba razón y sin pasar del juego o el tonteo con el sexo opuesto, como yo prefería sospechar, no me permitía acabar de fijar el personaje; no había manera de saber si era un volcán contenido o una tímida compensada porque esta clase de gente se lo guarda todo adentro.

Sin embargo, tenía que ser en sus relaciones dentro de la asociación donde se hallara la llave que abriese el misterio de su muerte. Y si alguien la había acompañado en su último paseo por el Jardín Botánico, no podía ser sino un miembro del club. La policía se planteaba también la posibilidad de un enamorado externo y comido por los celos o por el final de su relación con ella, y la hipótesis no me resultaba desdeñable, pero su vida personal era un misterio indescifrable. La verdad es que, obnubilado por el mediocre *glamour* de la asociación, no había considerado la posibilidad que acabo de mencionar, pero el contacto continuado con Mariana me ha hecho dar importancia a la intuición y mi intuición me decía que la hipótesis de la policía, el suicidio, estaba desencaminada. Curioso asunto este de la intuición: se trata de dar por bueno aquello que no puedes probar como cierto y construir un relato coherente y convincente a partir de ahí. Otros prefieren llamarlo fe, que me parece más adecuado.

Yo sabía que Mariana iba unos pasos por delante de mí, pero no sabía cuántos, aunque estaba seguro de que nos aventurábamos en la misma dirección. El problema de Mariana es que como juez de instrucción era un tanto novelera en sus apreciaciones de los casos que le interesaban de verdad. No era novelera en el ejercicio de su profesión, pero sí, y mucho, en su forma de indagar y en su confianza inventiva. Al final, todas esas suposiciones, sostenidas tan sólo en el conocimiento de las cosas por la sola percepción, terminaban por adquirir forma coherente y daban en milagrosas conclusiones admirablemente acertadas. En fin, que era una juez detectivesca capaz de tejer explicaciones irrefutables para admiración de propios y extraños. Yo no sé si esa manera de ser era apreciada entre sus colegas, pero los resultados no dejaban lugar a dudas sobre su competencia. A mí me tenía admirado.

Pero no estaba dispuesto a llegar el segundo a la meta.

—Muchas gracias, señor conde, por recibirme en su casa y dedicarme este tiempo que procuraré que le sea lo menos gravoso posible.

—Al contrario, señora juez; soy yo quien le agradece la deferencia.

—Verá usted, he preferido hacerle una visita para que podamos hablar sin la rigidez que impone una citación en el juzgado.

—Le quedo muy agradecido, señora. Em..., por cierto, antes de nada, ¿puedo ofrecerle una bebida o un tentempié?

—No, muchas gracias. Entiendo que usted, como presidente del club, está al tanto de la vida de los asociados más cercanos y quizá pueda ayudarme a entender lo que ha sucedido con Concepción.

—Si está en mi mano...

—La vida, me refiero a la vida cotidiana, de Concepción es para mí un misterio, no consigo saber nada de ella fuera de su cumplimiento como secretaria. No estoy nada convencida de que su dedicación a la asociación sea la razón de su muerte, por lo tanto, tengo que buscar en otras zonas de su vida y ahí es donde, como le digo, me encuentro en la más absoluta oscuridad.

—Pero yo no sé nada de su vida privada.

—Sé que la relación entre ustedes dos era no sólo cordial sino de verdadera confianza. Quizá usted crea que no sabe nada de ella, pero es posible que sepa más de lo que cree porque yo sólo busco las pequeñas emociones, esas que muchas veces nos dicen más de lo que parece sobre una persona, esas que damos tan por sabidas que no las consideramos de interés para nadie porque pertenecen a la convivencia de manera implícita. Por ejemplo: ¿Concepción era una persona tan estricta y seria con todo el mundo?

—Em... Sí, naturalmente. Era su carácter.

—¿Y con su perro?

—Con su... Qué pregunta. Cuidaba a su perro, un mil razas muy vivo; lo quería, lo quería mucho.

—Es decir: no era seca con él.

—Por supuesto. Era un perro.

—¿Ve usted? A eso me refería yo con las pequeñas emociones. Ahora sabemos que Concepción podía ser muy cariñosa por debajo de su sequedad de trato.

—Pero es un perro.

—Por cierto, ¿qué ha sido de él?

—Em... Pues no lo sé. Ahora que lo dice...

—En el registro efectuado en su casa, la policía encontró un sobre que contenía una carta en la que pedía que, si alguna vez le sucedía algo malo, se ocuparan de que su perro no quedase desamparado. Y la nota estaba fechada, como si se tratara de un testamento ológrafo, dos días antes de su muerte. El sobre que contenía la nota estaba en blanco. ¿Sabemos a quién podría ir dirigida?

—No, la verdad es que no. ¿No había un nombre o una referencia en el sobre?

—Estaba en blanco, insisto, como si no hubiera tenido tiempo de escribir el nombre de su destinatario.

—Qué raro. Y qué coincidencia.

—¿Coincidencia?

—Es como si hubiera previsto su muerte.

—Nadie prevé su propio asesinato, ¿no le parece?

—Em... No, desde luego. Salvo que...

—Salvo que tuviera serias razones para preverlo.

—Sí, sí, pero eso es imposible.

—¿Y si había alguien muy cercano en el que no hemos pensado? Como siempre han considerado ustedes que ella fuera incapaz de sentir cariño, de entregarse a un amor, incluso... ¿Y si lo tenía? ¿Y si había vuelto a ilusionarse con alguien de su entorno? El perro no se deja al cuidado de cualquiera. Estaba sola y no tenía parientes cercanos.

—Ahora que lo dice...

—¿Acaba de recordar algo significativo?

—Tiene usted razón. Em... Hace un tiempo estaba más comunicativa. No con la gente del club, ni siquiera conmigo, pero en mi caso podía notar que estaba como ilusionada. No puedo afirmarlo, pero yo lo notaba en pequeños detalles sin importancia que ahora me vienen a la memoria.

—Las pequeñas emociones...

—No es que bajara la guardia de su manera de ser, sino que en la mirada, en algunos gestos, en la manera de moverse..., tenía chispa, no sé si me entiende.

—Se explica muy bien. ¿Y de dónde podría provenir esa... chispa?

—No puedo contestarle. Tendría que pensarlo, que recordar... Y le diré más: tenía cambios bruscos de humor, días en los que estaba especialmente seca y distante y molesta por cualquier descuido de los otros.

—Porque ella no se descuidaba...

—Sí, sí, exacto. Em... El deber ante todo. Pero esos momentos...

—Piense usted en ellos. Piense en los detalles sin importancia, júntelos y piense. Quizá podamos extraer alguna conclusión de ellos.

—Lo intentaré. Me ha dejado usted intrigado.

—Y busque al perro. O sea, no me refiero a que se ponga a buscarlo físicamente, sino que indague aquí y allá dónde puede estar, si alguien sabe algo de él. Yo no puedo porque causaría extrañeza, pero quizá entre los asociados... Por mi parte preguntaré en su edificio, pero la carta sobre la mesa del comedor me dice que tendría que ser para alguna persona afecta a ella. ¿Sabe si entre los asociados hay alguien que sintiera simpatía por el animal?

—Tendría que preguntar.

—Hágalo y si encuentra algo me lo comunica. Le quedaré muy agradecida. Sólo usted puede sacar algo de luz sobre este asunto y sobre esos últimos estados de ánimo de Concepción.

—Adelante, subinspector.

—Tengo algo que le va a gustar, señoría. Es una nota encontrada en el libro de cabecera de la finada. Estaba en su mesilla de noche y se ve que no lo revisaron a fondo, pero el agente Campillo, que es un minucioso, volvió al domicilio de Concepción a instancia mía y se ve que no dejó rendija por revisar. El caso es que dio con la nota que estaba escondida entre las páginas del libro que tenía en la mesilla de noche y que estaba a la vista. Incluso sobresalía ligeramente, como si se tratara de un guialibro. Bueno, en fin, aquí la tiene.

—Una hojita doblada, vaya. Un apunte. Sí..., y menudo apunte, subinspector, por fin lo que parece una confirmación de lo que debió de ser una cita. Registre de nuevo el despacho de Concepción por si acaso, es probable que el líquido se encuentre aún allí. Si lo encuentra, hemos resuelto la mitad del caso.

—No se preocupe, ya he pedido la orden de registro y mis agentes se dirigen a la casa del tal Fermín. He preferido adelantarme y traerle la nota después, por la urgencia.

—Ha hecho usted bien, Rico. A poca suerte que tengamos...

—La vamos a tener, estoy seguro. Nos la merecemos después de tanta oscuridad.

—Lo que es muy importante si encuentran lo que buscamos es que tomen nota del lugar donde se guardaba. De todos modos, no cantemos victoria: aún no sabemos lo que significa que encontrásemos el botellín de ron vacío junto al cadáver. Es verdad que tenía restos de aconitina, pero es un objeto inquietante.

—¿Inquietante? Era el continente del veneno.

—Ése es el problema, subinspector, que no me explico cómo se lo hicieron beber a la víctima. Sugiere un suicidio, evidentemente, pero tenemos que probar que no lo es o que, si lo es, pertenece a la puesta en escena del asesino para sugerirlo. Y por ahí me temo que nos encontramos en una bifurcación del camino emprendido. Hemos llegado a un nuevo punto de distracción. Éste es un caso en el que, cada vez que parece que tomamos la dirección correcta, ésta sólo nos conduce a un nuevo replanteamiento, a una nueva indecisión. Es una manera desesperante de avanzar, si es que avanzamos hacia algo concreto. Pero la idea del suicidio me repele.

—Podría serlo.

—Sí, eso es cierto, podría serlo, pero no me gusta. Es una lata esto de las intuiciones. Cuando funcionan son pista libre para correr, pero cuando no, el disgusto, la rabia contigo misma es insoportable. En fin, ahora hay que elegir cuál de los dos caminos seguimos.

—No lo había pensado.

—Pues habrá que pensarlo.

—Yo empezaría por averiguar algo más del carácter y la situación personal de Concepción. Era muy suya, pero algo ha de haber, algún conflicto debe de tener, un lado oscuro que pudiera empujarla a quitarse la vida. No descartemos nada, de nuevo.

—De ser así, se la ha quitado de una manera bastante teatral.

La anotación hallada en el libro de cabecera de Concepción Rivera decía: «fa. Bot. 19:30». Quiso la suerte que me encontrara en conversación con el subinspector Rico cuando éste recibió la llamada de uno de sus agentes para comunicarle el descubrimiento. Estaba emocionado y ése fue su descuido, porque yo no debería haberme enterado, pero el entusiasmo por el hallazgo facilitó el descuido. Sin embargo, yo no compartí de inmediato ese entusiasmo: la anotación no estaba fechada. Yo habría mandado cotejar la letra, aunque supuse que sería de ella, seguramente la confirmación de que había tomado nota apresurada en el mismo guíalibro.

—No me dice mucho, salvo la abreviatura Bot., que coincide con el día de la muerte, pero me lo dirá. Podría referirse simplemente a un libro, una referencia, no al crimen en concreto, subinspector. Es una nota significativa, sin duda. Veremos.

—Yo no creo en las casualidades inocentes —respondió el subinspector sabiendo que había descubierto su carta conmigo—. No cabe duda de que estamos hablando del día del crimen. Se acabó la hipótesis del agresor que se coló en el Jardín.

—O sea, que la hipótesis de un agresor saltimbanqui que salva la valla del Botánico con un frasquito de aconitina en el bolsillo, sorprende a una Concepción a la que la hora de cierre se le ha echado encima, la obliga a tomar el líquido por la fuerza y vuelve luego a escapar por el mismo camino se hunde —dije.

El subinspector me miró con un gesto evidente de suspicacia.

—Nunca hemos sostenido semejante teoría, no me tome por tonto. Lo único que me parece claro es que se citó con alguien y ella murió, eso es todo de momento. Tras el análisis de los hechos a la luz de esta evidencia, decidiremos qué fue lo que ocurrió. Por ahora es una hipótesis con visos de veracidad.

—No se ofenda, subinspector, era una broma. Por supuesto que la nota es muy significativa, pero sólo da lugar a una hipotética coincidencia.

—Los registros que se van a llevar a cabo en cuanto lo ordene puede que contribuyan a convertir la hipótesis en realidad.

—Por cierto, ¿sabe usted algo de posibles relaciones sentimentales de la víctima con gente del club?

—No puedo hablar de eso.

—Son rumores, pero los rumores en un centro tan cerrado como es el club tienden a la credibilidad. De todos modos, bien podría ser, una vez más, un bulo lanzado con resquemor, para hacer daño por algún rencor pendiente.

—Para mí, está claro. El viudo, en cuanto se vio libre del lazo matrimonial, empezó a lanzar sus redes y pescó a Concepción. Lo que le llevara a tramar este crimen es algo que tendremos que averiguar, pero lo averiguaremos.

—En fin, que la solución es demasiado bonita como para desaprovecharla. Le cargamos el muerto a

Del Águila y aquí paz y después gloria. Lo entiendo, sí. Vayan con cuidado a pesar de todo.

El subinspector se alejó. Que mis observaciones le habían incomodado era evidente. Sin embargo, el caso me seguía pareciendo oscuro. Por ejemplo: si el viudo y Concepción se citan antes del cierre y se internan en el Jardín, ¿cómo consigue Fermín hacerle beber del frasquito con tanta rapidez? Apenas dispuso de quince minutos. Aunque fuera una cita amorosa hay que darle tiempo al tiempo antes de ofrecer un trago de ron envenenado a tu amante. Esto no es un «aquí te pillo, aquí te mato», se necesita preparación artillera antes de lanzar el ataque definitivo. Se han puesto las orejeras con Fermín del Águila y se van a dar un buen tortazo.

Porque, en mi ejemplo, Fermín ha de darse tiempo a salir del Jardín como un visitante rezagado, que por cierto es una forma de llamar la atención del encargado del cierre. Ahora no visitaba el Jardín, supongo, pero sí que lo hizo con Asunción en sus días, aunque sólo fuera por complacerla. Puede que hubiese habido un cierto tonteo por parte de Fermín, pero en todo caso después de enviudar, porque incluso aunque Concepción fuera un cardo borriquero, no era de esas personas que dejan ver lo que sienten así como así.

Y más: ¿tenía Fermín conocimientos de jardinería suficientes como para extraer aconitina de la planta? No, está claro que no. Y, sobre todo, la hipótesis de Fermín asesino tropezaba con lo más importante: el motivo. ¿Cuál podría ser su motivo para asesinar? No tenía sentido, no había motivo. Él era viudo, ella estaba separada, firmemente separada al parecer, por lo tanto podían establecer una relación amorosa sin el menor impedimento; como mucho, lo sería el pudor de ella, algo impensable a estas alturas de su vida.

No podía obviar los hechos, los datos, pero no eran pruebas inculpatorias sino meros datos, un papel suelto que contenía una anotación, unos rumores sin demasiado fundamento, ¿qué más? Por ahí no se podía hacer otra cosa que especular y seguir especulando, buena actitud si da en una conclusión de orden teórico que permita otra conclusión en firme... En fin, nada concreto. Imagino a Mariana dando vueltas a todo esto cuando se lo comunique el subinspector. Anoche la encontré distraída, falta de atención; de un tiempo a esta parte hablamos poco; tenemos contacto físico, sí, pero hablamos poco y tengo la sensación de que nos está invadiendo una especie de desgana, de dejar las cosas, lo que sea, para mañana. Todo lo que es cercanía en la cama es casi lejanía fuera de ella. Quizá la explicación resida en el hecho de que hasta ahora siempre comentábamos los casos que tenía entre manos, los más incitantes, se entiende, con naturalidad aunque sin meterme yo en lo que pertenecía estrictamente a la investigación, y ahora, en cambio, sentía la existencia de un muro infranqueable, como si hubiera decretado secreto de sumario expresamente para mí. Y me estoy obsesionando con esto. Tendría que meditar sobre la razón de esta actitud repentina y sorprendente.

Y la nota encontrada era reveladora, pero insuficiente.

—Comprobado que la letra de la nota hallada en el libro de lectura de Concepción era coincidente con la de la anotación en su agenda. Ahora sólo queda comprobar con quién se había citado ese día. Fermín no mencionó la cita cuando lo interrogamos, así que vamos a llamarlo de nuevo, Encarna, a ver cómo reacciona.

—¿Cómo va a reaccionar? Haciéndose el loco, ya me dirás tú. A mí ese hombre me dio muy mala espina desde el principio. Es un militar, y los militares ya se sabe...

—¿Qué se sabe?

—Que mandan a otros a dar la cara y ellos se quedan tan panchos en la cantina o en la butaca de su despacho a verlas venir. O en la retaguardia con la excusa de que tienen que dirigir el ataque. ¿Que ganan la batalla? Se ponen en primera fila. ¿Que no? A echar las culpas al maestro armero. El caso es quedar bien y llenarse el uniforme de medallas, que hay que ver cómo las lucen en los desfiles esos mangantes.

—Despacio, Encarna, ya estás tomando la parte por el todo. Sólo te falta decir que los franceses son todos unos afeminados o los alemanes unos cabezas cuadradas o que los negros llevan la música en la sangre.

—Lo de los negros es verdad, a ver si no.

—Yo conozco militares que dan la cara y lo que haga falta, que se ocupan de la gente a su mando y que son excelentes padres de familia y personas cabales.

—No sé yo, no sé yo...

—Pues acuérdate, por ejemplo, del general Gutiérrez Mellado cuando se plantó delante de los golpistas en el Congreso de los Diputados, con los brazos en jarras, sin permitir que lo echasen al suelo y con ademán desafiante ante los mandados que trataban de tumbarlo. Y como él hay muchos que son hombres de honor, valerosos y leales. No sé tú, pero yo ese día me sentí defendida por él como ciudadana española.

—Ah, bueno, si nos ponemos así...

—Anda, tira; y convoca a Fermín de urgencia. A ver qué nos dice ahora.

—Buenos días de nuevo, don Fermín. Gracias por la prontitud en atender la citación.

—¿Tenía otra opción?

—Por supuesto que no.

—Pues usted dirá.

—Señor Del Águila, le he hecho llamar porque hemos encontrado una anotación de puño y letra de doña Concepción Rivera en su agenda que marcaba una cita en el Jardín Botánico a las 19:30, es decir, media hora antes del cierre de las puertas en el mismo día en que murió, y creemos que se refería a usted.

—¿Que yo estaba citado con ella el día que la mataron?... Vamos, no me joda.

—Eso es lo último que yo haría.

—¡Falso! ¡Eso es falso de toda falsedad! Yo nunca he quedado en el Jardín Botánico con esa señora, ni ese día ni ningún otro. Esto es un ultraje, una conspiración.

—Como usted comprenderá, señor, en mi juzgado no se conspira, así que le ruego que modere su lenguaje.

—Disculpe, pero no me refería a ustedes. Si esa nota es real, alguien la ha colocado ahí, donde sea que la hayan encontrado. Juro por mi honor...

—Cálmese, señor Del Águila. Nadie le ha acusado a usted, simplemente le he preguntado qué puede decirme usted de esa nota que, evidentemente, se refiere a usted.

—¡Pero cómo quiere que me calme! ¡Esa nota, de la que no tengo la menor idea, me implica en su muerte, señoría!

—Usted no tiene por qué conocer la nota ni tener idea de ella, es una anotación de Concepción que revela una cita. Es lógico suponer que se trata de una cita concertada con usted, a menos que usted nos demuestre lo contrario. ¿Dónde estaba usted el día de la muerte de Concepción? Era domingo, recuerde.

—Esto es intolerable.

—Pues va a tener que tolerarlo. Responda a mi pregunta, por favor.

—¿El domingo pasado, dice usted? Estaba en el fútbol, viendo jugar a mi equipo en el Bernabéu.

—¿Tiene testigos?

—No lo sé. Fui con el abono de un amigo. Seguro que me vio mucha gente, pero nadie que me conociera.

—Tendrá usted un justificante.

—¿Un qué? Pero ¿de qué me habla usted? Pasé con un carnet de socio y la entrada correspondiente al abono, que la tiré. Puede preguntar a mi amigo.

—Sí, pero su amigo no estuvo con usted, sólo le prestó el carnet y la entrada. Usted bien pudo no haber acudido.

—¿Y perderme el partido? ¡No fastidie!

—Lo cierto es que no hay constancia de que acudiera.

—¡Me cago en todo! ¡Está usted tratando de comprometerme!

—No haga usted esas porquerías y no me acuse de comprometerlo. No sé si se da bien cuenta de su situación, que es bastante peliaguda. El juez que le corresponda no se va a conformar con su palabra y sus exabruptos.

—Pero ¿el juez no es usted?

—No, señor. Yo soy la juez de instrucción. Me estoy refiriendo al juez que lo juzgará en su día tras el auto de conclusión del sumario. Yo que usted me mostraría menos indignado y más colaborador, por este camino no vamos a ninguna parte, ni usted se está haciendo el menor favor.

—Disculpe usted, es la indignación.

—Tómeselo con calma y prosigamos. Debe usted entender que con una prueba como es esta nota yo deba indagar todo lo concerniente a ella, sin prejuzgar, pero sin dejar nada al azar. Es natural que yo deduzca, a la vista de dicha nota, su posible implicación en el caso, pero aún no he tomado decisión sobre la realidad o falsedad de la misma. Ahora le pregunto: ¿tiene idea de quién habría podido falsear esa anotación?

—¿Falsear? Pero dice usted que es su letra, la de Concepción.

—Por supuesto. Pero ¿no se le ha ocurrido pensar que quizá alguien se hizo pasar por usted, concertó la cita, acudió ella y la asesinó?

—No me diga. ¿Eso es lo que pasó?

—No sé, sólo es una suposición. En la nota hay una letra solitaria, una efe que seguida de una a minúscula puede corresponderse con usted.

—¿Es que sólo soy una efe? ¿La única efe? ¡Esto es increíble!

—Lo que no deja de llamarme la atención es que

ella, con esa fama de distante que tiene, aceptase encantada la cita, fuera de usted o de un embaucador. Porque si ella anotó y guardó la cita en su agenda es porque le apetecía el plan; y mucho.

—Pues tiene usted razón. Eso ha podido ser. Algún hijo de puta que me la quería jugar o que pretendía reírse de ella a mi costa.

—¿Y no había habido algunos otros contactos entre ustedes dos anteriormente?

—Eh..., no, o sea, sí, en alguna ocasión nos habíamos citado, es verdad, pero nada serio, para hablar de asuntos del club..., de la organización de la asociación, claro, porque yo no entiendo nada de jardinería. Eso mi mujer, que en paz descanse. Pero ya le digo que nada más, un par de citas de lo más inocentes. Y el día de marras, nada de nada, ninguna cita, ¿y en el Jardín Botánico? Qué tontería.

—Así que se vieron otras veces. ¿Con qué frecuencia?

—Pues no sé, no recuerdo; de tarde en tarde, muy de tarde en tarde. Dos veces o así. Nos conocíamos. ¿Qué pretende insinuar?

—Por favor, no regrese usted al modo agresivo, que sólo estropea las cosas. Yo no insinúo nada, sólo pregunto porque es mi labor. A usted y a cualquier otro de los testigos. Tengo que establecer la situación de todos ustedes con respecto al deceso, eso es todo. Si hay conclusiones, lo sabrá usted a su debido tiempo si es que le afectan; por ahora sólo estamos estableciendo los hechos, así que no voy a molestarle más, pero le agradecería que hiciera un esfuerzo por recordar las veces que se haya encontrado personalmente con Concepción. No cuando vivía su esposa, que ya sé que ellas se conocían y tenían un cierto contacto, y también le apremio a que recuerde si hay alguien que pueda confirmar su presencia en el partido de fútbol.

—¿Hemos terminado?

—No del todo. Me gustaría que me prestara una foto de su difunta esposa. Es el único miembro del club al que no he puesto cara.

—¿Para qué necesita usted una foto de Asunción?

—Para nada. El hecho de que ella ya no esté entre nosotros y la coincidencia de los venenos me producen curiosidad.

—Usted sabrá...

—Si le viene mejor que volver a pasar por aquí, puede dejármela en mi casa o, mejor, al portero, que siempre está presente. Mi secretaria le dará ahora la dirección. Ah, y muchas gracias por su colaboración.

—Madre mía, qué lista has estado. O sea, que esos dos se entendían, por lo menos después de morir su esposa.

—Así parece, pero no saquemos conclusiones precipitadas.

—Pierde cuidado. Yo, tranquila.

—Pero se me acaba de ocurrir una idea. Llama al subinspector Rico y dile que nos localice de nuevo al marido separado de Concepción Rivera.

No podía comentarle a María Jesús la nota encontrada en la mesilla de noche de Concepción. La verdad es que era demasiado comprometedora y su aparición demasiado afortunada también, pero comentárselo a la Cicuéndez era levantar la liebre: ¡noticia bomba en la asociación! Así que mejor no decir nada. La figura del exmilitar era una figura culpable en estos momentos. Sería interesante ahondar un poco más en las relaciones de éste, no ya con Concepción, que parecían más o menos aclaradas para mí, pues no dudaba de que tuvieran o hubieran tenido un lío; lo que me interesaba mucho era confirmar que el tipo era un gallo, bien en general, bien en el acotado gallinero del club. Conociendo a Mariana, yo diría que en estos momentos estaba pensando lo mismo que yo. Pero ésta, que iba a ser una crónica de sus andanzas en el caso, se estaba empezando a convertir en una competición, y si ella contaba con el auxilio de la policía judicial, yo tenía un topo entre los amigos de los jardines.

Me interesaba especialmente comprobar si la posible relación de Lolo Escabias con el exmilitar era real y hasta qué punto tenía algún fundamento o era pura imaginación de María Jesús. Quizá lo fuera o quizá se tratase de un mero tonteo, pero en todo caso esta última opción revelaba que el seductor habría seleccionado ya su próxima conquista. Del Águila era un verdadero picaflor, me recordaba aquella canción mexicana titulada *El mil amores*:

> *Si la vida es un jardín,*
> *las mujeres son las flores,*
> *el hombre es el jardinero*
> *que corta de las mejores.*

El jardín del club albergaba flores en abundancia y, como seguía más adelante la canción, el jardinero se pavoneaba:

> *Tengo viudas y solteras*
> *y alguna que otra casada.*

Fermín del Águila, al parecer, hacía honor a su apellido. La misma María Jesús le encontraba atractivo, aunque decía que «no era de su estilo», como si ella tuviera un estilo definido. Sea lo que fuere, tenía éxito entre aquellas cuarentonas bien cuidadas y, dentro de ellas, Lolo Escabias, tan sujeta a su hermana y a su anciano y desvencijado padre, debía de tener un corazón saltarín de esos que aguardan, social y familiarmente contenidos, la oportunidad de entregarse al deliquio amoroso. Eso es lo malo que tiene cumplir con las maneras de una tradición: o cumplías religiosamente las normas de conducta y rectitud, figura que encarnaba con una perfección ñoña y monjil su hermana Prudencia, o acababas en brazos del hombre equivocado. El caso es que traté de convencer a mi topo de que estrechase su relación con Lolo y la idea no le disgustó.

Lolo Escabias era una mujer desenvuelta y muy

simpática. Parecía más alta que su hermana, pero eso es porque la hermana iba muy encogida. No paraba de dar conversación a todo el mundo y siempre conseguía ser el centro de atención. Era guapa, una belleza demasiado tradicional para mi gusto: cara redonda, nariz afilada, ojos pequeños y expresivos acordes con la jubilosa movilidad de sus labios; andaba con agilidad y entusiasmo y mantenía un cuerpo algo rollizo, pero bien proporcionado; en fin, una mujer apetecible, aunque no para mí. A Fermín del Águila le iba que ni pintada. La diferencia con la severa y adusta Concepción era evidente. Aunque si Fermín le había entrado a esta última sería porque reconoció un fuego interior tras su aspecto de funcionaria ejemplar. La vida amorosa ofrece constantemente este tipo de contradicciones porque, por lo general, el amor no es una pose.

Así que lancé a mi topo al calor de las confidencias; y en seguida, porque María Jesús era una consumada maestra en el arte de abrir las almas de sus congéneres, obtuve la confirmación que buscaba. Sí, Fermín y Lolo Escabias estaban en los preliminares de un romance de película española. Me habría gustado conocer a Asunción Lobo para hacer comparaciones odiosas, pero interesantes. Asunción, con su amor por el maravilloso color azul de la flor del acónito, habría sido la inductora infeliz de la muerte de Concepción. Pero estas lucubraciones no lo convertían en un asesino. Mi topo debía dirigirse a descubrir quién había recibido y utilizado la fórmula del veneno; mi convicción de que el asesino o asesina pertenecía a la asociación era firme como una roca.

Pero, entre tanto, Del Águila era un buen candidato a la autoría del crimen. Lo tenía todo: oportunidad, medio y motivo. Sí, porque el motivo tendría que ser el nuevo romance. Ahora bien, ¿tenía sentido deshacerse de Concepción para poder dedicarse a una nueva aventura? A esa pregunta se le oponía de inmediato un único reparo: que no era imprescindible matar. El asunto podría haber dado lugar a una situación sumamente desagradable en lo personal y a un posible cisma en el club: en definitiva, nada que justificase un crimen, que es un asunto de mucha envergadura. No, el motivo estaba ahí, pero cojeaba de necesidad: no hacía falta matar a Concepción, con el riesgo que eso entrañaba y el añadido de la culpa que le atormentaría durante mucho tiempo porque una cosa es libar de flor en flor y otra arrebatar la vida a un ser humano. ¿Entonces...?

O quizá era un bruto que bien podía ser el bruto incapaz de proyectar la situación hacia una previsión de futuro. Pero nadie es tan tonto. En un medio rural más primitivo, puede; en la capital del país y en un hombre de su condición, no parecía factible. Lo malo de la mayoría de los casos como éste es que sólo la habilidad policial o la mente de una Mariana de Marco podían responder satisfactoriamente a tantos interrogantes.

Llevaba yo unos quince minutos de espera en una taberna bastante simpática en el barrio del Retiro cuando Mariana apareció al fin. El Retiro es un barrio bastante tradicional de la burguesía media madrileña con tascas de cierta solera, un mercado variado y bien surtido, y mucho pequeño comercio todavía vivo donde uno puede comprar de todo, desde mesas de billar hasta material variopinto de cacharrería. Mariana vestía de verano, pero con su habitual traje de chaqueta de falda ajustada por encima de la rodilla, bolso en bandolera y una melena corta que, según ella, le quitaba años. No dejaba de admirarme cada vez que tenía ocasión de verla caminando a una distancia que me permitiera apreciarla en su conjunto, su briosa imagen de mujer deportista y llamativa.

Habíamos quedado citados para almorzar a instancias mías porque me resultaba ya un tanto incómoda nuestra distancia en lo tocante al caso que tenía entre manos, pero en cuanto se sentó frente a mí y me clavó la mirada de sus preciosos ojos negros, la distancia desapareció como por ensalmo. Siempre habían sido su fuerte esos ojos grandes que te dejaban inerme con la intensa limpidez de su mirada, ojos que podían mostrar desde advertencia hasta rechazo tajante con la misma franqueza. No tuve la suerte de conocerla en su treintena, pero debía de ser ya entonces una mujer irresistible, con esa clase de atractivo que sólo se da en algunas personas gracias a la mezcla de singularidad y carácter fuerte, porque la belleza tradicional, más propia del escaparate convencional que de una explosión de vida, no era exactamente lo que la definía.

—Hola, Watson. ¿Qué tal te va con tu nuevo oficio de cronista? Te lo pregunto porque ahora ya no nos encontramos más que en la cama y en la cocina para cenar —dijo con toda naturalidad.

—Cierto —respondí sin inmutarme—. Lo de hablar contigo como antes ha pasado a la historia de nuestras relaciones. Parece que lo de ser cronista de tus aventuras criminales te ha sellado los labios.

—No me gusta salir a escena, así que me defiendo como puedo.

—La crónica no es para ningún medio; como te dije, era sólo para hacer prácticas mientras persista la crisis y yo tenga que estar a lo que caiga.

—Hum. No me fío. Todos los periodistas venderíais a vuestra madre por una buena noticia o un buen reportaje.

—¿Y por el relato de una noche de pasión con una juez no?

—No te veo yo a ti sacando intimidades a la luz por mucho dinero que te ofreciera alguno de mis enemigos de la prensa sectaria. No por nada, sino porque nunca trabajarías con ellos.

—¿Sólo por eso? En qué poco me tienes.

—Ay, mi caballero periodista, qué mal andas de sentido del humor, tú que siempre te has reído de ti mismo.

—Cuando era oportuno.

—Te come la inseguridad, ya veo.

—¿La inseguridad? ¿Qué inseguridad? No seas fantasiosa, por favor.

—¿Lo ves? Esa respuesta es convencional porque te he debido de tocar en un punto neurálgico.

—Mi única inseguridad, si eso es inseguridad, tiene que ver con tu mutismo respecto al caso, nada más.

—¡Y nada menos! Lo sabía; sabía que te estabas preguntando por qué no estamos compartiendo el caso. Y te lo voy a decir: porque no me fío de ti. Tengo entendido que estás metido en el Club de Amigos de los Jardines haciéndome luz de gas en vez de echarme una mano.

—¡Esto es la monda! Ahora resulta que el culpable soy yo cuando no he hecho más que buscar la manera de ayudar en tu investigación. ¿Me aplicas a mí el secreto de sumario, como si fuera un mediocre periodista de sucesos? ¡Por favor! No tiene sentido. He averiguado cosas que te pueden interesar, proporcionar luz en este asunto tan oscuro. Reconoce que no tienes dónde agarrarte y eso te fastidia porque, naturalmente, tú eres la reina de la deducción.

—Pero, bueno, ¿qué pasa? ¿Es que nos estamos peleando?

—Pues lo parece, la verdad.

—Pues es una tontería. Lo que tienes son celos.

—Lo que tengo es una situación muy jodida porque no estoy acostumbrado a quedarme sin trabajo, me paso el día solo, en paro, sin más ocupación a la que dedicarme salvo una crónica para hacer pluma que no me lleva a ninguna parte...

El poder de las caricias. Fue su gesto rozándome la cara con la mano, un toque de dulzura y confianza que me devolvió la paz y la serenidad. El gesto y sus ojos llenos de cariño. Era única en momentos como éste.

Nos reímos de buena gana, yo momentáneamente aliviado.

—¿Vamos a comer o seguimos mirándonos? —dije yo.

—Comamos, sí. Tú no pierdes el hambre por nada del mundo. Comamos y hablemos, pero tú primero.

—¿Y por qué no tú?

—Porque soy la autoridad.

—Aquí no. Éste es un terreno neutral. O, si lo prefieres, privado. Aquí no hay autoridad que valga.

—Muy bien —dijo ella—, yo voy a tomar... unas gambas al ajillo y un pez; un gallo frito, por ejemplo.

—Hablando de peces, te escurres como una anguila. Vale, yo tomaré unas habitas con jamón y, ya que veo que los tienen en carta, unos sesos rebozados. O, mejor, a ver si tienen sesos a la mantequilla negra.

—Qué buena idea, me apunto a los sesos yo también. Serán de cordero, ¿no?

—Culo veo, culo quiero. ¿Y tu colesterol?

—¿Y el tuyo?

—Vale ya de preliminares. ¿Cómo llevas el caso? —pregunté por cambiar de tercio.

—Con dignidad y paciencia.

—Déjate de chorradas y contesta.

—Un tanto confusa, si quieres que te diga la verdad. Vacilando entre el suicidio y el asesinato.

—¿No te habías decidido por el asesinato?

—Acabas de cometer tu primer error. ¿De dónde sacas que yo estaba por el asesinato?

—No te lo puedo decir, pero es lo que me han contado.

—Ya me imagino quién.

—No. Ése no.

—¿Lo ves? ¿Ves cómo lo sé?

—Estás jugando a la célebre interrogadora serpenteando alrededor de una víctima propicia, ¿no?

—Más o menos. Soy un libro abierto.

—Da igual. ¿De verdad dudas? Ya me extraña.

—No, no dudo, es que no me atrevo a decidirme. Pura precaución.

—Con lo decidida que eres, esto de cubrirte es nuevo para mí. Yo estoy por el asesinato.

—¿Así por las buenas?

—Mira que eres tramposa. Otra vez estás intentando sonsacarme. Pues bien, te lo digo bien claro: o compartimos información o yo no abro la boca sobre el asunto.

—Mmm, no puedo compartir, de verdad que no puedo. Estás muy metido en el club de los jardineros y te puedes ir de la lengua sin darte cuenta. Entiéndelo.

—Entenderlo, lo entiendo, así en frío; pero entre nosotros...

—Justo entre nosotros. Esto no pertenece a nuestra intimidad. Somos pareja, ¿no?

—No estoy muy seguro; últimamente...

—Javier, por favor, no entremos en ese juego.

—De acuerdo. Me consolaré. Pero sólo porque acaban de llegar las habitas.

—Con jamón, querido mío.

—¿Es un reproche?

—Es un acto de afirmación.

—A ver, para que no te piques, te daré una información: he llamado al exmarido de Concepción Rivera, un tal Fermoselle. ¿Qué tal? Esto es información privilegiada a cambio de que me saques guapa en tu crónica del caso.

Durante algunos minutos nos dedicamos a nuestros primeros platos.

—Al fin un detalle, lo del exmarido, no creas que no lo aprecio, aunque a mí sólo me serviría estar presente en el interrogatorio, pero algo es algo. Como contrapartida, te diré que tengo una sorpresa en reserva.

—Eso suena interesante. A lo mejor tenemos que seguir compartiendo información.

—No me extrañaría. Tú sabrás.

—Yo sabré. ¿Qué tal están tus sesitos de cordero?

—Sublimes.

—¿Don Luis Fermoselle?

—Servidor de usted.

—Le he citado a usted en relación con la muerte de su exesposa, Concepción Rivera Rifé. Ante todo, permítame ofrecerle mis condolencias.

—No sé para qué me cita usted, hace años que nos separamos y no sé nada de ella desde entonces.

—Lo sé. Lo que me interesa de usted es anterior a su separación. Quiero que me hable de ella, de cómo era, de sus características, de sus amistades, de su trabajo... En fin, usted la ha conocido muy bien y estoy segura de que me ayudará a completar mi visión.

—Como quiera, no creo que pueda serle de utilidad, pero pregunte usted.

—Me gustaría saber cómo era ella cuando se casaron, su carácter, sus aficiones, su actitud ante el matrimonio...

—Era una mujer muy ordenada; demasiado, diría yo. Yo soy más bien anárquico, me gusta salir y divertirme, y ella era más tranquila, muy de su casa. Por ahí no íbamos bien, pero al principio las cosas funcionaban, nos queríamos, fueron los mejores momentos. Luego... se empezaron a notar las diferencias. Así es como sucede: en el fondo, el matrimonio es una lotería. No te toca el premio y tiras el billete. Yo soy prag-mático e independiente, ¿sabe? Todo llega a su fin.

—¿Su idea del orden tenía que ver con el hecho de ser una funcionaria modelo?

—Hombre, a ver. A mí me gustaba improvisar y ella necesitaba tenerlo todo programado. Qué quiere que le diga, el orden acaba siendo una tortura y mata la espontaneidad. Al final la convivencia se convirtió en un tormento. Con ese carácter...

—Permítame una pregunta muy personal. Si Concepción era así, ¿por qué se casó usted con ella?

—Por lo que le he dicho antes, lo de la lotería.

—O sea, que usted se casa como quien compra un boleto de lotería.

—¿Acaso le parece a usted mal? Así son las cosas.

—A mí me parece simplemente una estupidez, pero ésa no es la cuestión. Bien. Deduzco que la convivencia se hizo imposible y llegaron a un acuerdo de separación.

—No, qué va. Yo le dije que me largaba, ella se puso frenética y estuvo a punto de agredirme varias veces. De repente sacó un carácter de loca que, since-ramente, me acabó de convencer de que lo mejor era salir de naja. Había riesgo de muerte, se lo digo yo, y lo mejor era cortar por lo sano. Aun así, me estuvo persi-guiendo no sé cuánto tiempo y, cuando por fin le entró la serenidad, yo le propuse la separación cediendo en todo porque me estaba jugando la vida.

—¿Le amenazó a usted de muerte?

—No. Me amenazó con hacerme la vida imposi-ble, y eso sí que no, por ahí no pasaba, no estaba dis-puesto a cargar con un error de por vida. Le puse el piso a su nombre y todo. Jamás me he sentido tan ali-viado por ceder, yo, que no me rindo así como así, y no sabe qué alivio fue el divorcio, porque con el tiempo nos divorciamos. Eso que debo a los socialistas, ya ve usted.

—¿Concepción era una mujer de firmes creencias religiosas?

—Firmes como una roca. Pero le diré a usted que también era una mujer práctica. Una vez que se hizo a la idea, o sea, a partir del divorcio, se volcó en su trabajo en el Ministerio de Justicia como si le fuera la vida en ello. Empezó a dedicarse en serio a la jardinería y encontró otra razón de vivir en el Club de Amigos de los Jardines, al que se dedicó en cuerpo y alma, y yo creo que todo eso la tranquilizó y le arregló el espíritu; de lo que yo me alegro, la verdad, porque el matrimonio fue bueno al principio y prefiero tener un buen recuerdo que un mal rencor.

—Y —dice ella—, sin embargo, ha acabado suicidándose. —La juez se pone en alerta.

—Eso sí que me extraña. No me pega nada, pero nada. ¿Están seguros de que se ha suicidado? Me cuesta creerlo. No es que yo la haya seguido desde la separación, porque además yo tenía un lío por mi cuenta del que conseguí que no se enterara, por cierto... Pero esto no tiene nada que ver; a lo que iba: por una amiga común yo supe algo de ella, o sea, de su dedicación al trabajo y al club, y tengo la sensación de que la vida la tenía contenta. ¿Para qué se iba a suicidar? No era de ese tipo. Hombre, no sé, quizá por un disgusto espantoso... o porque era muy cabezota, ja, ja.

—¿Qué clase de disgusto?

—Pues no sé, otro divorcio o algo así.

—Pero nada de eso sucedía.

—Pues lo que yo digo; o sea, que no, que no hay motivo para matarse. Eso es una cosa muy gorda.

—Voy a hacerle una pregunta muy delicada que puede usted negarse a contestar. ¿Cómo actuaba ella sexualmente? ¿Era activa, pasiva, fría, ardiente? Disculpe, pero tengo mis razones para preguntarle esto.

—No me incomoda lo más mínimo. ¿Le sorprendería si le digo que era ardiente y celosa?

—Todo lo contrario. Estaba deseando oírselo decir.

—¿Ah, sí?

—Yo me entiendo; y le agradezco su franqueza.

—Me deja usted descolocado.

—No se preocupe. Estaba dando forma a una intuición. Sigamos. A lo que parece, era una mujer muy competente.

—Competente total, ahí sí que no tengo más que elogios para ella. *Demasiado* competente incluso, pero es que todo se lo tomaba por la tremenda cuando se trataba de hacer algo que le importaba.

—Como castigarle a usted por abandonarla.

—Exactamente. Veo que me ha entendido. Todavía me entran temblores cuando pienso en ello, es que fue tremendo. Imagine mi alivio cuando al fin rompimos el vínculo.

—El civil, porque según me dice usted era muy religiosa. ¿Y Concepción nunca volvió a verle?

—Ni a verme ni a hablarme. Nada. Cero. Como si no hubiera existido.

—Genio y figura. Pero ya veo que es usted una persona positiva. No ha vuelto a casarse, ¿verdad?

—No. Tengo una compañera y lo mismo nos acabamos casando, pero ya aprendí la lección: nada de lotería; las relaciones, a prueba y a cata, que yo tengo una vida un tanto agitada; y cuando vea la cosa más o menos segura, a lo mejor..., sin desdeñar las ocasiones.

231

—Es usted un cínico de mucho cuidado, por lo que veo.

—Pues sí, no se lo niego. Pura autodefensa. Pero si me caso, será sabiendo muy bien lo que hago.

—Me alegro por usted. Una última pregunta: ¿cree usted que Concepción se embarcaría en otra aventura?

—Ni hablar. Ella era de ideas firmes y a gato escaldado... Lo que sí le aseguro es que, si repitiera una experiencia como la nuestra, acabaría desquiciada. Un atentado al orden se supera; otro...

—Sí, parece lógico. Quiero agradecerle su amabilidad de acudir a mi requerimiento. Me ha ayudado mucho, si quiere que le diga la verdad.

—No se olvide de lo que le he dicho: Concepción no se suicidaría. Se lo prohibían su religión y su propio respeto. En un ataque de locura... no le digo yo, pero no tiene un pelo de loca. Ha tenido que ser un crimen. Aunque sí que era vengativa, míreme a mí.

—Sin embargo, debía de ser una persona contenida, tal como me habla usted de ella. Y las personas contenidas de repente un día estallan y todo salta por los aires.

—¿Saltar por los aires Concepción? Tendría que ser a causa de un terremoto por dentro, y eso, para mí, es impensable. Alguien la ha matado, esté usted segura. Y espero que encuentren al hijo de puta que lo haya hecho.

—O hija de puta.

—¿Eh?

—Digo que también podría ser una mujer.

—Una... No, me está usted vacilando. ¿De verdad puede haber sido una mujer?

—Es una posibilidad.

—Pero ¿quién? ¿No querrá usted decir que tenía un lío con un hombre casado? Eso sí que no.

—¿Y no se le ocurre la opción de una lucha entre mujeres? Por el poder, sin ir más lejos.

—¡Qué va! ¿Entre mujeres? Por un hombre, sí, y por el poder también, y ella lucharía a fondo en ese caso. Lo que ya le he dicho: una mujer de convicciones firmes que nunca se rendiría.

—La verdad acabará por asomar. No me haga mucho caso, son especulaciones, palos de ciego quizá. En fin, muchas gracias de nuevo por su colaboración; me ha resultado de gran utilidad.

—Por nada. Gracias a usted. He pasado un buen rato. Incluso me quedo intrigado, ya ve usted.

De todos mis viajes como periodista hay un recuerdo que permanece constante y que se repite cada vez que llego a un destino desconocido; es el momento en que miro por la ventanilla del avión, que ha empezado a descender en la noche sobre un campo de luces que se extiende en tierra como un mar de luciérnagas: es la ciudad encendida que parpadea en la oscuridad y me espera. En ese momento concreto se me encoge el corazón, tengo la sensación de acercarme a un espacio ajeno y hostil en el cual pueden estar cometiéndose crímenes, violaciones y atracos, donde la gente ya se ha escondido en sus casas, donde hombres y mujeres solitarios rumian sus vidas y las parejas hacen el amor o se enfrentan sin un átomo de amor, donde la gente desgraciada espera un nuevo día, donde yo, solo y sin amigos, tengo que dirigirme a un hotelucho en una calle desconocida y amenazante, deshacer mi maleta, tumbarme en la cama con una copa al lado y dar gracias por haber llegado sano y salvo, y esperar a la luz del día para empezar mi trabajo. Esa ciudad iluminada y anónima a mis pies que contemplo desde arriba me produjo siempre ansiedad e inquietud, más si cabe en un país en guerra. Sin embargo, apenas bajo del avión y echo a andar por la pista de aterrizaje o en el autobús que me lleva al edificio central del aeropuerto rodeado de gente entumecida y silenciosa, el mundo echa a andar conmigo y el temor irracional desaparece: las luces definen espacios reconocibles, seres humanos que esperan o se apresuran, letreros, indicaciones, movimiento real pie a tierra y todo ese ajetreo de la llegada hasta que alguien viene a buscarme o me pongo en la cola de los taxis palpando en el bolsillo de mi abrigo el papel donde figura la dirección a la que me dirijo.

Por más viajes que he llevado a cabo, ese momento es siempre idéntico a sí mismo porque lo llevo en la mente como una referencia de todo lo que me inquieta. Y debo decir que ahora que esa vida de audaz reportero se ha terminado, lo echo de menos y sigo teniendo la misma sensación, mezcla de expectación, curiosidad y desamparo, aunque se trate de un viaje de vacaciones. La mente tiene sus mecanismos de autodefensa siempre que aparece una referencia mental en el campo visual. La sensación de suspenso y temor se ha repetido esta tarde, cuando me he acercado al edificio de los juzgados tratando de no ser visto con la intención de echar un ojo al exmarido de Concepción Rivera. Protegido por una columna he podido ver a un hombre de mediana estatura, rostro afilado y sellado por una nariz de ave rapaz, de pelo medio castaño, medio rojizo, con aire cansado y vestido con un traje que debe de guardarse sólo para los actos sociales y momentos especiales a juzgar por la poca soltura con que lo viste. No parecía nervioso, pero tampoco tranquilo. Aguardaba sentado con el culo apoyado en el borde de un banco frente a la puerta del despacho de Mariana. No me entretuve demasiado por si acaso, aunque tuve la mala fortuna de que

Encarna, la secretaria del juzgado de Mariana, me pillase cuando me retiraba.

—Pero, hombre, ¿qué haces aquí? ¿Estás esperando a Mariana? Pues tienes para rato.

Balbucí una excusa inverosímil que me permitiera retirarme con un mínimo de dignidad y abandoné el lugar tras pedir a Encarna que, por favor, no le comentara a Mariana que había estado allí, pero me imagino en qué ha debido de consistir su entrada en el despacho de la juez:

—Mariana, ¿a que no sabes quién estaba ahí afuera con aire de conspirador?

Lo cierto es que me había producido inquietud que Mariana tomara la decisión de citar al exmarido de Concepción, porque ella nunca daba puntada sin hilo. El hecho de ser pillado en esas humillantes condiciones me obligó a reprocharme con harta desesperación mis habituales actos fallidos. Hay cosas que no se aprenden porque van con el carácter, lo que le obliga a uno a estar permanentemente en guardia, y eso es muy cansado porque tiendo a repetirme una y otra vez. En fin, lo verdaderamente frustrante era no poder saber de qué habían hablado Mariana y el tal Fermoselle, que es lo único que sabía de él, el apellido, porque Mariana lo había dejado caer como al descuido con toda su mala intención.

Era evidente que ella estaba indagando en el pasado de Concepción para tratar de romper con la imagen que entre unos y otros nos estaban dando y que era una imagen protectora. El grupo se había cerrado sobre el honor y el buen nombre de su secretaria saliente y difunta. Si Mariana estaba indagando por debajo de esa superficie, estoy seguro de que algo había olfateado. Porque, en efecto, ¿qué sabíamos de la vida normal de esa mujer, la vida anterior al momento del desencuentro y posterior divorcio con su marido? ¿Había sido una chica enamorada e ilusionada? ¿Una mujer divertida, ordenada y divertida, por qué no? Una mujer ilusionada que se había asegurado la supervivencia opositando a una plaza en el Ministerio de Justicia, con toda la vida por delante, con sus padres aún vivos y supongo que orgullosos de la niña. Es curioso cómo nos quedamos a menudo con la primera impresión de una persona en el momento de conocerla, en las circunstancias que sean, incluso tras su propia muerte, cuando de lo que se trata es de entender lo que hay detrás de la fachada, del hecho sucedido, y de cuánto dolor hay acumulado en el interior de esa alma atormentada que la obliga a tomar una decisión dramática. Pero Mariana no creía en el suicidio, eso era evidente, y yo tampoco. ¿Cómo romper la concha que recubre un alma como la de esa mujer cuando ha aprendido a preservarse de cualquier clase de intrusión en su vida privada? ¿Acaso el matrimonio fallido había agotado su provisión de esperanzas en el futuro? Aún era suficientemente joven y agradable a la vista, no había razón para decir adiós al mundo. Tampoco dejaba de ser estrambótico que alguien la hubiera seguido por el Jardín Botánico para invitarla a un trago de aconitina y dejarla allí agonizando. ¿Por qué? ¿Para qué? Ahí estaba el quid del asunto: en que ninguna de las dos posibilidades, suicidio o asesinato, se sostenía, y una de las dos tenía que ser cierta, y ella se dedicaba a jugar con ambas después de muerta, a vacilar con ambas a los posibles sospechosos, esa colección de amigos de los jardines tan vulgares, tan poco interesantes.

Y, naturalmente, Mariana de Marco estaba buscando con ese instinto que la caracterizaba y es posible que ya hubiera olido la presa y la estuviera siguiendo de cerca, como uno de esos predadores que no saben aún qué clase de animal persiguen, pero están siguiendo el rastro de algo que es comida segura. Mariana había dejado caer el nombre de Fermoselle con intención. ¿Con qué intención, la de despistarme para que dejase de entrometerme o era un aviso para que no me perdiera en una maraña de conjeturas? ¿Era un aviso de amiga o un acto de mala fe?

Me costaba aceptar que Fermoselle tuviera algo que ver con la muerte de Concepción porque todo indicaba que, fuera el que fuese el daño infligido por su relación truncada con el tal Fermoselle, la herida estaba cicatrizada, su vida se había rehecho y a todas luces ella estaba entregada a la causa del club y al mundo de la flora, y que el orden había vuelto a imperar en su vida con mayor convicción y contundencia que antes.

No, era de todo punto imposible que su muerte tuviera nada que ver con Fermoselle; pero, en tal caso, ¿qué buscaba la juez sabueso en ese hombre repentinamente reaparecido dentro de la pesquisa general del caso? Yo necesitaba saberlo: era evidentemente un hueso que ella había dejado caer para que yo lo recogiera, un guiño de amiga que no sabía si tomarme como un acto de compasión o un gesto de generosidad.

Y entonces se me encendió la luz.

Intermezzo tres

—¿Julia? No me digas que ya estás en Madrid.

—...

—Vaya, qué pena. ¿Cuándo te vas a decidir a venir?

—...

—No me vengas con excusas, Javier y yo tenemos siempre dispuesta la habitación de invitados. ¿El estudio continúa en caída libre, seguís afectados por la crisis?

—...

—Es general, cariño, la verdad es que todo el mundo la está sufriendo, pero la factura la pagan los más vulnerables; con la diferencia de que esta vez está atacando a la clase media e incluso a las profesiones liberales; arquitectas incluidas, por lo que veo.

—...

—Sí, claro que digo *arquitecta* porque es bonito. Lo que no es bonito es *jueza*, me parece una palabra horrible, suena fea y despectiva. *Arquitecta*, no, en cambio; *abogada* tampoco, pero *jueza* sí; *jueza* suena a ordinariez ya desde la pronunciación, pronúnciala y lo verás; es una palabra pastosa, suena casi soez, vamos. En fin, déjalo porque no me parece un tema de conversación. Por cierto, ¿para qué me llamabas?

—...

—¿Javier? Muy bien, tan contento. No le dejo meter la nariz en el caso porque se ha puesto en plan Watson, pero eso es todo. ¿Por qué lo dices? ¿No te estás preocupando demasiado por él?

—...

—¿Por mí? ¿Por qué por mí? Yo estoy tan pichi, como siempre.

—...

—¿Es que has hablado con él? ¿Y de qué habéis hablado?

—...

—No me fastidies, guapa. Ahora resulta que está quejoso. Primero: no le pega, debe de ser que se está reblandeciendo; y segundo...

—...

—Ah, no se te ha quejado. Lo has captado tú sola, ¿no? ¡Venga ya, Julia!

—...

—Bueno, vale, vale. Te creo. No debe de ser más que un berrinche porque no le dejo entrar en el caso, pero eso es circunstancial. Me parece que te estás excediendo; eso, si no ha sido lo suficientemente sibilino como para hacerte creer lo que te quiera hacer creer.

—...

—¡Pues claro que me pongo reticente!

—...

—¿No ha hablado contigo?

—...

—Vale, me lo pienso. Es una sensación tuya. De acuerdo, a lo mejor se me está escapando algo, pero yo no veo ningún cambio... Bueno, sí, estamos pasando una temporada algo más distantes, nada especial, es la vida. Mira, Julia, deja que te diga que no me gusta que

240

se hable a mi espalda... ¡Sí, sí, lo he entendido! No habéis hablado de él, sino de mí. Vale. No lo diré más, pero él no tiene por qué opinar contigo acerca de mi vida ni de mi intimidad, ni tiene que preocuparse por mí...

—...

—Bueno, sí, tiene que preocuparse, para eso estamos juntos, pero si se va a poner como mi madre cuando hablaba con mis amigas de mí...

—...

—¿Que me comprende? ¡Ja! No tiene que comprenderme nada. Lo nuestro es un intercambio positivo en el que preferimos no incluir juicios de valor salvo que sea imprescindible. No conviene acercarse más al borde porque si pierdes pie te das un buen leñazo y por ahí empiezan de verdad las dificultades, los reproches y toda la parafernalia que le sigue. Lo que no quiero es que se abran grietas donde no hay razón, o sea, por minucias o por un momento de malhumor, ¿me entiendes?

—...

—¿Cómo?

—...

—No sé qué decirte.

—...

—Vale, tienes razón, no me gusta que me comprendan, no quiero que me comprendan, no me va ese rollo, me molesta que me comprendan, detesto a la gente que me comprende. Yo tengo mi vida y la comprendo yo, la comprensión es mía y por ese camino no dejo entrar a nadie; ni siquiera a ti.

—...

—Perdona, he perdido la compostura. Lo siento, lo siento de veras. Y además no es verdad. A ti sí que te dejo que me comprendas, pero sólo a ti. No me gusta, pero si me he de aguantar, me aguanto; no voy a perderte por eso.

—...

—¿A Javier? No me pongas en un brete, cariño, no es justo.

—...

—Bueno, déjate de preocupaciones, que no son las más importantes. Yo estoy aquí basculando entre un suicidio improbable y un asesinato imposible con un coro de sospechosos de chicha y nabo, unos incapaces de matar a nadie. ¿Qué te parece? La verdad es que me caen unos marrones... Parece que me ha mirado un tuerto. Y Javier, te lo digo entre nosotras, tiene un problema que consiste en no tener nada que hacer; no es culpa suya estar en el paro y no te creas que le veo mucha solución. A las dificultades del momento ha de añadir la edad. Estamos en una época en que a partir de los cincuenta no le interesas a nadie, es un rollo muy malo porque a ver cómo sales adelante. No basta con ser un buen profesional: hay profesionales a patadas buscando el mismo hueco y ser bueno no es suficiente, menos aún si eres una persona que no te vendes así como así. Pero, sea como sea, está como un alma en pena. Se ha puesto a escribir una especie de crónica del caso que tengo entre manos, ya lo sabes... Y, claro, no voy a darle entrada por pura lógica, como comprenderás.

—...

—Ah, ¿que sólo está tomando notas? O sea, que no está escribiendo la crónica en realidad, sino recopilando material. Bueno, no digo que no le venga bien, digo que lo suyo es algo que tiene que resolver él solo; por respeto a sí mismo, para empezar.

—...

—Tú es que eres una sentimental, Julia, y un alma bondadosa, pero la vida es dura y ponerle parches y repartir caramelos no hace más que agrandar el problema. Por supuesto que yo le voy a apoyar en lo que haga falta, pero ya es mayor y él se las tiene que arreglar. Apoyo, lo que quiera; pero ocuparme yo de solucionar las cosas, ni hablar. Si lo hiciera, él no me lo perdonaría, y yo tampoco me lo perdonaría.

—...

—¿Dura? Pues mira, a lo mejor sí, lo que pasa es que ya no somos veinteañeros y hemos vivido mucho. La juventud está para equivocarse y ser blandos y emocionales; la madurez no; estamos muy curtidas a costa de muchos malos ratos y, al menos yo, no estoy dispuesta a pisar los mismos charcos.

—...

—Pues claro que no, Julia, cómo le voy a dejar colgado, no seas sentimental. Oye, que Javier ya tiene sus años y ha salido de muchas situaciones muy duras en su profesión y en lo personal. Javier no es colgable, es fuerte y decidido, pero ahora está como abrazando un vacío: nada que él no sepa resolver.

—...

—No, si no me tomo a broma lo de hacer de Watson, me parece un ejercicio excelente para no quedar clavado en la butaca dando vueltas a sus obsesiones.

—...

—Vale, no volveré a llamarle Watson. Es verdad que puede parecer que me tomo a broma lo que hace, pero no es cierto, le quiero y le aprecio y sé bien por lo que está pasando; como sé que va a saber salir de ésta y lo hará.

—...

—Sí, sí, lo dejamos. Ahora dime de verdad cómo estáis vosotros.

—...

—Pero no como para cerrar, ¿no? Yo sé que varios estudios pequeños y medianos están cerrando por falta de encargos o, peor aún, están tardando mucho en cobrar. De todas maneras, tú tienes un currículo, no acabas de licenciarte, disponéis de una clientela y unos contactos...

—...

—Contactos que se esfuman en la niebla de pronto, ya lo sé. Y los bancos facilitando a lo loco hipotecas con contratos leoninos que no dejarán salir indemnes a las pobres gentes que se han creído el rollo de que esto era Jauja. ¿Cuánto ha durado? Lo de las hipotecas *subprime* es un escándalo que no tiene nombre. Colocan como sea las hipotecas, sin garantías, tanto si el cliente tiene con qué responder en caso de apuro como si no. «Sentíos todos ricos, propietarios» es el lema; de lo que se trata es de entrampar a cuantos más desgraciados mejor. Es una indecencia.

—...

—Pues sí, estoy hecha una petrolera, sí; y estoy alterada también, es cierto. Todo este tinglado me subleva: la impunidad con que se puede jugar con la gente. Pero no serán ellos los que lo paguen. Su cobardía es tan cínica que saben que, si la banca se hunde, nos hundimos los españoles con ellos, y como ni el sistema ni el Estado lo pueden digerir, al final habrá que cubrirles las espaldas con nuestros impuestos. O dicho a lo castizo: además de cornudos, apaleados. Yo...

—...

—Claro que me exalto, ya que no puedo hacerlo

244

como juez, lo hago como persona y como ciudadana. Sólo faltaba.

—...

—No te creas, esos ejecutivos cerebros financieros están tan satisfechos de su gestión que no tienen tiempo de pensar en las consecuencias; no en las que los acaben afectando, que ya vendrán, sino en las de la gente que les está entregando confiada su dinero, su seguridad y hasta su alma. Cuando se vean las consecuencias de todo esto y quede al desnudo la jodida realidad, los jueces vamos a tener que hacer horas extra; si es que a alguien le queda dinero para pagar las costas de los juicios.

—...

—Pero tú, en el peor de los casos, siempre puedes integrarte en un estudio más grande o en una empresa de construcción...

—...

—Lo sé, lo sé, no es tu *cup of tea*, pero cuando las cosas vienen mal dadas hay que apencar con ellas. Es la puñetera vida. Y me callo porque no quiero empezar a soltar tacos a resguardo de mi respetable autoridad y me van a acabar oyendo.

—...

—Soy una juez, Julia, y una juez no debe perder los estribos, así que no has escuchado nada de lo que acabo de decir en plan incendiario, pero una debe tener derecho al desahogo, digo yo, al menos en el ámbito privado o como individuo perteneciente a una comunidad de individuos. Y, sobre todo, reclamo mi derecho a pensar. Mira, Julia, el mundo ha cambiado desde la caída del muro de Berlín y con él lo que se llamaba antes la fuerza de choque, el proletariado, que se lo ha llevado por delante la economía del bienestar. El proletario ya no existe como clase, ha ascendido y ahora lo ha sustituido el marginado, una nueva fuerza de choque desorganizada y dejada de la mano de Dios, como decía mi madre, una situación social a la que todos estamos expuestos gracias a la globalización. La economía se está apoderando de la política y tú sólo vales lo que te autorizan a valer. ¿Y qué se les ocurre a todos los intelectuales de izquierdas?: recogerse sobre sí mismos y volver a la tribu. Por eso no tenemos esperanza. Hay que repensar la izquierda, dicen; me río yo de eso; como no saben analizar lo que de verdad está sucediendo, vuelven a sacar a pasear los mismos perros, pero con distintos collares.

—...

—¿Seria? Para una vez que me pongo seria, para una vez que me pongo los pantalones de cuadros y te digo lo que pienso... Déjalo, no merece la pena dedicarse a discutir ahora.

—...

—Oye, no te pongas pesimista también porque entre Javier y tú me vais a encoger el corazón.

—...

—Vale, te dejo. Pensaré en lo que me has dicho. Y tú, ya sabes, coraje, siempre adelante. Te quiero, mascarita.

—...

—Chao, chao.

En el desayuno, porque hemos quedado en desayunar, María Jesús, que con toda su simpatía no deja de pertenecer a esa clase de chismosas a las que les gusta ir dejando caer la información con cuentagotas, me ha dicho que en el matrimonio del pediatra irresistible y su glamurosa mujer las cosas no van del todo bien porque ella empieza a soportar mal las infidelidades de su marido. No he conseguido sonsacarle con quién le pone los cuernos, pero estoy viendo que este mal llamado club es una casa de citas.

Y luego me ha soltado su bomba: que el «pipiolo» es algo más que el protegido del conde. Ya lo sé. Dice que no puede asegurarlo y bla, bla, bla, pero lo da por cierto. Lo que me pregunto es: ¿dónde me he metido yo? Pretendía hacer la crónica de un caso y la cosa está derivando hacia una novela erótica y morbosa que ni me importa ni me entretiene. Estoy rodeado por todas partes: en un frente, la inmoralidad del personal escondida tras la apariencia de las buenas costumbres; de otra, una juez que no me da pelota. Siempre me las he arreglado para ser el gilipollas de todas las historias. Estoy haciendo el ridículo, la verdad, ridículo y abandonado por los dioses, sin escenario desde el que poder despedirme dignamente de mi público, como le sucedía a Antonio en el poema de Cavafy, precedido por la música de la tropa divina y «diciendo adiós a Alejandría que se aleja...». Ésa sí que es una derrota que merece la pena.

Pero hay que seguir, no vale rendirse. Aún tengo bazas que jugar pese a mi inferioridad de condiciones ante Mariana. ¡Y esto iba a ser un modo de relajar la preocupación por haberme quedado profesionalmente colgado de la brocha! He llegado al extremo, incluso, de estudiar la posibilidad de saltar la cerca enrejada del Botánico para probar que el asesino pudo escapar trepando por ella y dejándose caer al otro lado, a la calle, pero es imposible para una persona de mi edad y supongo que para cualquiera porque, con dar un mal paso, puedes morir empalado en las puntas de lanza de la verja.

Al final acabamos en lo mismo: ¿qué podría haber empujado a Concepción al suicidio? Yo diría que un mal amor o una venganza, pero no hay asunto que lo abone. Y si en una asociación de pervertidos como aquélla nadie tenía noticia al respecto, es que no existía. Misterio impenetrable. Había que empezar a repensarlo todo desde el principio, desde el momento mismo en que se descubrió el cuerpo bajo la palma real.

¿Y por qué este escenario? Porque era un escenario, un escenario dispuesto para una representación. Eso era exactamente, no sé cómo no se me había ocurrido antes. No sólo era una idea interesante, sino que verlo así cambiaba el enfoque del caso. Todo era deliberado. Todo era una escenificación que respondía a una intención por ahora desconocida, pero, y ahí estaba al cambio de enfoque, *una escenificación dispuesta por alguien con una intención determinada.* Alguien con una cabeza privilegiada y una gran capacidad de puesta en escena, de previsión y de precisión. ¿Quién reunía esas cualidades dentro de la asociación?

Tenía varios candidatos. El pediatra glamuroso; su mujer, que no sólo era guapa sino inteligente; la señora Pereña, sin duda; el señor Vázquez-Simón... e incluso la propia María Jesús, que, si no era precisamente inteligente, era muy avispada. Ya les daría unas vueltas a estas opciones. Lo importante era, una vez descubierto el armazón del crimen, poder casarlo con un motivo aceptable... Ésa era la luz que se me había encendido: que se trataba de un crimen, si es que lo era, sin motivo. Un absurdo. Estaba tentado de comentarle mi descubrimiento a Mariana para avanzar juntos si le convencía mi apuesta. La verdad es que debería hacerlo, pero me resistía por su escaso interés en colaborar conmigo. Si a ella no se le había ocurrido por su cuenta esta visión del caso...

No, decididamente, no. No estaba dispuesto a regalarle ninguna ventaja. Esto se había convertido en una pura y dura competición, y no iba a ser yo el que cediera. Lo que tampoco entendía era cómo habíamos llegado a este extremo.

—Mariana, el subinspector está aquí.

—Dile que pase, antes de que se nos complique la mañana.

—o—

—Usted dirá, subinspector.

—He estado indagando en la vida del señor Fermoselle y tenemos sorpresas. La primera, que la razón de que se rompiera el matrimonio con la víctima fue un asunto de dinero. El señor Fermoselle es un hombre sin oficio ni beneficio cuya habilidad para sobrevivir consiste en ser lo que se llama un conseguidor.

—¿Un perejil de todas las salsas?

—No, no. Más que eso. O menos, no lo tengo claro. Un conseguidor es alguien que se vale de sus relaciones, reales o inventadas, para andar proponiendo negocios a todo el que se le pone por delante. Su campo de trabajo son los locales de moda y el gancho, su simpatía y su propia imaginación. Por cierto, y dicho sea de pasada: él no le puso el piso a su nombre, como le contó a usted, cuando ambos se separaron: el piso era de ella.

—Ya veo al personaje.

—Su verdadera ocupación, o trabajo, es tomar copas. Allí, en los locales de alterne, es donde capta a sus posibles clientes; detecta a ese tipo que tiene dinero fresco porque acaba de deshacerse de un negocio de moda antes de que decaiga y busca meterlo en otro negocio similar, y entonces llega Fermoselle, que está siempre al loro de lo que da dinero inmediato, y le propone lo que sea: una clínica de rehabilitación y fisioterapia para *runners* o un bar de ostras y cervezas importadas. Todo negocios rápidos, de usar y tirar como quien dice, negocios que se ponen de moda un par de años y al cabo los traspasan y se dedican a otro similar. Es el mundo del consumo. Recogen beneficios cuando aún está caliente el negocio y siguen con lo que viene después.

—O sea, que es una especie de cadena de oportunismos de la que hay que apearse siempre antes de que decaiga.

—Ni eso, es más sutil: hay que adivinar cuánto le queda al negocio y traspasarlo en cuanto el beneficio baja de un cierto volumen que tienen muy estudiado. En ese momento se apean del carro, cuando éste aún mantiene la apariencia de éxito. El que lo coge después se queda sólo con las sobras y con el tiempo justo para sacar algo en limpio y saltar del carro antes de que se le salgan al fin las ruedas.

—Picaresca.

—Pura picaresca, pero de eso vive mucha gente. Pues bien, la ruptura de ese matrimonio en el que ella empezó estando loca por él y él se acomodó a ella sin que la otra fuera consciente de su verdadera profesión la debió de dejar muy resentida con el matrimonio y el mundo en general. Corte total: «De esta agua no beberé».

—Está claro. Si hay algo contrario a la idea del mundo, del trabajo y del orden que tenía Concepción era el oficio de su, llamémoslo así, adorado Fermoselle. No quiero imaginarme el día en que se enteró ella. Le debió de echar a patadas de su cama y de su casa.

—Lo que he podido saber es que ella se lo tomó por la tremenda y tuvo que ponerse en manos de un psicólogo. El paso del amor al odio.

—Es decir, que, muy ordenada y muy en su sitio, pero en el interior de Concepción había una persona herida en el alma y el corazón por un engaño y un abandono.

—La gente de orden, unas veces por desidia, otras por pereza y otras por lo que sea, se acomoda a todo y sigue con su orden y con su estigma de engañada. El duro sentimiento de la vergüenza en gente como ella al descubrir la mentira y el engaño es terrible.

—Lo cual, mi estimado subinspector, se paga con el alma, porque todo eso se queda ahí dentro, no se supera, se guarda en el cuarto oscuro y ahí permanece, y el día menos pensado vuelve a exponerse a la dura luz. Bien, eso explicaría el suicidio. Pero ¿había alguna razón para que sucediera eso? Para llegar a tal estado se necesita un detonante, pero no a estas alturas, con el cabrón del marido amortizado. Si aceptamos la idea del suicidio, hay que hallar el susodicho detonante y no tenemos indicio alguno. Que ella fuera muy reservada lo dificulta aún más. Yo creo que esto es cuestión de paciencia, de preguntar y preguntar hasta que alguien o algo nos deje al fin ver el hilo que desenreda el ovillo.

—Más interrogatorios.

—Sí, es desolador porque nos puede llevar semanas. Lo que daría yo por una mínima pista. Porque, además, hemos empezado a entrar en esa típica situación de mirar con orejeras y lo que hace falta es salirse de la estrechez y volver a observar el asunto desde otro punto de vista. Pero ¿cuál? La verdad es que no nos vendría mal la perspicacia de Javier Goitia, su compinche. ¿Por qué no intenta sonsacarle usted? Al fin y al cabo, ustedes dos se llevan bastante bien y yo..., bueno, digamos que no es el momento oportuno para pedir un favor.

—¿Sonsacarle?

—Hablar con él. Sería contar con otra mirada. Puede que nos ilumine.

—Me resulta un poco violento. Es una especie de abuso de confianza.

—¡Qué va! Estará encantado de contarle sus impresiones. Está deseando que alguien le dé una oportunidad. Yo no puedo y no me pregunte por qué.

—En fin, haré lo que pueda. No sé si se da cuenta de que me sugiere que vaya a espiar, a infiltrarme en las filas enemigas.

—No, subinspector. Javier Goitia no es el enemigo ni podría serlo jamás. No, lo que le estoy pidiendo es sólo que intervenga en un momento en el que yo no puedo intervenir y que, por razones íntimas, personales, no debo hacerlo. No deja de resultar gracioso, bien pensado: ¿cree usted que el hombre con el que convivo pueda ser mi enemigo?

—En su caso, permítame decirle que no, no la creo capaz; pero usted sabe bien que en muchos matrimonios el enemigo está metido en casa.

—Cierto. Le agradezco que no lo crea de Javier.

—No podría ser de otra manera.

—Y, hablando de matrimonios, qué extraordinario el emparejamiento entre Fermoselle y Concepción. No podían ser más distintos y ella cae loca de amor por él. El amor es ciego, pero ciego, subinspector. ¿Cómo puede una persona ponerse la venda en los ojos de esa manera? Y que conste que a mí me ha ocurrido dos veces al menos, aunque de otra manera... Pero, en fin, no le voy a contar mi vida, que no le interesa a nadie más que a mí; e incluso ni siquiera a mí en este momento.

—Es un asunto impredecible, en mi opinión.

—De todas maneras, haber conocido las características del señor Fermoselle es una ayuda muy importante para saber más acerca de Concepción. Desde el principio me di cuenta de que necesitábamos ahondar en su vida personal. No es que nos haya resuelto nada, pero se han abierto posibilidades de interpretación de los hechos que pueden acabar siendo útiles. Si no recuerdo mal, las primeras impresiones que teníamos de ella coincidían en calificarla de «cardo borriquero», y fíjese lo que sabemos ahora de lo que en realidad hay detrás de esa imagen; pero la balanza vuelve a inclinarse hacia el suicidio.

—Y eso no le convence a usted, ¿no es cierto?

—La verdad es que ni sí ni no porque todo puede ser; para dar con la verdad no nos sirve adentrarnos en el terreno de las intuiciones, que tienen escaso fundamento a la hora de tener que dar por concluida la instrucción.

—A usted no le ha ido mal con ellas.

—Es una lotería. Unas veces no te toca ni el reintegro y otras das con el número premiado sin comerlo ni beberlo. El azar, amigo Rico, el azar.

—Disculpe, pero las deducciones que le he visto sacar a usted no eran nada azarosas.

—Las conclusiones no; pero la intuición es como un chispazo, una lucecita. Ahí es donde entra el azar.

—En una cabeza bien entrenada.

—Bueno, Rico, deje de piropearme, que ya lo hago yo sola por la cuenta que me tiene, pero gracias, siempre resulta estimulante que confíen en una.

—Volverá a encenderse su lucecita, ya verá como sí.

—Encarna, tengo un admirador.

—¡No me digas! Lo que tiene una que ver: un admirador. Estás que lo tiras.

—Un día de éstos me lo voy a creer.

—Y tanto, con lo estupendo que resulta. Yo también he tenido mis admiradores, aquí donde me ves.

—Pues sigues estando casada, así que mucho ojo.

—Porque quiero, que si no...

—¡Porque quieres!... Ay, Encarna, que se ha encendido una lucecita.

—¿Qué lucecita? Habla en cristiano, que ya me has puesto de los nervios.

—Se me acaba de ocurrir... ¿Y si Concepción no quería estar sola, después de todo?

La empingorotada señora Pereña sí que sería una buena candidata como criminal. Se había hecho cargo de la secretaría del club, es decir, del puesto de Concepción Rivera, con una decisión y una eficiencia más que notables porque desde el primer momento no sólo se puso a revisar archivos, carpetas y cajones del local, sino que había empezado a tomar decisiones sobre los asuntos pendientes, incluido un proyecto de viaje de estudios y recreo a los jardines de Versalles que estaba en esbozo cuando Concepción pasó a mejor vida. Además, era una hipócrita de primera categoría y no parecía tener reparos de conciencia a la hora de actuar como ella creía que debía actuar: su rapidísima y decidida toma de posesión del cargo vacante cuando el cadáver estaba aún caliente y la relación con el señor Vázquez-Simón que yo había descubierto casualmente el día anterior lo dejaban bien claro. La Pereña, la que no tenía pinta de tolerar las relaciones ilícitas en los demás mientras repartía, desde su torreón de dama de alcurnia, severas miradas represivas a los pobres mortales con los que se rozaba y se tomaba a beneficio de clase sus actividades de viuda alegre.

Su amante, el tal Vázquez-Simón, que evidentemente le ponía los cuernos a su esposa, de momento sólo parecía la mosca apresada y envuelta por la araña para devorarla con fruición. Lo cual no le descartaba de inicio. Evidentemente era un personaje con pocos escrúpulos y por ahí se abría una posibilidad; de momento su actitud era la del hombre pasivo, o que se hacía el pasivo para conseguir los favores de la viuda. Si era en verdad pasivo, no tenía mayor interés para mí, mas si la suya era una táctica sibilina, resultaba más interesante como posible *metteur en scène* del crimen.

No quiero dejar aparte al pediatra de moda, pero no conseguía dar con un motivo que le pudiera haber inducido a liquidar a Concepción. Sin embargo, yo también tengo mis propias intuiciones. ¿Habría habido algo entre este hombre y la víctima? Lo cierto es que habíamos aceptado como natural la reserva que sobre su vida privada había mantenido Concepción y, por extensión, aceptamos igualmente que había renunciado a los placeres de una relación satisfactoria debido al trauma que le provocara la desagradable o nefasta experiencia de su matrimonio. Por su parte, la viuda alegre, desde su atalaya social superior, podía permitirse el lujo de arriesgarse a ser vista en un acto de dudosa moralidad según sus principios; al fin y al cabo, todo el mundo en el club estaba al tanto de su actividad de Lady Chatterley con Pedroñero, así que era inasequible al chantaje. El pudor de Concepción, en cambio, tenía que estar más de acuerdo con los remilgos propios del trasfondo religioso de la clase media a la que pertenecía, pero eso no tendría que ser obstáculo para aplacar el ardor de un deseo escondido y latente.

¿Y María Jesús? No me parecía una asesina adecuada, pero estábamos buscando a una persona capaz de montar un escenario para un crimen y, en lo que se refiere a capacitación, ella lo estaba plenamente. Lo discordante con su candidatura era esa manera tan llana y hasta populachera de ser que no casaba con la frialdad requerida, pero no le faltaría decisión y no era una persona que pudiera ser cazada en un renuncio. Además, todos los del círculo cercano en el club se estaban descubriendo poco a poco como unos fingidores, y menuda arpía podía llegar a ser María Jesús.

En realidad, la investigación o, mejor dicho, mi investigación me abocaba necesariamente a estudiar el grado de inteligencia de los sospechosos que yo tenía *in mente*. Mi última conclusión me llevaba a considerar quién era el mejor candidato para planear, realizar y firmar la puesta en escena de la muerte de Concepción Rivera. El subinspector manifestó un prudente interés en mi teoría, lo cual me pareció un punto favorable. Eso no quiere decir que estuviera dispuesto a trabajar sobre ese supuesto, pero se había interesado.

Me pasé la tarde analizando a mis candidatos al premio al mejor organizador de crímenes del club y empecé por reconocer que casi todos los que conocía eran aptos, de entrada, excepto para matar. El pretencioso conde y presidente era el que me parecía menos convincente, pero no debía dejarme llevar por las apariencias, porque donde menos se piensa salta la liebre, como acostumbraba a decir mi padre con obstinada frecuencia. Era un dicho que le servía para todo, como una muletilla. Un tipo tan antiguo como el conde, de firmes principios que le evitaban el engorro de pensar y analizar, no parecía el candidato ideal para este crimen tan meditado; sin embargo, había sido capaz de crear el Club de Amigos de los Jardines, lo cual le concedía un cierto crédito. La sospecha que me rondaba era que él hubiera puesto la fama y fuese en realidad

Concepción la que cardara la lana (éste era el otro dicho favorito de mi padre) y me temo que el conde fuera tan pelmazo como él, más llano y menos aristocrático. Porque Concepción me parecía el verdadero cerebro del club, la que lo hacía funcionar, la que lo mantenía de verdad, la verdadera candidata a firmar la puesta en escena del caso, pero, como es obvio, no iba a haber organizado ella su propio asesinato. ¿Podría esconderse ahí la causa de su muerte?

Estaba empezando a desanimarme. No conseguía salir del reducido círculo del club como tampoco del de mis propias lucubraciones. Todos los posibles sospechosos de asesinato los había repasado una y otra vez sin que un solo detalle me indujera a llegar a conclusión fundamentada alguna. Todos podían haber sido los autores de un crimen para el que no estaban capacitados ni tenían coraje suficiente, ninguno destacaba sobre otro y donde mis averiguaciones habían dado resultado era en la historia sentimental de varios de los asociados, incluidos el conde y su «pipiolo». Todo esto podía llevarme a extraer conclusiones más bien sabidas, como que la práctica del sexo afectaba a todo el mundo por igual, sin distinción de países, razas, orientación sexual o clases sociales; sólo existían diferencias formales en la práctica provenientes de la educación de cada colectivo, pero, en esencia, todo se reducía a lo mismo: el engaño y el disimulo, la hipocresía y el descaro, el hartazgo o la insaciabilidad.

Lo peor dentro de todo este lío en el que me había internado sin la menor precaución, como un auténtico pardillo, era la sensación lateral y cada vez más acentuada de haberme metido en un banco de arenas movedizas o la sensación de haber caído, como las moscas en la cinta, «presos de patas en él»; o aún peor: me había comportado en general como la cigarra de la fábula y esto me atañía personalmente; llegaba el invierno de la edad y no tenía techo ni manta bajo los que cobijarme. La vida era un asco y yo estaba de sobra.

Si no fuera por el vitalismo y el gracejo de María Jesús, de la que he llegado a pensar que tuviera una relación mórbida con Concha Rivera, a la que sin duda admiraba... En fin, no sé qué iba a ser de mí porque el despego de Mariana me pesaba.

Era el círculo de afecto, de emoción, el que se estaba disipando sin que ninguno de los dos, o eso me parecía a mí, pusiera nada de su parte para remediarlo; me refiero al fondo, no a los actos superficiales. Era como una dejación de algo que en cualquier otro momento hubiese dado lugar a una reacción inmediata de protección de la propiedad, pero entre nosotros no había propiedad.

—Este caso es lo único que nos saca de la rutina, Encarna, no me aburren las vistas, o los juicios de faltas, o los delitos menores que me caen, en fin, todo el día-a-día. Es que el caso del Botánico ha pasado a ser un estimulante real y lo otro viene a ser el pan nuestro de cada día.

—Te entiendo, Mariana, donde esté un buen chuletón de vaca rubia gallega, que se quite el pan con membrillo.

—Que era alimento de posguerra. O con chocolate, como dice Javier. Llevábamos una temporada a pan y chocolate, y de repente nos cae el crimen del Botánico y estoy por sospechar que nos coge desentrenadas; vamos, que nos supera... Que a estas alturas no haya sido capaz de dar con el hilo que desenreda el ovillo me hace pensar que estoy perdiendo facultades, que me estoy adocenando.

—Sí, pero yo estoy acostumbrada, por mucha maraña que lo cubra, a verte encontrar el hueco por el que pasa la luz, porque cuando pasa la luz vas derecha al cogollo del asunto, que suele ser razonablemente sencillo.

—¿Sabes lo que yo pienso? Que sí, que las cosas suelen ser bastante sencillas en general, que las enmarañamos nosotros y que con tanto darle vueltas al coco nos alejamos de la solución a cada paso que damos. Lo que hay que hacer es salirse de tanto pensamiento, de tanto darle vueltas, de tanto agotar posibilidades, y al final nos pasa lo que nos pasa, que nos hemos metido en la maraña como un gusano de seda en su capullo.

—No estaría mal que fuera así, al final acaba saliendo la mariposa.

—Sí, mujer, para mariposas estoy yo. Era un ejemplo, nada más.

—Y ahora que lo pienso: ¿no era que se te había encendido una lucecita? —dice Encarna.

—Sí, sí, aunque se ha vuelto a apagar. No, era a propósito de la mala partida que le jugó Fermoselle a Concepción, o una partida muy mal jugada por Concepción, me da lo mismo. Lo que me llama la atención es que Concepción se llevaría el disgusto de su vida, pero no se achantaba porque las cartas le vinieran mal dadas, tenía carácter, ¿no? Pues si lo tenía y tuvo que reemprender el camino pronto o tarde... ¿Hubo un nuevo enamoramiento en su vida? ¿Y si se había vuelto a ilusionar? ¿Y con quién?

—¿Con el asesino?

—¿Por qué no?

—Ya sería mala suerte: el primero se aprovecha de ella y la deja tirada pretextando que ya no le va, y el segundo la mata.

—No será la primera vez que ocurra. En fin, a lo que iba: lo que me llama la atención es la posibilidad de que otro amor se hubiera abierto paso hasta el interior de la fortaleza reservada y cerrada a cal y canto de Concepción, que debía de ser muy sentida, y por la razón que fuere, la mata.

—Ahí está el intríngulis. ¿Por qué razón? A mí,

Concepción no me parecía nada tonta y volver a pisar el mismo charco otra vez...

—No podemos saber desde cuándo sucedía eso, si es que sucedía, pero no me parece nada raro. La gente es como es. El hombre..., o sea, la mujer en este caso, es el único animal que tropieza dos veces en la misma piedra.

—Las mujeres, menos.

—Preclara explicación.

—Lo digo en serio. No me irás a decir...

—Sólo digo que mi hipótesis es la única razonable para dar salida a este embrollo. No veo otra razón. No sé si este crimen es una obra de ingenio o, vete a saber, una estupidez a la que estamos tratando con la misma seriedad que al teorema de Pitágoras.

—¡Qué chusca! Pues dile a Pitágoras que se quite de en medio, que no nos deja ver.

—Hablo en serio, Encarna. Este asunto es un problema de lógica elemental, y ¡ahí tienes, nos hemos puesto la venda en los ojos con tanta hipótesis!

—Como si tu idea del segundo amor de Concha no fuera una hipótesis.

—Sí, y puede ser la buena.

—Y aunque fuera cierta, ¿a dónde nos lleva?

—Enumera: el pediatra de moda, el militar, el señor Vázquez-Simón, el mismo conde si fuera bisexual, la señora de Vázquez-Simón muerta de celos, Lolo Escabias... y la Pereña, porque a Javier se le ha escapado que la pilló con Vázquez-Simón y menuda es ésa. ¿No buscábamos motivos? ¡Ahí los tienes, en fila india!

—Estamos venga a dar vueltas a lo mismo. Lo que se debe de estar riendo de nosotras el asesino.

—No creas. Tengo al subinspector Rico indagando donde se debe.

—¿Y por qué no le preguntas a tu novio como ya te dije?

—¿Qué es eso de novio?

—Pues lo que sea. Ahora, con la vida moderna, ya ni sabe una cómo se dicen las cosas.

—Pues matiza. Yo no tengo novio.

—Me refería a Javier. ¿No dices que está todo el día metido con los jardineros esos?

—No quiero trato con aficionados.

—Pues tonto no parece.

Dormí mal, tuve sueños demasiado torcidos y me levanté como si hubiera recibido una paliza. Mariana se despidió reprochándome mis movimientos nocturnos, que debieron de ser acordes con los sueños. Ella tenía prisa por llegar al juzgado y no me dio tiempo a preparar un desayuno. Habría agradecido una charla de primera hora, que suelen ser siempre las más francas, pero no hubo manera. Me duché con calma, me relajé, me dediqué a mi aseo personal en detalle, hasta el toque final de la colonia que ella me regaló por Navidades, un regalo muy bien elegido, aunque en su momento, al desenvolverlo, me pareció que aún no estábamos en el estadio afectivo de la falta de imaginación. Después me lancé a la calle en cumplimiento de mi deber, pero con un vago desánimo.

Una hora después, tras haber dado un largo paseo a buen ritmo para no perder la forma, me encontré ante la casa de los señores de Cabello. No sería capaz de explicar por qué razón acabé allí, es evidente que se trataba de un acto fallido, porque en ningún momento tuve intención de acercarme al edificio donde vivía el pediatra de moda. Fue un acto impensado, sí, pero no dejé de preguntarme por qué. La incógnita se desveló en cuanto la señora de Cabello me abrió la puerta.

Lucía Cabello era una mujer de metro setenta, pelo castaño claro y suelto en melena, muy lucida, fibrosa y delgada, gimnasta sin duda. Sabía llamar la atención con naturalidad, aunque le faltaba algo de calor. Me recibió con una sonrisa convencional que se transformó en alentadora cuando le hablé de mis contactos con el Club de Amigos de los Jardines.

—Ah, usted debe de ser el periodista.

Enrique Cabello debía de haber hablado de mí a su esposa y en seguida me ofreció un café que me apresuré a aceptar. El salón a donde me hizo pasar era más pretencioso que elegante, pero se habían dejado una buena cantidad de billetes en decorarlo: los cuadros tenían todos el marchamo de algún galerista y combinaban figurativo y abstracto; el clásico tresillo de clase media se había convertido en una exhibición de cuero Chester rodeando una gigantesca mesa de centro de metacrilato. La combinación de mueble antiguo con un comedor adyacente muy *minimal* buscaba definir un estilo que no acababa de definirse, pero era evidente que el pediatra de moda estaba tan de moda como sus elevados honorarios. Los libros que contenía una librería también *minimal* contrastaban con el lujo y uniformidad de las encuadernaciones, excepto en aquellos que parecían ser ediciones de arte, también presentes en la mesa de centro del salón, pero el café era excelente, verdaderamente excelente, tanto que lo tomé sin azúcar y no me privé de alabarlo.

—¿Le gusta? Es el que toma mi marido. Es Black Mountain. Mi marido es un maniático para esto del café. Yo prefiero otra clase de manías.

No había más que verla: una española de origen de clase media adicta a las tiendas de ropa de la milla de oro.

Sin embargo, Lucía Cabello me conmovió. Su inmersión en el mundo del dinero y del consumo admitía un aire de inocencia juvenil, alejado de la arrogancia sofisticada que cabía esperar de una mujer desclasada, porque su trato era llano. Evidentemente, disfrutaba de cuanto poseía, con una tranquilidad que delataba su origen *middle class* sin que ello la obligase a fingir ni a ejercer ninguna clase de petulancia ni a manifestar ninguna suficiencia. Una mujer natural en un medio ferozmente exhibicionista. Al poco rato descubrimos ambos que nos caíamos bien y que agradecíamos la compañía.

Para mi sorpresa estaba muy al tanto de las vidas de los componentes del club. Al principio estuvo renuente a abrirse más allá de lo que suele exigir una primera toma de contacto, pero, como yo había intuido, una grata franqueza acabó por imponerse y empezaron las revelaciones. En primer lugar, que el amante de la jardinería era su marido, porque ella jamás había pasado de cuidar las plantas que tenía distribuidas por los balcones en macetas, pues el jardín de su casa de campo era propiedad exclusiva del pediatra, que debía de ser uno de esos maridos modernos con *hobby*; en su caso la cocina, los vinos y la jardinería: lo que se dice un ilustrado del siglo xxi.

Había tratado con Concepción y la estimaba. Le parecía una mujer demasiado reconcentrada y demasiado entregada a la causa, y estaba segura de que tras su seriedad se encontraba algún desengaño. Yo la incité a que fuera más confidencialmente explícita y poco a poco me dio a entender que sí, que era cierto, que su desengaño no se aplicaba al tontaina de Fermoselle, sino a otra persona; y así, paso a paso, empecé a entender la clase de relación que las unía a las dos.

La relación era la procedencia común. Ambas eran de familia de clase media, de principios religiosos no tanto por devoción estricta sino por costumbre asimilada en el seno de la familia, de maneras sencillas, de colegio de monjas, de convicciones conservadoras por tradición transmitida, pero lejos de las imágenes de madre de familia y mujer de su casa. Concepción había sacado una oposición que la situó como funcionaria en el Ministerio de Justicia, y Lucía llegó a ser una muy eficiente secretaria de dirección que ahora prestaba sus servicios como secretaria de la clínica del marido.

Las dos mujeres se habían reconocido como tradicionales, pero muy de su tiempo, es decir, independizadas y responsables de sí mismas, y eso me hizo pensar que le hubiera correspondido a Mariana descubrir este lazo de hermandad entre las dos. La vida es así de peculiar y sorprendente.

Fuera como fuese, el caso es que Concepción haría alguna confidencia a Lucía sobre su vida personal, pero no me atrevía a intentar abrir esa puerta por si acaso me precipitaba y lo estropeaba todo. Lucía me dio a entender que quizá había alguien más en la vida de Concepción, y no me costaba mucho deducir que se trataba de alguien del club, de modo que decidí ser cauto y delicado a la vez y, como quien no quiere la cosa, empecé a repasar con ella las actitudes de unos cuantos del entorno vegetal.

Nunca hasta entonces me había fijado con atención en el matrimonio Fernández Santiago y sí en su hija María de las Nieves o Nieves a secas, la sosita esa que andaba detrás del «pipiolo» Contreras, el protegido del conde. Ésta me pareció una sosa desde el primer momento en que la vi, sosera que atribuía a los rancios de sus padres, gente que se distinguía por su falta de toda originalidad y su consecuente mediocridad. Era un matrimonio que jamás diría ni haría nunca nada que no fuera convencional y socialmente respetable. Pero la hija, y costaba descubrirlo en el poco tiempo en que coincidimos en la sede del club, era un castigo del cielo para sus padres. No podría decir que fuera una rebelde, que es lo que se correspondería con sus anhelos, sino una rebelde reprimida. Lo suyo habría sido la minifalda, los *piercings*, la ropa desgarrada y llevar una vida de okupa, pero carecía de valor o se lo habían arrebatado sus padres con una educación tan convencional y represiva como ellos mismos. El caso es que la niña era un monstruo disfrazado de persona angelical, reconcentrada y enemiga de su físico. ¿O es que éste era el físico que le apetecía mostrar, aunque sólo para castigar a sus progenitores? Y, por si fuera poco, Concepción habría visto en Nieves un reflejo de su propia adolescencia, con lo cual ambas se tenían una manía negra. Concepción, porque le traía recuerdos dolorosos, a los que atribuía además una parte de su fracaso como esposa, y Nieves porque se sabía descubierta por Concepción en su frustrante, escondida y triste realidad. ¿Sería ésa la razón por la que hubiera pactado acompañar a Concha en su última visita al Botánico? ¿Habría sido ése el inicio de una amistad descabellada, pero real, con final dramático? Pero quizá no debería haber dado en un rechazo hacia la joven, sino todo lo contrario: el reconocimiento de una dolorosa empatía.

Tan desigual enfrentamiento tenía que ser una carga para la joven, que no ocultaba su malevolencia. ¿Hasta el extremo de asesinar a Concepción? Quién sabe, yo he visto tales cosas a lo largo de mi vida de periodista sagaz e impertinente que no me atrevería a negar esa posibilidad. La vergüenza, la humillación de saberse descubierta, la impotencia que eso genera... Pero ¿cómo habría conseguido Nieves acercarse a Concepción para llevarla al Botánico y hacerle beber el veneno? Esta pieza del rompecabezas es la clásica que se pierde debajo de un mueble y uno la encuentra cuando ya ha tirado el puzle a la basura en un ataque de desesperación.

¿Y si la niña tenía redaños para defender su triste realidad hasta la muerte?

Lucía Cabello sabía muchas cosas más acerca de los asociados y me despedí al cabo de una hora de charla y de tres tazas de su maravilloso café, y me aseguré de que ella y yo estuviéramos estableciendo una encantadora y deseable amistad. Me había cautivado y yo había empezado a concebir un odio sarraceno por el pediatra. Me alejé de la casa y de la tentación pensando aquello de que «Dios da pan a quien no tiene dientes».

—Buenos días, subinspector. Le he citado fuera de mi despacho porque quería hablar a solas con usted. Verá: tengo una idea en la cabeza sobre el asesinato de Concepción Rivera y lo necesito a usted para ver si tiene viabilidad.

—Lo que haga falta, señoría.

—Gracias. Perdone si le vuelvo a pedir que volvamos atrás. Se trata de lo siguiente: quiero reconstruir la actividad de Concepción el día del crimen, desde que sale de casa hasta el momento de la muerte. Necesito todo lo que pueda aportar al respecto. Tengo establecidos varios de los pasos que fue dando, pero necesito completar el día. Y no sólo en líneas generales, sino al detalle. Lo que debió de hacer ese día más o menos lo sabemos, aunque faltan algunas horas; pero lo que quiero recalcar es que busco los detalles: no sólo lo que hizo sino cómo lo hizo, no sólo si fue su rutina habitual sino si hubo algo que se saliera de esa rutina. Quiero saber en qué se ocupó o perdió el tiempo en todo momento.

—No va a ser fácil.

—Por supuesto que no. Va a tener que conseguir información no sólo de los miembros de la asociación con los que se encontró o a los que contactó ese día, sino también de vecinos, de gente habitual como el quiosquero (ella siempre compraba el periódico al salir de casa), de la cafetería donde desayunaba o de cualquiera otra en que se detuviera; hay que comprobar cómo se desplazó a su trabajo, dónde almorzó, si volvió o no a su casa desde el ministerio, cuándo salió para la asociación, cuánto tiempo estuvo en ella, qué hizo, con quién habló, qué visitas tuvo, a qué hora se fue de allí, si se fue sola o acompañada, a qué hora llegó al Botánico y si iba acompañada. Todo eso. Parte lo sabemos, otra no. Pero lo importante es que, aunque nos repitamos, hay que hacer un cuadro preciso de todos sus actos y movimientos ese día. Incluso debe usted hablar con sus compañeros de trabajo a ver si sale algo por ahí. En fin, supongo que se da cuenta de que no voy a lo general, sino a lo particular...

—Sí, al detalle, lo he entendido.

—Eso es. En cuanto tenga lo que le pido lo confrontamos con la información de la que yo dispongo y volvemos a vernos. Es urgente.

—Insisto en que no va a ser fácil, pero cuente con ello.

—No es un capricho. Creo que en esa información hay un elemento sustancial para desentrañar el caso, un elemento que no está a la vista como lo está todo lo demás, es decir, lo que ya sabemos en términos generales. Pero lo quiero detallado, exhaustivo, quiero comprobar que no nos hemos dejado nada por revisar.

—Voy a tener que poner a varios agentes a la faena o tardaremos días en conseguir la información... y usted la quiere para mañana, ¿no es así?

—Para mañana es mucho margen, pero estoy dispuesta a conformarme. Es muy importante que nadie sepa qué estamos buscando... En realidad no sé lo que

estamos buscando, la verdad sea dicha, pero en cuanto
lo vea lo reconoceré. Las horas de ese día son sustan-
ciales. Y la declaración de la taquillera del Jardín también. Su memoria es capital para nosotros.

—Ya sabe que confío en usted y en su perspicacia,
pero este despliegue va a llamar la atención.

—Lo importante es lo que no se puede recordar.

—No sé si la comprendo.

—Es una paradoja. No sé cómo no lo he visto antes. En cuanto resolvamos el caso le regalaré un libro
de Chesterton, ya verá cómo lo entiende.

Después de haber dejado a la encantadora Lucía, me senté en un banco de la calle sin saber qué hacer ni qué dirección tomar. Llamé a Mariana al móvil y estaba desconectado; entonces llamé al juzgado, pero fue Encarna la que cogió el teléfono para decirme que estaba reunida con el subinspector Rico, de lo que colegí que esos dos estaban preparando alguna operación de importancia. ¿Tendría alguna pista seria entre manos? Mal asunto: me estaba ganando por la mano y, encima, yo continuaba teniendo cortado el flujo informativo.

Seguí sentado en el banco callejero como quien ha sido desahuciado de su domicilio, una situación bien desagradable. Allí, solo, con la sensación de desconcierto que genera el hecho de ser privado del lugar acogedor y quedarse a la intemperie, traté de pensar en qué hacer hasta la hora del almuerzo. Pero si Mariana estaba en plan de conspiración con Rico, ya podía despedirme de almorzar juntos, así que seguí dando vueltas a mi cabeza. Los dos pensamientos que más me preocupaban eran, el primero, adivinar de qué estarían hablando Rico y ella y por qué; el segundo, como es natural, dónde diablos podía comer y con quién. Hoy no tenía yo día de comer solo, ni en casa ni en algún restaurante de menú. Y, de pronto, como si los dioses hubieran escuchado mi lamentación de solitario abandonado a mi precario destino, la señorita Lolo Escabias me sacó de mis tristes expectativas.

—Buenos días, señor Goitia —me dijo con su voz aguda y envolvente—. ¿Qué hace usted aquí esta mañana? ¿Tomando el aire? Se le ve un poco abatido.

Me apresuré a levantarme, cambiamos sendos besos en ambas mejillas y me quedé en pie junto a ella.

—Querida amiga —mentí—, aquí me tiene usted meditando sobre la condición humana como un hombre de nuestro tiempo debe hacer cuando no tiene nada concreto que hacer.

—¿Usted nada que hacer? Quite allá, hombre, si se ve a la legua que tiene un montón de preocupaciones y de temas que tratar. ¿No es periodista? Pues estoy segura de que está preparando uno de esos reportajes emocionantes que escriben ustedes. No me lo diga: ¿un caso de corrupción, que tanto se lleva ahora? ¿Algo sobre la crisis de las hipotecas? Es tremendo, ¿verdad?

—Pues no. Aunque usted no lo crea, no tengo nada entre manos.

—Porque no me lo quiere decir y hace usted bien porque yo, en cuanto me cuentan algo, ya lo estoy soltando por ahí; es que no sirvo para guardar secretos, ya me lo dice mi hermana, pero, ¿qué quiere que le diga?, cada una es como es.

Una luz cruzó mi cerebro.

—Oiga...

—Ay, por Dios, no me llame de usted, que me hace vieja.

—¿Vieja usted..., digo tú? Por Dios, si no hay más que verte, tan joven y tan contenta como un jilguero. Si eso es ser viejo, ¿qué soy yo? ¿Matusalén el patriarca?

—Ay, no digas esas cosas, ya quisieran muchas que yo conozco...

La verdad es que fue un rapto de oportunismo puro y duro, pero la invité a almorzar. Mataba dos pájaros de un tiro: el hambre y las ganas de comentar el crimen que estaba en el centro de nuestras vidas, aunque de manera bien distinta.

Lo malo de las mujeres parlanchinas es que no hay quien las aguante; lo bueno, que lo largan todo sin que tengas que hacer ningún esfuerzo. Empezamos hablando de tópicos generales (la ciudad, el clima, el tráfico, las aglomeraciones...) y poco a poco la conversación fue derivando hacia la misteriosa muerte de Concepción.

—¿Misteriosa? —dijo Lolo—. No tan misteriosa, sé de buena tinta que tenía un disgusto bien gordo que venía arrastrando de un tiempo a esta parte.

—¿Un disgusto? ¿Qué clase de disgusto?

—Lo que llamamos mal de amores.

—¿Qué me dices? ¿Es posible?

—Bueno, no es que yo quiera levantar falso testimonio porque estos asuntos, ya sabes, en cuanto salta la liebre todo el mundo se considera con derecho a difundirlo, pero la verdad es que Concha estaba muy baja de ánimos. Sería por lo que yo digo, sería por otra cosa... No sabría decirte a ciencia cierta, pero cuando el río suena...

—Es natural, son cosas que interesan a todos. —Me estaba volviendo un cínico de marca mayor—. Y... ¿se sabe algo más? ¿Quién era el otro, por ejemplo?

—Ah, yo de eso no sé nada. Nada de nada. Pero escuché una conversación, es decir, sorprendí una conversación, porque no me dedico a escuchar, en el despacho del director, del conde, ya sabe usted, entre él y la señora Pereña en la que hablaban del disgusto que tenía Concha «por un afecto equivocado». Ésas fueron exactamente las palabras del conde.

—Pero sabes a qué se referían.

—No puedo decir ni que sí ni que no —respondió con clara coquetería. Evidentemente lo sabía.

—Pero ¿podrían referirse a alguien del club que la estuviera rondando?

—Anda que no eres rápido tú. No puedo decirte nada porque a mí también me afecta.

—¿Cómo es eso?

—Una tiene su propia vida, pero cuando las cosas se enredan lo mejor es disimular.

—Yo soy una tumba.

—Sí, sí... —contestó con un mohín de complicidad—. O sea, no es que yo tenga nada que ver porque lo mío es limpio y claro como el agua, pero ya sabes que cuanto más dices más te atas a lo dicho y yo para esas cosas soy muy cuidada. Lo mío no tiene nada que ver con lo que estaban hablando, pero, por donde me toca, puedo decir que es verdad que Concepción se había metido en un afecto equivocado. Y conste que yo no pinto nada en eso, ahí cada uno se mete donde quiere y punto. Por lo demás, líbreme Dios de hacer conjeturas, sólo digo que es lo lógico, ¿no te parece a ti?

—Es razonable. Se trataría de un hombre, ¿no?

—¿Ella? Pues claro. ¿Qué va a ser si no? Mira: esas cosas que pasan ahora, de líos entre mujeres, ya me entiendes, sí que no.

Lolo Escabias se escurría como una anguila al tiempo que dejaba caer la maledicencia sin retratarse. Todo el almuerzo me tuvo en vilo por si concretaba la información, pero nada. Buena era ella. Al final nos despedimos con la más cínica cordialidad y yo me quedé preguntándome por qué diablos me habría soltado aquella información sin especificar un solo detalle de veracidad y cuál era su secreto personal, una relación amorosa sin duda. Y sobre todo: ¿en qué le afectaba a ella?

Pero la confirmación modificaba el punto de vista que hasta ahora estaba dirigiendo la investigación, si es que Lolo tenía razón, que a saber.

—La señora Rivera salió de su casa a las ocho y media de la mañana, confirmado por el portero del edificio. A las nueve estaba en su despacho del Ministerio de Justicia. No se movió de él en toda la mañana, con la sola excepción de una salida para desayunar, a eso de las once, con una compañera en una cafetería cercana al ministerio, en la calle San Bernardo. Al parecer, se trata de una costumbre, aunque no siempre sale con la misma persona. He localizado a la compañera que bajó con ella esa mañana y me ha comentado que Concepción estaba muy reconcentrada, como si algo la preocupara. No sabemos la índole de esa preocupación, pero su compañera la atribuyó a algún problema en la oficina. Cumplió con su trabajo y regresó a su casa, suponemos que a almorzar, sola. A las cinco y media de la tarde volvió a la calle. No puedo saber lo que hizo desde después del almuerzo hasta esa hora, pero no salió de su piso ni hizo ninguna llamada, suponemos que se echaría una siesta.

—Lo de la siesta no concuerda con la preocupación que tuviera.

—Pues se quedaría dándole vueltas a la cabeza. O quizá necesitara relajarse, no podemos saberlo. En fin, fuera lo que fuese, salió de casa, como le digo, a las cinco y media, y a eso de las seis y cuarto llegó a la sede del club.

—¿Sabemos si llevaba algo consigo?

—Su bolso, lo mismo que por la mañana.

—Todo parece muy normal.

—Absolutamente normal. En el club estuvo trabajando y tampoco sabemos en qué, porque, como era muy ordenada, lo dejó todo tal y como estaba cuando llegó. No hizo llamadas que podamos rastrear.

—¿Y desde el ministerio?

—Desde el teléfono de su despacho, no lo sé. No creo que sea difícil rastrearlo, pero necesitamos tiempo. En cuanto a su móvil, apenas hizo tres llamadas, una de ellas a su madre y las otras dos a un par de amigas sin el menor interés para la investigación.

—Así que ese día, por lo que estoy viendo, si tenía una preocupación se la guardó.

—Eso parece. Casa con su estilo.

—¿Cuándo salió del club?

—Eso es lo único llamativo: se fue a las siete y cuarto. La asociación, como usted sabe, está a unos minutos del Botánico, pero al Botánico llegó quince minutos antes del cierre, lo que sabemos porque en taquillas la conocen y lo recuerdan.

—¿Lo recuerdan con claridad?

—Sí, porque con todo el lío que se armó con el descubrimiento del cadáver al día siguiente, lo recordaron al llegar y no se les ha olvidado.

—¿A la taquillera y quién más?

—A la que estaba con ella. Esa tarde estaban dos, no me pregunte por qué, no se me ocurrió pensar en ello.

—No importa.

—O sea, que hay media hora en blanco entre que sale de la asociación y entra en el Botánico.

—Eso es.

—Parece raro que vaya al Botánico un cuarto de hora antes del cierre.

—Por eso le digo que es lo único llamativo: media hora en blanco y una llegada casi al cierre que no tiene sentido.

—Salvo que tuviera una cita en el Jardín.

—Lo cual nos obliga a admitir que fue a encontrarse con su asesino, que es asesinada casi sin tiempo a decir «buenas tardes» u «hola», o lo que dijera, y el asesino o asesina le hace beber el veneno y escapa justo cuando se cierra el Botánico.

—Eso es más bien increíble. El lapso de tiempo no concuerda.

—Sí que lo es.

—No me gusta. ¿No entraría antes al Jardín?

—Según las taquilleras, ella entró a las ocho menos cuarto. Les llamó la atención.

—¿Y nada más? ¿Nada fuera de sitio? —pregunta Mariana.

—Sólo el tiempo transcurrido entre las siete y cuarto y las ocho menos cuarto es lo que falta por conocer. Nada más.

—¿Se sabe si habló con alguien durante el rato que estuvo en el club?

—No hay manera de comprobarlo. Estuvo trabajando en su despacho.

—Esa manera de rehuir todo trato, tanto por la mañana como por la tarde, sólo encaja con su actitud de preocupación. Y tampoco habló por teléfono. Qué menos que confirmar la cita que tuviera en el Botánico.

—Tendría lógica, desde luego, pero no sucedió. Fue un día anodino, sólo eso. La verdad es que me decepciona.

—A mí no, Rico, a mí no. ¿Las taquilleras no recuerdan a nadie, no vieron a nadie en ese último minuto que les llamase la atención?

—Quedaba poca gente y salieron en orden y más o menos a la vez. Nada extraño al respecto.

—O sea, que el asesino debió de pasar por delante de sus narices y de las del encargado de echar el cierre, tan tranquilo, y nadie se fijó en él.

—O la asesina.

—Tiene usted razón, subinspector: o la asesina.

—Pues estamos como al comienzo.

—No diría yo tanto.

Julia Cruz se presentó en casa a media tarde. Yo había llegado después del almuerzo y un largo paseo, agotado de escuchar a la dicharachera Lolo Escabias sobre todas las naderías que es capaz de recoger una cabeza hueca, pero muy intrigado sobre lo que no quería decir. Me estaba quedando amodorrado en mi butaca favorita cuando creí percibir entre sueños el timbre de la puerta, un sonido que entró en mi cabeza como algo discordante que me hizo reaccionar con disgusto. Además, no acertaba a reconocer su procedencia, hasta que un segundo timbrazo me devolvió al espacio físico de mi mundo afectivo y me encaminé dudoso a la puerta del piso. Y allí estaba: tan flaca y alta y pecosa como siempre, con su pelo corto y su sonrisa dulce y acogedora.

Julia era la amiga del alma de Mariana. Uña y carne las dos. La verdad es que, conociendo su ligazón, nunca acabé de entender que vivieran tan lejos la una de la otra. Yo conocí a Mariana en G., destinada al Juzgado de Primera Instancia e Instrucción, la conocí casi a la vez que a Julia, que había montado con unos colegas un estudio de arquitectura en la misma ciudad. Las conocí como si fueran dos en una, cada una en su estilo, pero tan complementadas. Una vez que las veías juntas te dabas cuenta de que existía una absoluta complicidad entre ambas, producto de una confianza tan extrema y con tanta seguridad en un afecto tan firme que no dejaba resquicio a la duda. La suya era una amistad envidiable y yo envidié el modo en que cada una demostraba conocer a la otra con sólo cambiar un gesto.

Nunca entendí, como digo, que ahora vivieran la una tan lejos de la otra por razón de sus profesiones, pero así venía siendo desde que Mariana se trasladó a Madrid y yo con ella, y siempre tuve la sensación de que, aunque no se hablaran a diario, o entre semana, de algún modo se tenían siempre presentes, como en un sentimiento constante.

La verdad es que era una relación como para estar, no diré celoso, pero sí algo incómodo. No quisiera ser malinterpretado: la suya no era una relación amorosa, sino más bien simbiótica, se entendían sólo con mirarse a los ojos.

Y allí estaba, con su maleta en una mano y el abrigo al otro brazo, residuo y reflejo sin duda de los días de lluvia y frío del norte y presente de improviso; y debo decir que la recibí encantado porque era justo lo que necesitaba: un puente entre Mariana y yo para empezar a despejar la sensación de extrañeza que ambos veníamos percibiendo entre nosotros sin decidirnos a verbalizarlo y que ocultábamos, o aplazábamos, con la esperanza de que sólo fuera una sensación y pasajera, producto del cambio de ambiente.

Estuve a punto de telefonear a Mariana, que aún debía de estar en el juzgado, porque la súbita presencia de Julia requería organizar una cena de recepción por todo lo alto en alguno de nuestros restaurantes favoritos, pero Julia me lo impidió: prefería la sorpresa cara a cara, así que nos tocaba esperar el gran momento. Esto hizo que me diera tiempo a contarle todo lo relativo al caso que tenía Mariana entre manos.

—Esta mujer va sembrando su vida de cadáveres —dijo al final de mi informe—. No sé cómo se las arregla, pero el caso es que allí donde se instala el lugar se convierte en la casa del crimen.

—Viene con el oficio —comenté.

Pero lo que yo quería comentar era otra cosa. Quería saber si ella había intuido, lo mismo que yo, esa vaga pero segura sensación de que el tejido de nuestra relación amorosa se estaba deshilachando, porque no era una sensación de ruptura o simple enfriamiento lo que yo sentía, sino esa vaga y quebradiza emoción de fragilidad que a veces se incuba en una relación, aunque sea de manera temporal, porque la fragilidad no entiende de plazos. Sin embargo, en este delicado asunto debía andarme con cuidado, es posible que sólo fuese producto de una sensación estrictamente personal y no era cuestión de sacarla de quicio, un producto de mi propia inquietud que, yo lo sabía, ahora rondaba cerca del hecho de sentirme en el paro, aunque no fuera del todo cierto.

—Bueno, cuéntame —le dije—, ¿cómo es que apareces de esta forma tan repentina y por cuánto tiempo vienes? Mariana no me había advertido.

—Es que no sabe que estoy aquí. Es una sorpresa... —se detuvo un instante, para ajustar su comentario— o más bien un desahogo, porque estoy viendo que vamos a acabar cerrando el estudio y estoy bastante descorazonada. Pero —añadió con un gesto espontáneo— tú no le digas nada, ¿eh? Ya se lo comentaré con un poco de calma. De momento estoy aquí como una turista repentina, nada más.

—Te comprendo perfectamente, querida, yo estoy en el paro, como sabes, y aunque consigo trabajos sueltos, la verdad es que también ando un tanto desanimado.

—Lo entiendo. Es una situación muy desagradable.

—Mariana, como es funcionaria, lo vive de otra manera. En circunstancias como éstas —le dije— envidio a los funcionarios, aunque les congelen el sueldo. Pero no —rectifiqué—, yo no entraría en el funcionariado por nada del mundo, yo quiero otra cosa, necesito moverme, estar de aquí para allá..., en fin. Lo que pasa es que en los malos momentos a menudo levantas la cabeza y ves que no hay techo que la cubra. Ahí es donde pesa la conciencia de la edad.

—Pero si tú eres un joven alocado, Javier, ¿de qué me estás hablando? ¿O es que ahora te haces el interesante? Suspicacias aparte, tú eres el novio de Mariana.

—No pretendo dar pena, si es eso a lo que te refieres.

—Pues aparta esos negros pensamientos, que no llevan a ninguna parte. A ver, ¿tienes un vino a mano?, ¿blanco puede ser?

—Tenemos vino blanco. Qué manía tenéis las chicas con el vino blanco.

TERCERA PARTE

Julia en Madrid

La llegada de Mariana, cayendo la tarde, se convirtió en un alboroto una vez superada la primera impresión de estupor o sorpresa o ambas cosas ante la intempestiva presencia de Julia. Se abrazaron, se besaron, lagrimearon a dúo, se quitaron la palabra de la boca... En fin, un encuentro de lo más empalagoso y emotivo una vez superada la sorpresa inicial. Cuando las efusiones bajaron de tono y nos sentamos los tres en el salón, con las copas servidas y la disposición a sustituir la agitación por la conversación, Mariana pareció reparar en mí.

—Y tú, ¿por qué no me habías dicho nada?

El comentario no tenía intención de ser hiriente ni nada parecido, lo sé, pero me sentó como un tiro.

—Yo me he llevado la misma sorpresa que tú. Estaba medio dormido, sonó el timbre y...

—Es verdad, Mariana, ayer por la tarde me encontraba tan a disgusto que casi no dormí en toda la noche y a primera hora me fui a la estación, compré un billete del Alvia y me vine a Madrid. Y te diré que fue la mejor decisión, porque he dormido de un tirón hasta la llegada a Chamartín y ahora estoy como nueva y con vosotros.

—¿Dónde has comido? ¿En el tren? ¿Y qué has

estado haciendo hasta que has venido a casa? ¿Por qué no me has llamado desde la estación? Podríamos haber comido juntas.

—Me entretuve.

—Se entretuvo —dijo Mariana mirándome como si fuera yo el culpable de la decisión de Julia—. Ella con maleta y todo, y tú aquí tan tranquilo, Javier, hay que ver cómo eres.

Me faltó el canto de un duro para contestar adecuadamente, pero como adecuadamente quería decir empezar una bronca, porque me estaba cargando desde que apareció por la puerta, me despedí de las dos alegando que tenía que acudir al Club de Amigos de los Jardines y ya iba con retraso.

—Está escribiendo una especie de crónica de mi investigación de un crimen que tengo entre manos, ahora le ha dado por ahí —oí decir a Mariana al tiempo que abandonaba el salón.

—¿Ah, sí? Qué divertido —comentó Julia—. Estarás encantada.

Me paré en el umbral de la puerta del piso.

—Pues no sé, porque no hablamos del asunto. Él va por su cuenta y yo por la mía.

—Qué absurdo, ¿no? ¿Es una especie de competición o algo así?

—Algo así.

No pude privarme de dar un medido portazo, pero portazo al fin y al cabo, cuando abandoné el piso maldiciendo mi buena educación.

—Bueno, cuéntame cómo estás. Me extraña que te presentes así, sin avisar. ¿Va todo bien? ¿Sigues teniendo apuros con el estudio? Pero, antes de nada, te quedas aquí en casa, ¿verdad? Tengo la habitación de invitados esperándote desde que me vine a Madrid.

—Gracias. A ver, vamos por partes. No me quedo aquí porque no quiero irrumpir de pronto en medio de vuestra vida; una cosa es vernos todo lo que nos apetezca y otra invadir el espacio íntimo de una pareja. Prefiero quedarme en un hotel.

—Pero ¿qué tonterías estás diciendo? Tú no invades nada. Y de hotel, nada de nada, pues no faltaba más. Anda, ven, que te enseño tu cuarto, dejas ahí la maleta y ya la desharás luego. Ahora cuéntame.

—Que no, de verdad, no te lo tomes a mal, pero voy a ir a un hotel porque quiero estar a mi aire.

—Pero si no tienes hotel, no seas absurda.

—Que no, que me voy a un hotel. Es más, voy a buscarlo ahora mismo, lo primero de todo, y así lo dejo arreglado.

—Julia, ¿te pasa algo?

—Nada, que quiero un hotel. ¿Tan raro te parece?

—Pues sí, me parece rarísimo.

—Cariño, no me abrumes, por favor.

—Vale, vale, lo que tú quieras. Ya me encargaré yo de sacarte la verdad. ¿Quieres un hotel? Pues nada, hotel para la señora. ¿Alguna preferencia?

—No. Pensaba que tú me aconsejarías uno.

—Yo te aconsejo, faltaría más. A ver, ¿cuántas estrellas? Aquí cerca hay uno de esos funcionales, de cuatro estrellas, que te puede valer. ¿Llamamos?

—Genial. Justo lo que necesito. Y no te cabrees, que no me gustas nada cuando te cabreas y te pones sarcástica.

—¿Cabrearme yo? ¿Cuándo me has visto tú cabreada contigo?

—Oye, baja la guardia, que estás haciendo un mundo de una minucia. ¿Te pasa algo a ti? Te encuentro un poco agresiva.

—Estoy hasta arriba de trabajo, ya ves a la hora a la que he llegado, y eso sólo en asuntos cotidianos y de trámite y, encima, tengo un caso entre manos que me trae a mal traer, aunque ya lo tengo a tiro.

—No creo que sea ése el origen de tu agresividad, pero no vamos a empezar a discutir ahora. Y deja que te diga que ya me extraña que no sepas por dónde tirar en el caso que me dices, porque no te va esa actitud de desconcierto.

—Pues lo estoy, pero no lo estoy.

—Tú siempre tienes algo en la cabeza, por disparatado que parezca.

—Sí, es verdad. Tengo una idea, pero es una idea fantasiosa; eso es lo que me trae de cabeza. ¿Para qué quiero una idea si a mí misma me parece una fantasía?

—Entonces es que estás en el buen camino, te conozco.

—Julia, tengo base, pero la idea está todavía en el aire. Es como si estuviera leyendo un libro y, de pronto, se me ocurriera un desenlace a mi gusto. Pero este caso no es la lectura de un libro de intriga. Mi idea no vale nada si no consigo que algo, un hecho real, una pista real, la refrende. Me falta un elemento, sólo uno. Si lo tuviera a mi alcance... ¡Ay, si lo tuviera! Entonces sí que cerraba el caso.

—Lo que te digo, que estás sobre la pista. Ya sabemos cómo va esto, que nos conocemos bien. ¿Por qué no me la cuentas? La idea.

—No de momento. No hasta que hayamos hablado, necesitas saber de qué va el caso, desde el principio. Luego... a lo mejor.

—¿Y... Javier?

—¿Qué pasa con Javier?

—Eso digo yo.

—Mira, Julia, está muy pesado, pero no tengo ganas de hablar de eso. Mejor buscamos el hotel, te acompaño, te instalas, tomamos algo en el bar y luego hacemos plan para cenar.

Ahora sí que mis intenciones se han venido abajo. Con la llegada de Julia todo cambia, tratar de contar este caso como cronista se estaba poniendo difícil, pero ya es imposible porque el trato a tres que se avecina altera de manera definitiva la narración. Se acabó. No me queda otra que intentar resolver yo el crimen. No es ninguna pedantería; aunque carezco de la información que le proporciona la policía a Mariana, tengo una ventaja: mi condición de infiltrado entre los amigos de los jardines. Ella y su equipo son ratones ciegos en lo que se refiere al club; están metidos en una investigación policial de corte tradicional, pueden preguntar y obtener repuestas, pero son incapaces de deducir si les mienten o les esconden información.

Yo estoy convencido, como lo está ella, la conozco bien, de que la solución a este enredo está en el club, de que el criminal tiene que pertenecer al club, y mi ventaja es grande. Pues vale, si ella no quiere compartir, yo tampoco. La diferencia entre nosotros está en que yo sí le facilitaré información si es decisiva; ella, en cambio, nos contará la solución en plan protagonista, una vez que la instrucción haya quedado cerrada, con el culpable entre rejas. Es la persona más honesta y dedicada que se pueda uno imaginar, pero le encanta la puesta en escena para pardillos con que nos suele obsequiar en los casos de importancia, los casos con asesino incluido; y tampoco cualquier asesino, sino el que ha tramado un crimen complejo; hasta sofisticado, me atrevería a decir ahora que no me oye. Comentarios como éste no le hacen ninguna gracia.

Pero vuelvo momentáneamente a mi fallida crónica, antes de que la presencia de Julia certifique su defunción. Tras mis conversaciones con Lucía y con Lolo Escabias, una idea me venía rondando por la cabeza. La información que me diera Lucía Cabello acerca de Nieves, la hija del matrimonio Fernández Santiago, y la misteriosa frase «por un afecto equivocado» que me soltó Lolo refiriéndose a Concepción, o Concha, como la llamaba ella, me resultaban inquietantes. A primera vista, no tenían nada que ver, pero ¿cuál sería ese afecto equivocado de Concepción y hacia quién? ¿Hacia Nieves? La cosa se complicaba e insinuaba una relación más oscura y, con visos de probabilidad, también dramática, pero explicaría el hecho insólito de que hubiera sido Nieves la acompañante de Concha en sus dos últimas visitas al Jardín Botánico; también en eso estaba al día Lolo Escabias.

¿Nieves asesina? De pronto me di cuenta de que no me parecía un imposible. Todo lo que de humillada y retraída estuviera Concha a causa del abandono de su marido, que para ella debió de ser un golpe personal y social al ser una mujer muy tradicional, metería morbo a una supuesta relación con Nieves si llegaba a saberse cierta; y no quiero ni pensar si Nieves se aprovechaba de la situación de debilidad de Concha con fines perversos. Sí, porque donde en Concha había un comportamiento con arreglo a valores clásicos, en Nieves, es decir, en la rebeldía de Nieves, frustrada por la presión que sus padres ejercían sobre ella hasta el punto de convertirla en una muchacha incapaz de escapar del hogar, se abría una al horror. En esa hija, capaz de torturar a sus padres retándolos en casa con un espíritu de chica barriobajera insoportable para ellos, había una actitud que hacía pensar en una persona malsana, sin coraje para asumir sus deseos, pero con el suficiente para hacer daño sin arriesgarse a quedar a la intemperie. Una persona así puede llegar a actuar con extrema maldad en su circuito íntimo y, si lo que yo sospechaba o intuía era cierto, Concha habría pasado a formar parte de ese circuito íntimo.

Aquí me detuve porque comprendí que me estaba montando un drama que se alejaba de la realidad a cada paso que yo daba con mi imaginación. Todo lo anterior era factible en una novela negra nórdica; en la práctica, no. Nieves era un pequeño monstruo, sin duda, producto de un ámbito familiar tóxico para los tres, pero de ahí a desarrollar la película de terror con la que yo había empezado a fantasear... Sin embargo, no resultaba del todo ilógica la idea de una relación afectiva, sin sexo por medio, entre la joven y Concha. Compartían una frustración semejante, aunque se expresara de modos muy distintos; también las razones de establecer un lazo emocional eran muy distintas en cada una de ellas. Ahora bien, fuera su relación la que fuera, en un trato tan cerrado y personal la posibilidad de que entre sentimientos tan frágiles se colara una traición, o, simplemente, la sugestión de una traición, podía tener consecuencias demoledoras.

¿Era la joven Nieves capaz de matar a sangre fría? Yo no lo creo, pero, pensándolo bien, ¿por qué no? No sería el primer caso en el que la cruda desesperación producto de un miedo, una traición o una decepción insuperable daba lugar a un crimen, pasional o no, quién sabe. En el caso de Nieves, yo me inclinaría más por suponer que una decisión de ese calibre la llevaría a cometer un crimen fríamente ejecutado. En el caso de Concepción, por el contrario, me decidiría por la opción pasional.

La idea no era tan loca si no la llevábamos al extremo de convertirla en una película de terror. En todo caso, siempre sería preferible tener ideas, locas o aventuradas, a no tener nada. Y Mariana no tenía nada, de eso estaba seguro porque había llegado a conocerla bien. No tenía nada, y ésa debía de ser la razón por la que estaba tan lejos de mí en estos momentos.

Al final, decidí que no se lo contaría de momento. Las ideas en bruto es mejor guardárselas uno para no hacer el ridículo. Lo más adecuado era seguir indagando y aprovechar mi buena posición entre los amantes de los jardines. La gente que tiene *hobbies* obsesivos es capaz de hacer cualquier disparate cuando éstos ya no son capaces de servirle de refugio de una vida inoperante. Se veía muy claro entre los matrimonios pertenecientes al club: si uno de los dos cónyuges centraba su vida en las plantas, el otro hacía de su capa un sayo. Ah, la condición humana.

—Bueno, ¿pedimos otra?

—¿Ésta es la Julia que me reprochaba mis whiskies después de mi jornada laboral?

—Ya ves cómo cambian las tornas cuando la vida se endurece.

—No seas pesimista, esta crisis tiene toda la pinta de ser dura, me temo, pero como toda crisis tendrá su final.

—Regado de cadáveres. No te haces idea de cómo está afectando al estudio.

—Tú eres una buena profesional, Julia, y una luchadora.

—Razón de más para tomar otra copa. ¡Camarero!: dos de lo mismo.

—Eran dos Macallan, ¿verdad, señora?

—Me ha llamado señora, fíjate si hace efecto la crisis. ¿Tengo pinta de señora?

—Bueno, tenemos una cierta edad, pero yo no nos consideraría señoras. Estamos estupendas, aunque ya no somos unos guayabos. Tú casi lo pareces.

—Venga, Mariana, que no estoy para bromas.

—Pues deberías estarlo.

—¿Qué tal si hablamos de tu caso?

—Como quieras. ¿Por dónde empiezo?

—Por lo cerca que estás de resolverlo.

—Me conmueve tu confianza, cariño, la verdad es que estoy medio a ciegas. Tengo una idea, como ya te he dicho, pero aún no puedo afirmar quién cometió el crimen, ni cómo lo cometió, ni por qué.

—Ay, entonces es que va por ahí la solución. La verdad es que casi nunca te he visto completamente perdida, y tú tienes tendencia a guardarte ases en la manga, a mí no me engañas.

—Mira: hay dos maneras de abordar un caso de muerte. Una es ir reuniendo pruebas que, poco a poco, descartan unas opciones en favor de otra que acaba siendo la verdadera. Pero en este caso no aparecen pruebas incriminatorias de nadie y, en cambio, abundan los sospechosos, pero son de esa clase de sospechosos poco convincentes, como si fueran una fotografía de grupo que ha salido medio velada. La otra manera de atacar el problema es hacer suposiciones, basarse en la intuición y construir a partir de ahí la trama del crimen, para lo cual me convendría ser novelista.

—Sí, bueno, tendrías quizá una novela entretenida, pero tú lo que te traes entre manos es un crimen real. Por cierto, la víctima es la que me contaste que era la secretaria de un grupo de aficionados a la jardinería, ¿no?

—La misma.

—Y supones que quien la mató es uno de los jardineros.

—O jardineras. Pero lo propuse por descarte. Concepción Rivera, así se llama la víctima, guardaba en absoluto secreto todo lo concerniente a su vida; su historia personal está en blanco.

—Ya veo, pero insisto: lo que no me creo es que estés a ciegas porque no tienes pistas, pero tienes una intuición, que es lo tuyo.

—Tengo una, sí, pero no hay manera de casarla convincentemente con los hechos.

—No te voy a decir que me la cuentes.

—No pienso.

—¿Ni aunque te recuerde que cuatro ojos ven más que dos?

—Ni por ésas.

—Cuando vivíamos las dos en G... no eras tan reservada.

—Ya. Lo que pasa es que tú vives en G... y yo en Madrid, y el teléfono... no favorece la complicidad.

—Lo sé.

—Pues ahí tienes la respuesta.

—Javier sí vive aquí contigo, y en el mismo piso, y en la misma cama...

—¿Qué pretendes insinuar?

—Está bien claro: que tienes con quién hablar, que por su oficio es persona atenta a los detalles significativos y que por ahí dispones de una ayuda.

—No estoy por la labor. ¿Te has convertido en la abogada de Javier?

—Estás rara, Mariana. Antes, cuando he hablado con Javier, me ha parecido que está como siempre, o sea: receptivo, atento, con la inteligencia despierta... No estaréis en plan de dejarlo, ¿verdad?

—¿Dejarlo? ¿Lo nuestro? No, por Dios, no tiene nada que ver.

—Algo habrá, digo yo.

—Oye, ¿me estás interrogando?

—No, no. Ése es tu oficio, no el mío. Me limito a interesarme por ti. Algo te pasa.

—Me pasa que no soporto estar con este caso en las manos sin resolver, nada más. Tú sabes que yo no soporto eso y que me pone de bastante mal café. Tengo al fiscal encima, la policía judicial me observa expectante, como esperando a ver si hago algo; si les suelto una pista, será como una liebre que le ponga el turbo a la jauría; sólo el subinspector Rico me muestra confianza, y no sé por cuánto tiempo. Estoy parada, pero bien atenta, Julia.

—Por eso te digo que hables con Javier.

—Que no. Yo creo que él quiere hacer de Watson en este asunto.

—Valiente excusa...

—Ay, Julia, a veces pienso que estábamos mejor en G..., a nuestro aire, en nuestra pequeña ciudad, rodeadas de amigos y enemigos cercanos. Esta ciudad es mi ciudad, pero ha pasado el tiempo, ha habido muchos cambios, el anonimato de las grandes urbes está muy bien para Baudelaire y sus amigotes, pero yo no tengo que echar a andar la poesía moderna, sino resolver un caso que, además, tiene pinta de ser de lo más vulgar...

—No será tan vulgar cuando te tiene tan obsesionada.

—Eso es lo más exasperante: que es un caso vulgar, sin gracia, sin *glamour* ni nada. Si al menos mereciera la pena, si fuera uno de esos casos que se recuerdan como una investigación feliz y extraordinaria... Y no es así, es un puñetero crimen de mierda que se ha enredado contra su propia voluntad, que debería ser un claro asunto sórdido de celos o algo así. Hay una cabeza inteligente detrás de él, hay plan, pero está velado, turbio, y no hay manera de hincarle el diente. Me desespera, Julia. Es como si un idiota me estuviera puteando.

—Qué barbaridad, nunca te había visto así, en efecto.

—O sea, que mejor dejamos de hablar de esto.

—Pues estamos buenas: no se puede hablar de Javier, no se puede hablar de tu caso. ¿De qué hablamos? A ver, ¿qué has leído últimamente?

—No te cachondees de mí, anda.

—Pregunto en serio. ¿Has leído algo bueno desde que estás aquí, en Madrid?

—He vuelto a escuchar el *Winterreise*, de Schubert. Es impresionante. Impresionante. Ahora, además me he hecho con la traducción y lo he podido seguir con todo detenimiento porque antes lo escuchaba sobre una sinopsis del desarrollo, sin las letras. ¿Sabes que Schubert murió a los treinta y un años, de sífilis, y que era bipolar? Yo me pregunto qué hacemos nosotras sobre la Tierra, a nuestra edad, tú al borde del paro y yo tratando de solucionar un crimen de lo más cutre. Si es que es un crimen, además.

—¿Cómo que si es un crimen? ¿Qué va a ser si no?

—Pues no está claro, Julia, no está nada claro. También hemos pensado que podría tratarse de un suicidio, pero como suicidio sería algo tan planeado... Cuando una decide suicidarse, se suicida, no se dedica a hacer virguerías.

—No sé qué decirte. Si es un suicidio planeado, será porque quiere ajustar alguna cuenta. El suicida se mata por desesperación, por locura, por extravío, por algo, se odia a sí mismo, pero por lucirse... ¿Qué pasa? ¿He dicho algo inconveniente?

—Todo lo contrario, Julia, todo lo contrario, me has iluminado.

—Vaya, esto sí que es llegar y besar el santo. ¿Así que te he dado una idea?

—No lo sé. Me has abierto una puerta, tanto si se trata de un crimen como si es un suicidio. Es una luz muy débil, pero es una luz que vengo percibiendo des-

de hace un par de días. ¿Ves lo que te digo de que ten-
dríamos que vivir en la misma ciudad?

—Yo voy a acabar en la calle al paso que vamos con
la crisis y, llegada a ese punto, lo mismo me da una
ciudad que otra.

—Pero mira que eres mona y lista y la mejor amiga
del mundo. Te necesito, mi amor, vaya si te necesito.

—Yo también te quiero, pero no te pases.

—Eso lo dices con la boca pequeña. Te conozco,
mascarita.

A primera hora de la mañana me puse en marcha. Había descartado al fatuo pediatra de moda y a María Jesús como posibles ejecutores del crimen del Botánico, pero no a la señora Pereña, ni a la señorita Nieves, ni al conde, pero se me ocurrió seguir una idea, una corazonada más bien, y no paré hasta dar con el «pipiolo» Contreras, al que localicé al fin en el domicilio del conde. En realidad, no fue así de directa la cosa: le llamé al móvil primero y me contestó un tanto apurado, como quien trata de disimular; en ese momento yo no sabía dónde se encontraba el chico, pero su actitud de haber sido pillado en flagrante delito unida a la cita que me dio en una cafetería cercana a la casa de su, digamos, protector no me dejó lugar a dudas. Aún tenía cara de recién levantado cuando se sentó frente a mí. Pedimos un desayuno de la casa consistente en zumo de naranja natural, tostada y café con leche.

El «pipiolo» me observaba con una actitud que pretendía ser displicente, pero la inquietud iba por dentro. Primero probé a calmarlo por medio de comentarios insustanciales, para confiarlo, porque se le notaba la prevención hacia mí. Después empecé a dar vueltas alrededor de mis verdaderas intenciones y en cuanto vi que empezaba a relajarse le pregunté directamente su opinión sobre la señorita Nieves.

Tenía mucho que contar. El «pipiolo» era de esa clase de gay que identifica la homosexualidad con el chismorreo feminoide. No sé si por su juventud o por una afición innata al mariposeo, lo cierto es que, para empezar, manifestó sin pudor alguno que la niña Nieves le caía fatal. La consideraba una chismosa y una creída y, a partir de ahí, empezó a despacharse con esa boca que tanto debía de apreciar el conde y a informarme de todo excepto lo que yo quería saber. Nieves no se trataba con nadie del club. Acudía porque sus padres se empeñaban en implicarla, quizá con la esperanza de que allí encontrara novio, pero de eso nada. No le interesaba nadie, ni joven ni viejo, su actitud hacia cualquiera de los que se reunían allí era despectiva, y el «pipiolo» lo atribuía a un claro sentimiento de inferioridad, con lo cual yo no estaba muy de acuerdo, sobre todo si el posible candidato a su mano era el «pipiolo»; poco a poco, en plan confianzudo yo, haciéndome el tipo que está al cabo de la calle de lo que son los sentimientos difíciles, llegué a sugerirle la posibilidad de que Nieves prefiriera dedicar sus atenciones a personas de su mismo sexo, lo que, de una parte, horrorizó al chico entre aspavientos y, de otra, conseguí que me aceptara como un hombre de conciencia laxa. Entonces fue cuando empezó a largar de verdad.

Tal y como yo sospeché, él creía que la chica tenía un conflicto personal con su identidad. Ahí ya me empecé a animar porque lo que yo entendía como actitud de rebeldía con maneras de barriobajera a él le parecía que no era más que una forma de llamar la atención y que su destino sería acabar de okupa en alguna comuna; la despreciaba, habló de ella con un lenguaje que a mí mismo me puso los pelos de punta, como si ella estuviera invadiendo un territorio que era sólo suyo.

El joven creía que toda la actuación de Nieves iba dirigida directamente contra él, para ponerle en evidencia porque no toleraba la delicada sensibilidad del «pipiolo», como si éste se la hubiera arrebatado a ella y ella no tuviera otro remedio que defenderse exagerando su papel de niña-macho, cruel, violenta e insolente.

Tuve que hacer acopio de toda mi paciencia para reconducir la conversación con el exaltado joven. Todos mis intentos de aplacar la furia de su malherido ego cayeron en saco roto hasta que, ya a calzón quitado, le insinué la posibilidad de que Nieves fuese la autora del crimen. En un primer momento, el «pipiolo» se quedó sin habla, como si una verdad inmutable se hubiera descargado en su sencillo cerebro. Luego, al recuperarse, pareció meditar lo que yo acababa de decirle y a medida que vi iluminarse su rostro comprendí que la idea le había hecho efecto, pero no como yo hubiera deseado. La posibilidad de que Nieves y Concepción tuvieran un lío le sedujo de tal manera que se precipitó sobre ella al galope. Otra vez hube de contenerle. Lo que yo necesitaba no era una confirmación, sino un simple indicio que diera pie a mi teoría, la cual me resultaba por momentos más improbable según el chico se regodeaba en ella. El «pipiolo», a medida que se sugestionaba, llegó a decir que ese asunto de la relación entre ambas mujeres ya lo había comentado con el conde (más tarde comprobé la falsedad de esta afirmación) aunque, por el modo de expresarse, algo me decía que yo no andaba tan descaminado.

Al cabo de un rato, la relajación se impuso naturalmente. El chico empezó a recular comprendiendo que había dado rienda suelta a todos sus demonios y empezó a recoger sedal. Y entonces fue cuando me rindió el favor que yo necesitaba. Empezó a hablar de las relaciones, no explícitamente sexuales, entre las mujeres de la asociación y mencionó a Asunción Lobo, la proveedora de acónitos y la admiración que ésta tenía por Concepción Rivera; por Concha, como la llamaban ellas. Asunción Lobo había fallecido, me contó él, a quien se lo había contado el conde, porque equivocó el contenido de un frasquito con otro. Asunción era una entusiasta de las plantas medicinales y se pasaba las horas muertas cultivándolas y destilando sus virtudes en toda clase de recipientes. Su muerte se había debido a un error trágico, sin duda, pero lo que me llamó poderosamente la atención fue esa palabra: *frasquito*. Un frasquito con restos de aconitina se había encontrado junto al cadáver de Concepción.

De modo que la muerte de Asunción no sólo fue un trágico error, sino también una idea maligna para alguien que tomó nota del detalle. Sabíamos que la propia Asunción había regalado unas plantas de acónito a muchos miembros de la asociación, y no sólo eso, sino que, al repartirlas, y probablemente con la intención de prevenir un uso irresponsable de la planta, explicó en una sesión habitual el modo en que se obtenía el veneno para evitar errores. Y precisamente fue ella la que se intoxicó por un descuido del que había advertido cuidadosamente, y con la mejor intención, a sus consocios.

Quien acabó con la vida de Concepción Rivera había tomado buena nota de la efectividad del veneno del acónito y el arma mortal estaba a su alcance. ¿Habría tenido en cuenta Mariana el papel de Asunción en la tragedia que alcanzó a Concepción? Ahora ya no cabía duda de que el asesino o asesina se encontraba al alcance de la ley si es que Mariana conseguía descubrirlo. Pero, en cualquier caso, el círculo se estrechaba:

¿quién tenía un motivo tan poderoso como para matar a la antigua secretaria? Esta pregunta era ahora selectiva a la hora de seleccionar candidatos. Y era más necesaria que nunca, además de los interrogatorios certeramente dirigidos, la psicología. Y a mí se me ocurrían sólo unos pocos nombres, muy pocos, sin descartar a Nieves. En otros casos de Mariana el *cómo* había sido lo más difícil de probar; ahora, en cambio, el peso de la prueba se concentraba en el motivo, en el *porqué*.

—Bien, subinspector, parece que vamos a tener que abrir otra puerta, a ver si por fin nos conduce a la verdad. Desde el principio hemos estado buscando indicios donde no había nada. Vamos a retroceder al principio desde un nuevo enfoque. Esta muerte no es producto de la improvisación o de un arrebato y tampoco es un error fatídico, producto de la casualidad; es un asunto muy bien planeado; quiero decir: con tiempo. El motivo no es algo imprevisible, sino que viene de atrás, tiene una intención meditada y se ha cumplido escrupulosamente. De manera que vamos a centrarnos en buscar a una persona del entorno cercano de Concepción que tuviera un conflicto de importancia con ella, inteligencia para concebir este crimen y el necesario carácter para llevarlo a cabo; tras esta muerte parece haber una cabeza fría y metódica. ¿A quién conocemos con estas cualidades?

—Déjeme pensar. En principio se me ocurre el nombre de la señora Pereña. También podría ser el conde, que es un tanto fantasmón, pero piensa. Lo mismo digo de Cabello, el pediatra, pero de otra manera... No sé qué pensar. El matrimonio Vázquez-Simón podría ser; uno de los dos o los dos, depende de la ofensa que hubieran recibido por parte de Concepción...

—¿Es que ha habido una ofensa?

—No, no. Es pura especulación. Como usted sugiere una venganza...

—Se mata por venganza, por odio, por celos, porque uno se siente acorralado y sin salida, ya sabe. Lo cual nos recuerda que carecemos de un motivo evidente.

—El otro matrimonio, el de los señores Fernández Santiago, no me parece a mí que tengan carácter suficiente, son demasiado blandos.

—No así la niña.

—¿Nieves? Ésa es una rebelde sin causa más clásica que el tango.

—No crea usted, Rico, esa chica sí que tiene carácter. Lo que me pregunto es qué podría tener ella que ver con Concepción si nos decidimos a considerarla como una candidata a asesina. No concibo dos personas y dos maneras de ser más opuestas.

—Y lo más importante: la diferencia de edad.

—Nunca acabamos de conocer bien a las personas. En fin, yo la descartaría, pero es que andamos un tanto escasos de candidatos verosímiles y ella verosímil no es, pero genio sí que tiene la niña.

—De acuerdo. ¿Alguien más? ¿El militar?

—¿El viudo de Asunción Lobo? *Pas mal*. Pero es bastante bruto, bastante primario. Ése no está para planear otra estrategia que la de ¡a mí la legión!

—Los militares estudian estrategia.

—Sí, para el campo de batalla. Esto es otra cosa.

—Por cierto, que me he enterado de que anda tonteando con esa que se llama Lolo.

—¿Lolo Escabias? ¡Madre mía, lo que hay que oír! ¿Quién le ha dicho eso? Es una cuarentona pizpireta, bueno, no sé por qué lo digo así porque yo estoy a punto de entrar en los cincuenta. Pero esa familia Escabias es más antigua que el hilo. Si tontea será de una manera más bien relamida y beatona. Y eso que, comparada con su hermana Prudencia, Lolo es la alegría de la huerta.

—Sí, la verdad es que dan un poco de grima.

—¿Y Pedroñero?

—Rudo de pensamiento. Ése es un hombre de campo.

—La astucia del campesino no es desdeñable. Además, para crear, ordenar y mantener un jardín hay que tener un método, perseverancia y organización. Yo diría que no son malas cualidades. Y tampoco creo que sea alguien que se achanta si tiene que quitarse un problema de encima. Yo conocí a un tipo de pueblo, listo, pero con muy mal carácter, todo hay que decirlo, al que visitó un inspector de Hacienda para anunciarle que, si no respondía a sus requisitorias de pago, le mandaba a la Guardia Civil. ¿Sabe lo que hizo el tipo? Se metió en su casa, salió con su escopeta y le espetó a bocajarro: «¡No hay cojones!». ¿Qué le parece?

—Vale. Se admite la probabilidad de Pedroñero, pero yo me pregunto: ¿qué motivo podría tener para matar a Concepción? Porque no se me ocurre ninguno.

—Cierto. Nunca se sabe, pero es cierto que no asoma motivo. Al menos a mí no se me ocurre.

—Pues la nómina no da para más, señoría.

—¿Y esa tal María Jesús Cicuéndez?

—Ésa es el topo de Javier Goitia.

—¡Qué me dice usted!

—Yo he hablado con el señor Goitia, ya sabe usted que nos conocemos de cuando vino usted a Madrid a la boda de la hija de su amiga. Él y su amigo López Mansur nos echaron una mano en aquel asunto. Una mano muy efectiva, aprovecho para decir.

—Sí, menuda pareja. Así que Watson sigue por ahí indagando a su aire... Y tiene un topo. Será desgraciado... No me ha dicho nada de eso.

—Disculpe lo que le voy a decir, pero él estaba quejoso de que usted no le hacía ningún caso.

—Eso le dijo, ¿eh?

—Pues él debe de tener alguna información. Cuando yo interrogué a la Cicuéndez no me soltó prenda, sólo vaguedades, aunque me pareció que se estaba divirtiendo.

—Ésa es una frescachona de mucho cuidado y debe de saberlo todo sobre los miembros del club. Tengo que reconocer que, si es un topo de Javier, está muy bien elegida. Se me debería haber ocurrido a mí.

—A lo mejor usted le sonsaca algo, yo ya estoy quemado. Y creo que el señor Goitia podría ayudarnos, como la otra vez.

—No crea usted que ayudó tanto, le gusta adornarse con plumas ajenas. Es listo y está acostumbrado a mirar e indagar, por eso es un buen periodista. Pero de ayudar en este caso, nada de nada, provocaría más embrollo que otra cosa. ¿Sabe usted que está anotando el proceso de investigación? Por eso es peligroso. En una de éstas decide convertirlo en un reportaje y...

—No creo que le haga a usted eso sin su permiso. Es un hombre cabal.

—Recibido el mensaje, pero si me pone en la tesitura de tener que autorizar ese hipotético reportaje, lo mismo tendría que ejercer de censora y no quiero llegar a esa situación. Es mi compañero y, por eso entre otras cosas, considero que es mejor prevenir que curar. Apóyese en él, si usted quiere. Y no le pierda de vista por si acaso encuentra al asesino antes que nosotros, o nos encontraremos con otro cadáver más.

—Eso ni lo mencione.

que curar. Apóyese en él, si usted quiere. Y no le
pierda de vista por si acaso encuentra al asesino antes que nosotros, o nos encontramos con otro cadáver más.

—Eso ni lo mencione.

Debe de ser que me gusta aprovechar las ocasiones
para reunir diversas actividades en un solo envite; el
caso es que propuse a Julia echar la mañana en el Jardín Botánico, que no conocía, y aprovechar para ins-
peccionar el lugar del crimen. Donde menos se piensa,
salta la liebre.

Julia era una mujer algo más joven que Mariana.
Era alta y espigada, tanto que parecía no pisar la tierra
cuando caminaba, sino andar con el viento en una
suerte de vaivén encantador. Tenía un aspecto más
bien andrógino con su pelo cortado como un chico y
peinado a raya; con falda corta, que no era lo más frecuente en ella, sus piernas parecían aún más largas de
lo que eran. No solía usar zapatos de tacón alto salvo
cuando iba de fiesta; olía a lavanda.

Tomamos un taxi que nos dejó al final de la calle
Espalter, que termina en la plaza de Murillo, donde está
la entrada del Jardín. Compramos nuestra entrada y
nos internamos en el paseo de Lagasca. El Jardín estaba
en su mejor momento para mi gusto. En plena primavera es un espacio hermoso y florido, con árboles muy
importantes y distinguidos, como el gran almez, la esbelta y poderosa secuoya, el viejo y mutilado «pantalones», un olmo que parece contener en su antigüedad

herida la memoria de un olvidado cuento de elfos; están la aérea elegancia del pino mediterráneo, la imponente alzada del roble, el formidable y delicado pino llorón del Himalaya. Me dediqué a presentarle a Julia plantas, arbustos y árboles de todos los tamaños dándomelas de experto, aunque mi experticia se nutría sobre todo de los carteles plantados en tierra que anunciaban oportunamente los nombres de cada uno de sus habitantes; incluso llevado de una inesperada euforia, aproveché para citar alguno de sus nombres en latín. Le decía, por ejemplo:

—Mira este soberbio ejemplar de tejo o *Taxus baccata*. Es un árbol tóxico que puede ser mortal; se dice que los cántabros se suicidaban con su veneno para no caer prisioneros de los romanos, pero también se usa para curar o mitigar cánceres.

—Te recuerdo que vivo en Cantabria, cicerone imberbe.

Y, sonrojado, me apresuraba a desdecirme:

—Ya sabes que lo mío es meter la pata, cielo.

—Es así como mataron a esa...

—¿Concepción Rivera? No. La envenenaron con un cocimiento del acónito, y el cadáver no se encontró bajo el tejo, sino bajo una palma real. Luego te llevo allí, si quieres.

—Vale. No soy morbosa, pero sí que soy curiosa.

Las azaleas estaban en flor, lo mismo que los rododendros y las rosas en la rosaleda, los pendientes de la reina y tantas otras. Era un espectáculo pasear entre toda esta eclosión vegetal (porque hasta unas pequeñas plantas de flores blancas diminutas que olían a miel reclamaban la atención de los paseantes), camelias, magnolias varias, las exuberantes peonías, felices como niñas de coloridos mofletes, los parterres de las varie-

dades de esbeltas dalias... Al final del paseo, ya en la
tercera terraza, se hallaban las palmas y, entre ellas,
la palma real de México bajo la que encontraron el cadáver de Concepción.

—¿Y nadie lo vio esa tarde?

—La tarde ya había caído, por lo que se dijo. Por lo
visto, el crimen se produjo a escasos minutos del cierre
del parque y no la encontraron hasta la mañana siguiente.

—Qué lugar tan adecuado para morir, ¿no te parece? Un jardín.

—Adecuado, sí.

Eso había pensado yo antes. La imagen de Concepción tendida decorosamente de espaldas bajo la palma,
aunque con el gesto crispado, me dejó perplejo otra
vez. No había ninguna clase de brutalidad en este crimen. ¿Acaso el asesino se molestó en escenificar su
maldad? El caso es que no debió de darle tiempo a disponer esa puesta en escena, salvo que trajera muy pensado el efecto que deseaba producir; y ése era un riesgo
real; de haberse retrasado un minuto habría quedado
atrapado en el recinto y tenido que pasar la noche al
raso o probar a saltar la cerca metálica coronada de
puntas de lanza en las que bien podría haber quedado
prendido y desangrado. La verdad es que, cuanto más
pensaba en el crimen, más absurdo me parecía. ¿Qué
manera de matar era ésa, cuando la aconitina se puede
utilizar en cualquier otro momento del día y en cualquier otro lugar? Pero, no, éste era el lugar elegido.
¿Por qué? Ésta era la pregunta.

Quizá el lugar fuese un escenario de odio redoblado, una venganza en todo acorde con la afición por la
jardinería, un trágico sarcasmo lleno de maldad. Nunca llegó a pensar Concepción que en esta forma iban a

acabar sus días, claro está; quien lo pensó fue su asesino y éste tenía que ser necesariamente un miembro del club. Lo cual me llevó a reflexionar sobre mis andanzas en ese siniestro club porque quizá, sin saberlo, había estado tomando copas o de charla, o interrogando disimuladamente, a un criminal desalmado. Y un escalofrío que llamó la atención de Julia me recorrió la espalda.

—Te pasa algo. No me digas que tienes frío.

—Debe de ser el frío de la muerte —contesté.

—Anda, no digas chorradas.

Pero algo así debí de sentir porque la idea de estar tratando con un asesino o asesina como si nada, compartiendo una cerveza, un refresco (siempre tenían limonada en la nevera) o un vaso de vino, me producía una desagradable incomodidad en la boca del estómago. Julia se quedó observando la palma real como si se tratara de una obra de arte, y la verdad es que lo merecía. Y de nuevo mis pensamientos volaron en pos del autor del crimen: ¿por qué elegir ese espléndido ejemplar de palma? Otra vez me rondaba la idea de la puesta en escena.

Habíamos hecho el recorrido completo por las tres terrazas. Tras la última estuvimos a punto de entrar en el Pabellón Villanueva, pero se hacía tarde y pretendíamos tomar un aperitivo junto al parque del Retiro. En la tercera terraza lucía también la palmera canaria. Luego nos internamos en la glorieta de los castaños de Indias y descendimos hacia la puerta de entrada. La mañana era magnífica, despejada y luminosa. Un día ideal para pasear. Y paseamos por el Retiro.

—¿Tú sabes qué profundidad tiene el estanque?

Nos habíamos acomodado en una terraza muy concurrida, al final del estanque, y observábamos a la gente que maniobraba con bastante torpeza las barcas de remos entre risas y salpicaduras. Producían una notable sensación de inseguridad entre los observadores, alineados tras el borde del paseo o sentados, como nosotros, en la terraza.

—Yo creo que no cubre, que si te caes al agua, como puede que les suceda a los jovenzuelos que tratan de impresionar a las chicas que transportan con tan poca pericia, saltarán de nuevo a la barca tranquilamente o la volcarán y tendrán que arrastrarla hasta la orilla. En todo caso, no hay peligro.

—Qué desilusión. Claro, como en Madrid no hay mar... —comentó Julia, melancólica.

—Todos estos marineros de agua dulce harían igual el ridículo en el Cantábrico.

—El Cantábrico es más bravo, sí.

—Aquí hay peces que son alimentados con pan, galletas, panchitos y cortezas por la gente y están gordos como trullos. También malacostumbran a los patos. No sé cómo no se mueren con toda esa mierda en el cuerpo.

—Déjalos, se divierten y no creo que intoxiquen a ninguno de los patos. Seguro que están felices atiborrándose de las porquerías que les echan los visitantes, lo mismo si se las proporcionan los adultos como si son niños. Y, además, a ti qué te importa. Las gaviotas, por ejemplo, se están alejando del mar y acudiendo a los vertederos de las ciudades. Eso sí que debe de ser malo. Pronto llegarán hasta aquí. Si Madrid no tiene mar, al menos tendrá gaviotas.

—No sería mal crimen, ahora que lo pienso, matar y tirar el cadáver por la borda. Con tan poco fondo y un agua tan turbia, el estanque es una tumba segura.

—¿Te parece?

—No sé. Cada equis tiempo lo desecan para limpiarlo. Lo mismo un día se llevan una sorpresa.

—Eso me parece más factible que envenenar a alguien en un rincón del Botánico —dijo Julia.

—Tienes razón, lo de Concepción Rivera es propio de una mente retorcida.

—O de una mente narcisista yególatra. Por lo que voy sabiendo, yo creo que es un crimen elaborado para llamar la atención y para sentirse protagonista, dicho en sentido figurado, claro. Está tan bien medido, tan bien ejecutado... El asesino os tiene locos, pero Mariana lo atrapará.

—Está muy despistada, te lo digo yo.

—No creas. Ya te dará una sorpresa cuando menos te lo esperas. Compartir cama no te da derecho a hacer juicios temerarios.

—Lo que me faltaba por oír.

—Hay algo que me viene intrigando cada vez más
—dice la juez De Marco— y es que no hemos tomado
en consideración, en cuanto a su significado, el pañuelo que se halló junto al botellín. ¿Qué hacía allí ese pañuelo? Evidentemente era de Concepción y se ha comprobado, pero lo extraño es que estuviese en el suelo,
junto al botellín. Concepción era una maniática del
orden y, en efecto, en la escena del crimen todo estaba
en orden: el bolso, el contenido del bolso, su propia
postura de durmiente... Sólo disonaban el rictus de dolor en la cara y... el pañuelo. ¿Cómo es que no estaba
en su sitio, dentro del bolso?

—Lo habría usado para limpiarse la boca, digo yo
—responde Encarna.

—La científica no halló resto alguno de aconitina
en el pañuelo, Encarna, y si lo usó para limpiarse los
labios...

—Vaya una a saber cómo reaccionar en esos momentos. A lo mejor lo sacó del bolso para limpiarse los
labios, como tú dices, y luego se arrepintió; o no le dio
tiempo ni a eso.

—El veneno no es tan fulminante. Pero vamos un
poco más allá. Es evidente que ella no pudo colocarse
en esa postura de sueño sobresaltado porque debió de

320

reaccionar a los efectos de la aconitina. Y, por si queda alguna duda, el ramito de acónito en una de las manos anuncia al *metteur en scène*, lo cual quiere decir que el asesino, por crueldad extrema o misericordia, quizá lo debió de recolocar una vez muerta. Mi pregunta es: ¿dejó el frasquito con intención o por olvido? Esto último es improbable si aceptamos el aire de puesta en escena que acompañaba al cadáver. Si fue con intención, ¿qué intención? ¿No habría sido más lógico llevárselo consigo? Y aún más extraña me parece la presencia del pañuelo. Que lo sacó para usarlo es indudable porque las epiteliales que contenía eran sólo de Concha. ¿Murió justo antes de utilizarlo para limpiarse la boca?

—Hay que ver las vueltas que le das a la pelota, Mariana. A eso se le llama en lenguaje castizo «cogérsela con papel de fumar». Yo lo que creo es que se nos está yendo la olla con tanta complicación. ¿No podría ser todo más sencillo? Esto de darle vueltas a todo me acaba mareando.

—No, Encarna, no. La solución a este crimen está en los detalles; visto en conjunto es incomprensible, pero los detalles...

—Los detalles atontan. En mi familia, que era muy de sentencias, se decía eso de que «los árboles no dejan ver el bosque», y qué razón tenían.

—Según, Encarna, según. Si quieres describir un bosque, no puedes ir de árbol en árbol porque lo importante es la visión de conjunto, la visión del bosque. Pero para desentrañar un asunto muy enredado del que, además, no tienes hilo del que tirar, lo que te va a llevar al corazón del ovillo es dar con el cabo, que a menudo no está a la vista, pero que se puede encontrar con inteligencia y estrategia. ¡Cuántas veces no habré yo dado con el quid de un misterio gracias a los detalles! Los detalles sugieren, si tienes imaginación.

—Pues mira, yo soy más positiva y me guío por lo que está a la vista; y no creas que me equivoco así como así, jefa, que una está muy trabajada por la vida.

—El pañuelo, Encarna. Ahí hay un indicio real porque es lo único que disuena del conjunto de la escena, junto con la botellita y el ramillete de acónito. Eso y la postura de sufrimiento y de inconformidad con la muerte, en definitiva.

—Estás hilando muy fino y por ahí te vas a perder, como con los árboles.

—Ya veremos. Tú no me conoces bien.

—Eh, no te hagas la interesante. ¿Cómo que no te conozco? En el tiempo que llevas aquí te he cogido el tranquillo. ¿O no?

—Si tú lo dices, será, pero aún espero darte unas cuantas sorpresas.

—Pues date prisa porque el tiempo pasa y nos hacemos mayores.

—Dios, o la Materia en su caso, proveerán.

—Esta lata la tenemos que abrir, jefa.

—¡Y dale! ¿Qué te ha pasado para que ahora me llames así?

—Lenguaje de barrio, que es lo mío.

—¿Diez miligramos de aconitina? ¡Pero eso es una barbaridad!

—Se ve que buscaba liquidarla cuanto antes —dijo el subinspector Rico, lacónico.

—O, simplemente, quiso asegurarse —apostillé yo.

—Lo extravagante —siguió comentando el subinspector— es que no se oyeron los estertores de la víctima. Piensa que quizá duraron quince minutos.

—O menos. Con diez miligramos en el cuerpo...

Me había encontrado con el subinspector Rico en la entrada al edificio de los juzgados de la plaza de Castilla. Él salía de despachar con Mariana y yo llegaba en aquel momento con la misma intención, y aprovechamos la ocasión para tomar una cerveza en un bar cercano.

—Lo que me asombra —estaba diciendo el subinspector— es la sangre fría del asesino. Si suponemos que la mató al borde de la hora de cierre del parque, hay que tenerlos bien puestos para enfrentarse a la posibilidad de que la mujer, en esos últimos momentos de su vida, no tratara de levantarse y pedir auxilio. Sin contar con los estertores de la muerte, que serían audibles en torno a donde se encontraba. Esa zona, además, da a la calle peatonal, y el ruido del tráfico del

Paseo del Prado no apagaría necesariamente sus gemidos dentro del parque. La verdad es que no lo entiendo. Todo en este caso es incomprensible, nada tiene lógica.

—Ésa es su singularidad —dije yo—. Es como si hubiera habido una alianza entre la planificación y el azar. Aunque Mariana, perdón, la juez, no quiere admitirlo, está más perdida que un dromedario en el Ártico. Pero no me hace caso y yo tengo alguna información que podría orientarla. Estoy muy en contacto con varios de los miembros del club, pero no como tú, un poli, sino a su nivel, mezclado con ellos.

—Yo estoy dispuesto a escuchar cualquier información. No tengo prejuicios, no te cortes.

—No son prejuicios, sino disputas convivenciales. Cuando una convivencia entre dos se atasca, lo mejor es dejarlo correr. Siempre hay una nueva ocasión de desenredar la madeja de las emociones. Ya llegará. No es bueno tratar de aclarar las cosas estando a la greña... No, rectifico, a la greña no: en un simple intercambio de posiciones encontradas que, por otra parte, es más bien frecuente entre gente como nosotros, españoles auténticos.

—Pero tú y yo no dormimos en la misma cama, así que conmigo puedes explayarte.

—También es verdad.

—Perdóname si te parezco impertinente, pero contesta a una sencilla pregunta: ¿por qué te has empeñado en emular a Mariana?

—¿Emular? ¿Yo? No creo que la cosa sea así. Yo sólo pretendo contar una historia y, si me lo permite, publicarla. Eso es todo —respondí con una sonrisa de suficiencia.

—No sé qué decirte. A mí me parece que hay algo

más detrás de ese interés. Yo he dicho emular, ¿sabes?

—¿Como detective aficionado de novela? Quizá, ésa no es mi intención. No reduzcas mi actitud a un asunto de competitividad entre ella y yo. Demasiado fácil, no eres psicólogo, señor policía.

—Bueno, volvamos a lo que estábamos hablando. Habías quedado en pasarme tu información, ¿no?

Al final bajé la guardia y, animado por su amistosa compañía y a sabiendas de que de inmediato iría a ver a Mariana, le solté la información.

—¿Así que un crimen «sofisticado»? ¿Eso le dijo a usted Javier? Mire por dónde empiezan a coincidir las opiniones. Es una palabra sugerente. Añade luz a la sensación que he tenido hace poco de recibir un golpe de ídem, que me llegó hablando con mi amiga Julia, que está en Madrid. Un crimen sofisticado. Tiene razón Javier, aunque me cueste concederle ese punto en esta competición que nos traemos los dos. ¿Quién cree usted que ganará, Rico? Al fin empieza a manifestarse la claridad.

—Usted. Espero que no sea por mi chivatazo.

—Pues no crea. Está bien visto lo de la sofisticación, hace pensar... y ayuda a eliminar posibles ejecutores, aunque me temo que yo tengo un as en la manga, como suele decirse, que no deja de coincidir. Él está pensando en una posibilidad de sofisticación y yo en otra distinta, y empiezo a intuir que la mía es la buena. En fin, Rico, ya estamos más cerca.

—Más cerca ¿de qué?

—De resolver este misterio tan *sofisticado*.

—Hay que ver el juego que está dando la palabreja.

Las horas siguientes las ocupó Mariana de Marco en citar y volver a interrogar a un selecto grupo de miembros del club jardinero: Fermín del Águila, Maite Pereña y Lolo Escabias. También citó a Pedroñero y, como fue el primero en llegar, empezó con él. No puedo decir que yo supiera lo que se traía entre manos, pero su decidida actuación me indicó que estaba cercando la pieza a la que quería abatir. El modo de actuación de Mariana es siempre el mismo, al menos en los casos que yo conozco: navega de manera general por aguas inciertas hasta que, de pronto, levanta la cabeza, fija un rumbo y lo sigue sin vacilar. Ella dice que es intuición, pero yo creo que, por el contrario, es una suma de indicios en los que ha ido fijando la mirada, intencionada e incluso casualmente; hablo de indicios que un ojo experto acumula en la memoria, bien porque le atraigan por su singularidad, bien porque disuenan del conjunto, bien por azar. Su inconsciente los fija y los guarda; son esas piezas de un puzle que van quedando orilladas porque le parecen de difícil encaje, hasta que reclaman su sitio. No es intuición, pues, sino una recolección de sugerencias, de chispazos cuya razón de ser no está a la vista, pero cuya singularidad, insisto, los hace distintos porque están fuera de lugar y, cuando en el curso de su investigación algo los relaciona, todos se alinean en una sola dirección. En ese momento ya no se trata de buscar al culpable o culpables, sino de encontrar las pruebas que fundamentan su culpabilidad. Y estoy seguro de que, a estas alturas de la investigación, Mariana ya conocía la solución.

Yo sigo sin saber por qué no consigo ligar los datos que poseo, quizá porque no sean los importantes; estoy seguro de que los mismos detalles que han iluminado a Mariana los he podido captar yo, pero no veo más allá de esos detalles, es decir, no veo ni capto su aura, por decirlo de alguna manera, porque para mí son meros detalles semejantes a otros tantos, no encuentro lo que los diferencia entre sí, lo que los hace significativos; lo mismo que no soy capaz de distinguir una esmeralda auténtica de una buena imitación. En otras palabras: yo no soy un perista y ella sí; entonces ¿por qué diablos me meto a investigar su propio caso? Buena pregunta para un psicólogo.

La verdad es que me proponía hacer una crónica de este caso siguiendo a la juez, solamente eso, no soy un investigador policial, pero sí un periodista de investigación y la realidad ha vuelto a ponerme contra las cuerdas. Como en nuestra lengua hay dichos para todo, aquí aparece oportunamente el que me corresponde: «Zapatero, a tus zapatos».

Y mi zapato es la crónica de un suceso esclarecido, no una indagación detectivesca. Y la pregunta del subinspector me hiere al recordarla: ¿por qué te has empeñado en emular a Mariana? No tengo respuesta. Y no la tengo porque no quiero saberla, aunque suene paradójico. Estamos en terreno movedizo, muy movedizo, y no tengo ganas de pisar en él, aunque sepa que debería meterme de hoz y coz porque, en esta vida, los problemas a los que no se reconoce y a los que no se les da nombre acaban siendo una carga que se arrastra ciegamente para nada. No hay carga más pesada y más dolorosa que un saco lleno de frustraciones y malentendidos. Y yo no me veo acarreando ese saco a la espalda por las calles de Madrid.

Desde nuestra vuelta a esta ciudad suya, Mariana está distinta. Puede que sea el efecto regreso, puede que sea el reencuentro con la ciudad donde nació y creció hasta su dolorosa y detestable separación matrimonial. «Hay que amar, sí, pero no venderse por un amor», le dijo a Julia, según me contó ella cuando la conocí y nos confiamos el uno a la otra. «Así que no se casará contigo, siento decírtelo», concluyó Julia taxativa. Bueno, yo pensé que eran celos de amiga; y tampoco consideré seriamente la idea de casarme con ella, es cierto, aunque con el tiempo... Y, de pronto, en el mismo lugar del drama, donde la herida podía volver a sangrar porque su ex estaba allí, al frente del mismo despacho de abogados que ambos crearon con los otros dos socios, actualmente uno de los bufetes penalistas más prestigiosos del país, en vez de traerle recuerdos envenenados le insuflaba una seguridad y un empuje que parecía haber perdido desde el caso del cuadro de Monet desaparecido, su único gran fracaso; o así lo vivía ella desde entonces. Porque fue aquí, en Madrid, cuando vinimos a la boda de Ana Patricia Yepes, cuando pareció llenarse de la luz de un Madrid radiante para ella y nuestra relación alcanzó la cota más alta de felicidad, y desde entonces toda su dolorosa historia anterior pareció desvanecerse por completo en su memoria.

Y es verdad que está distinta. Lo que ahora me llama la atención, y no me gusta, es una nueva actitud como juez. La he visto llevar a cabo una instrucción en otras ocasiones y la diferencia está ahora en el modo; sí, por decirlo con claridad y llaneza: creo que se ha vuelto un tanto prepotente y esa característica no concuerda, no es propia de ella; esa manera de «ir sobrada», como se dice en lenguaje coloquial, es una mezcla de engreimiento y seguridad que poco tiene que ver con las precauciones que toma habitualmente en sus investigaciones. Y no se trata de rencor por mi parte, lo juro, pero me siento ninguneado, apartado, y no veo la razón por la que se comporta así, nunca me había dejado fuera de sus pesquisas, de sus confidencias e incluso del mero compartir sus inquietudes, de un modo tan evidente.

De ahí procede mi desconcierto.

¿Habrán hablado de este asunto Julia y Mariana?

De todos modos, creo que he hecho mal en contarle a Julia todo lo que sé sobre este caso. No hay que dar ventaja al contrincante, y la verdad es que, no por causa mía sino de ella, Mariana y yo casi nos hemos convertido en contrincantes. Lo cual me desconsuela, lo digo con sinceridad y con pena. ¿Qué es lo que ha cambiado entre nosotros? ¿Y por qué?

Esto hay que afrontarlo sin dilación. No me importa perder, es algo a lo que estoy acostumbrado por mi mala cabeza, pero sí que me cabrea perder algo importante sin saber por qué y sin dar la batalla.

—Me encanta haber salido a cenar contigo, Mariana, como hacíamos en G...

—A mí también, pero esta noche no es como aquéllas en tu piso, cuando las dos nos sentábamos a hablar de nuestras vidas, ¿verdad? Esta vez estás deseando soltar algo muy concreto. ¿Qué es? ¿Algo que ver con tu pareja? ¿Hay buenas noticias de tu investigación? ¿Un paso adelante en tu exitosa trayectoria de juez?

—¿Te parecería una buena noticia que te diga que ya tengo la solución a este enrevesado asunto de la muerte de la secretaria del Club de Amigos de los Jardines?

—No me extrañaría. ¿La tienes? La solución.

—La tengo, sí, y también al subinspector Rico esperando a que le dé vía libre para reunir los flecos que quedan para hacer una detención.

—Enhorabuena, Mariana. Eres implacable con el delito.

—Pero ¿a ti qué te pasa? ¿Cómo puedes hacer un comentario tan frío? Te estoy diciendo que he resuelto el caso. Y que sepas que la confirmación la tuve gracias a ti, cuando me contaste tu conversación con Javier.

—¿De veras? Entonces habrá que felicitar a Javier también.

—No digo que no, aunque la intervención de Javier sólo tiene un valor de sugerencia acertada; quiero decir que él no te dio la solución, sino una pista que, unida a otras precedentes, me vino a dar el cabo del que tirar para desenredar el ovillo. Javier no leyó bien la información de la que disponía, la tuve que leer bien yo.

—Oye, Mariana, ¿todo sigue bien entre vosotros?

—Sí, claro que sí. ¿Por qué?

—No sé. Sensaciones mías.

—Qué tontería. No empieces a dar vueltas a lo que no existe, que te conozco. Javier y yo nos seguimos llevando estupendamente. Está un poco pesado, pero eso es cosa de la edad; y del paro; ambos, juntos, no son lo mejor para la tranquilidad del alma; pero no hay más, es una coincidencia circunstancial. En fin, ahora no es mi principal preocupación, lo verdaderamente importante es resolver el crimen del Botánico, que, por cierto, requiere echar la vista atrás, a mucho antes del día de la muerte de Concepción Rivera, en concreto a un año antes, más o menos.

—¿Ah, sí?

—Sorpresa, cariño. El asunto tiene historia y nadie ha reparado correctamente en ella porque, cuando las cosas se dan por sentadas, la duda desaparece. El secreto de todo misterio es siempre dudar de las apariencias, y en este caso las apariencias se impusieron a la realidad de los hechos.

—No sé de qué me estás hablando; lo que sí sé es que te encanta hacerte la misteriosa, así que empieza con la exhibición de tu talento.

—Detecto una reticencia en ti que no sé a qué atribuir.

—Lo que yo detecto en ti es que escurres el bulto cada vez que menciono a Javier.

—Pero ¡qué pesada estás con eso! ¿Qué pasa ahora, que te has convertido en una especie de carabina al revés?

—He visto a Javier resentido y, como creo que es un hombre de muy buena pasta, me preocupo por él. Me da la sensación de que no ocupa un lugar preferente en tus preocupaciones.

—Pues lo ocupa, cariño, no seas plasta...

—No lo veo yo tan claro como tú. Javier está tocado, aunque lo disimula bastante bien, por lo menos contigo. Yo lo he notado a la primera y, no sé, pienso si no estarás tan absorta en tus asuntos, en tu investigación, que no te has dado cuenta de lo apartado que se siente.

—¿De quién, de mí? Eso es absurdo. Seguimos viviendo juntos y a gusto, Julia, no me vengas con imaginaciones... ¿O es que él se te ha quejado? ¿Es eso? Si es así, me decepciona mucho.

—No, no hemos hablado de nada concreto. Te estoy hablando de lo que yo noto, de lo que yo deduzco. Si él tiene algo que decirte, que yo no sé, te lo dirá.

—Pues no deduzcas porque no hay nada que deducir, no te pongas en plan Antoñita la fantástica.

Entonces los acontecimientos se precipitaron. Yo ya me había dado casi por vencido por mi incapacidad de seguir adelante en el misterio de la muerte de Concepción; de pronto me sentí ridículo. ¿A quién pretendía engañar? No tuve tiempo de reaccionar, tomar las cosas de otro modo y variar el sentido del entuerto en el que me había metido yo mismo. Supongo que la sensación de estar de sobra en la vida laboral y tener que andar buscando encargos ocasionales me descolocó. Saber que podía no ya estar a la intemperie momentánea, sino que quizá nunca volviera a ejercer mi oficio en condiciones normales, como había hecho siempre antes de la crisis que nos estaba empobreciendo, no conseguía asimilarlo.

El caso es que, en medio de toda esta circunstancia, recibí una llamada de María Jesús Cicuéndez citándome con prisas.

—He estado pensando —me dijo en cuanto nos encontramos en una céntrica cafetería— en nuestro club y preguntándome por qué alguien querría desear la muerte de Concepción y no se me ocurrían más que motivos menores que no bastaban para justificar el asesinato. Si quieres que te diga la verdad, yo creo que el club es un nido de víboras y desocupados, yo la primera, porque no me privo de imaginar pequeñas venganzas e incluso llevarlas a cabo, que ahí me considero una virtuosa; pero ¿matar? Aquí hay cuernos y engaños y zancadillas y rencores, nada más, no asesinos, ni siquiera en potencia.

—Eso no lo sabes. Nadie lo sabe hasta que las circunstancias le ponen a uno en el disparadero —objeté.

—Bobadas —dijo, tan segura de sí misma como de costumbre—. Si yo te digo que no hay, es que no hay.

—Vale, ¿y qué me dices de la señora de Vázquez-Simón con su puñetera terraza?

—¿Ésa? No me hagas reír. Ésa es capaz de hacerte cualquier putada, pero matar, nada de nada, aunque le birlen al marido, que lo mismo lo agradecía.

—No estés tan segura; por dignidad se cometen las mayores aberraciones, y ésa es, de profesión, esposa digna. No soportaría un abandono. ¿Tampoco unos cuernos? —pregunté con toda intención.

—Tampoco; es decir, si se acaba sabiendo; si no, ya sabes: ojos que no ven, corazón que no siente. Mientras los demás no vean... ¿Por qué lo dices?

—Por nada. Y la mujer del pediatra, por ejemplo.

—Una experta en bajarse las bragas, nada más. —Aquí asomó la veta castiza de Cicuéndez.

—No me parece que sea para tanto. Pero es una mujer inteligente, capaz de planear con toda tranquilidad una forma de librarse de una rival.

—No me digas que te ha echado los tejos ya. No sé lo que entiendes tú por inteligente. Esa calentorra no tenía ninguna razón para cargarse a Concha porque Concha no era el tipo de mujer con la que se enredaría su marido. Además, va de sofisticada por la vida, y no tenía ninguna razón para odiarla. Esa pareja hace de su capa un sayo por quien le gusta. No, ahí no hay celos, así que no hay motivo.

—Vale, ya veo que eres una experta en descargar sospechas, pero alguien lo ha hecho, alguien ha matado a Concepción —dije por decir algo. ¿A dónde quería llegar?

—¿No se te ocurre nadie más?

—¿Y a ti? —contraataqué.

—Tengo mis sospechas.

—Entonces deberías contárselas a la juez De Marco.

—Prefiero colaborar contigo.

—¿No te me estarás insinuando? —Empezaba a no gustarme el giro de la conversación.

—¿A ti? Ni lo sueñes. No es que estés mal para un polvo o dos, pero yo busco otras cosas, déjate de ilusiones.

—Vaya con doña tiquismiquis. Pues yo no tengo la sensación de que te ronden tanto como para permitirte el lujo de hacer desprecios. —Estaba empezando a arrepentirme de haber acudido a la cita.

—No son desprecios, son gustos; pero a lo que íbamos antes de este ejercicio de esgrima que nos traemos: ¿qué sospechosos quedan?

—Las hermanas Escabias —aventuré por decir algo.

—Pues mira, no creas que andas tan descaminado.

—¿Ah, no? ¿Puedo saber por qué?

—No te lo mereces, pero te daré otra pista porque me estás dando pena.

—Vaya por Dios, qué chica tan compasiva.

—Ay, gracias por lo de chica, eres un sol.

—Siempre lo he sabido.

—No me digas que no has puesto tus ojos de lince en un tapado como el militar —dejó caer mi interlocutora.

—¿Quién dices? ¿Fermín del Águila, el viudo de Asunción Lobo, la recolectora de acónito?

—Precisamente.

—Venga ya, no fastidies. —Pero ahora la conversación empezó a interesarme.

—Es un buen candidato y tenía un asunto con Concepción.

—¿Un asunto? ¿Qué clase de asunto?

—Y con Lolo. ¿Qué te parece?

—No me parece suficiente para matar a Concha, ni aunque estuviera a malas con ella. Es verdad que es un militar y a ésos, cuando les da un pronto... Pero no, definitivamente, no.

—A ver, don periodista, ¿se te ocurre quién tiene capacidad para programar una muerte semejante? Porque sólo hay una persona capaz de montar una película como ésta, o sea, por carácter, por modo de ser, por experiencia... Chico, piensa, se ha escondido habilísimamente todo este tiempo.

—No tengo ni idea ni quiero saberlo; me tienes harto con tus chismorrerías, de verdad, pareces una resentida de la vida.

—Vale. Yo creo que te interesaría mucho saberlo. La verdad es que antes por poco das en el clavo, aunque fuera por casualidad.

—Venga, suéltalo o no acabaremos nunca. ¿Para esto es para lo que me has llamado?

María Jesús lo estaba pasando bien y yo, a mi pesar, me estaba interesando cada vez más. Puede que todo esto no respondiera más que al deseo de hacerse la interesante, pero un duendecillo me dijo que tenía que dejarme torear para intentar sacar algo en claro. Mi única duda era pensar que, si estaba realmente en condiciones de darme algo bueno sobre la muerte de Concepción, ¿por qué lo hacía ahora cuando hubiera podido informarme mucho antes? ¿Por qué ahora, así por las buenas, cantaba como un canario?

—Claro que sí, tú te mereces lo mejor.

—A ver, guapa, me parece que tú me has tomado el número cambiado. Deja de jugar conmigo y di lo que tengas que decir o...

—¿O qué?

Entonces creo que cometí mi mayor error, pero en mi descargo he de decir que había conseguido irritarme de verdad y, más que eso, hacerme sentir como un imbécil. O quizá era al revés: hacerme sentir como un juguete y cabrearme por eso. En cualquier caso, mi posición era de suma estupidez y no había marcha atrás; eso me lo dejó claro en seguida.

—O paso de ti.

—Pues tú te lo pierdes —siguió diciendo—, por sobrado.

—¿Sobrado, yo? Perdona, guapa, eres tú la que me está toreando de mala manera.

—Es la segunda vez que me llamas guapa. ¿Es con intención? —me soltó en plan castizo.

—Lo cortés no quita lo valiente.

¿Para qué dije semejante frase hecha que, además, no venía a cuento? Me estaba desarbolando y yo seguía ahí, dale que dale, sin cortar el tonteo de una vez. ¿Es que estaba tan vencido que ni siquiera sabía escaparme de su lamentable asedio o es que no sabía cómo recomponer la conversación por si acaso ella tenía en verdad algo que revelarme?

—Aquí la valiente soy yo, y ahora te quedas con las ganas de saber lo que te iba a contar. Abur, don listo.

Me lo tengo merecido.

La presencia de Julia Cruz en Madrid debería ser un apoyo para Mariana y, de rebote, un alivio para mí. Debería serlo, sí, pero en cambio se estaba convirtiendo en un elemento más del desconcierto en que vivía yo. Para Mariana, la presencia de Julia, que en toda ocasión anterior había sido siempre un tiempo de exaltación de la amistad según me había confesado ella misma en varias conversaciones, parecía considerarla esta vez como un suceso menor. Había una explicación en principio: que Mariana estaba muy cerca de cobrar la pieza, lo cual la tenía absorbida; sin embargo, el descuido con que trataba a su amiga, la falta de intensidad posterior al encuentro, que desde luego no se debía a que estuviese viviendo una segunda luna de miel conmigo, me hizo sentirme solidario con Julia. Ni siquiera le había hecho a ella el relato de su actividad en la instrucción del caso como en otras ocasiones.

Había dejado de interesarme el caso, a pesar de los anzuelos que me había lanzado María Jesús Cicuéndez. Era evidente que sabía más de lo que había dejado caer en nuestra conversación de este mismo mediodía y que me había amargado el aperitivo. La pregunta era: ¿por qué me había llamado María Jesús, a qué tantas prisas por vernos?

Estaba obligado a excluir intereses eróticos porque nuestra reciente relación de compinches no iba por ese camino. ¿Se trataba sólo de echarme una mano o de ayudar a echarle una mano al cuello a alguien, a la embajadora, por ejemplo? Salvo que se tratara de un caso de venganza por rencillas internas entre ambas, vaya uno a saber por qué, sus insinuaciones no tenían dirección ni, menos aún, sentido. ¿Sería Lolo Escabias la última conquista de Fermín del Águila al parecer? ¿Fermín y Lolo? Eso podría ser, lo reconozco. Esa Lolo, que también va de recatada, de alegre recatada más bien, podría ser una tentación para Fermín. En fin, no sé, y no tendría que estar perdiendo el tiempo con esta gente tan poco consistente, así que aquí cierro mi crónica.

Pero la pobre Concha está muerta y eso es un crimen, son palabras mayores, no una comedia de espíritus mediocres. Aquí hay alguien muy enfermo o muy resentido, alguien al límite de su resistencia a la frustración. En esas condiciones, un espíritu herido puede alzarse con la furia de un ángel vengador.

—Ah, buenas tardes, subinspector, gracias por venir. Creo que estamos cerca de resolver el crimen de Concepción Rivera, pero antes necesito que haga usted unas últimas indagaciones.

—Estoy a sus órdenes.

—Hay un asunto que no hemos tocado bien. Me refiero a la muerte de la señora Asunción Lobo, sucedida hace un año aproximadamente. Quiero que revise con el mayor cuidado todo lo referente a su defunción; es decir: causa, antecedentes, situación del matrimonio, testamento, si había alguien con ella cuando murió o el día en que murió, etcétera.

—¿Acaso cree usted que fue asesinada?

—Ni lo creo ni lo dejo de creer; lo que quiero es que ponga usted en marcha todo el aparato de investigación y que sea bien visible para todo el mundo, y por el mundo me refiero al club, familia y amigos de la señora Lobo. Quiero que remueva esas aguas haciendo el mayor ruido posible, ¿me comprende?

—Sí, por supuesto, pero no veo cuál es su intención. ¿Está buscando que alguien se ponga nervioso?

—Eso es exactamente.

—Pero todo el mundo piensa que se trató de una muerte accidental y normal.

—No tan normal. Recuerde que murió por causa de la aconitina.

—Que ella ingirió por error, si no estoy mal enterado. Sobre eso ya echamos una ojeada.

—He ahí el problema: que sólo echaron una ojeada para completar una información.

—No apareció la menor sospecha de muerte premeditada y no se pidió ninguna investigación. La autopsia tampoco ofrecía dudas.

—¿Dudas sobre una posible mano que dispensara esa aconitina?

—La aconitina procedía de una infusión preparada por la víctima misma.

—¿Este punto de la investigación arrojó algún resultado?

—No, la verdad es que no. Le repito que el acta de defunción se firmó sin reservas. La hipótesis de la muerte accidental de la señora Lobo era la más convincente, nadie aventuró que hubiera una mano tras esa muerte. Pero...

—Eso es lo que me preocupa.

—Entonces... ¿usted cree que la muerte pudo ser intencionada? En ese caso, la muerte de Concepción...

—Puede ser un segundo crimen. O no. ¿Qué le parece la idea?

—Si quiere que le diga la verdad, un poco traída por los pelos.

—Subinspector: la vista engaña, sobre todo si del escenario que los observadores tienen delante se retiran, casual o arteramente, algunos elementos.

—¿Qué elementos?

—Pues, para empezar, una pregunta: ¿cómo es posible que una persona acostumbrada a trabajar con plantas medicinales y venenosas tenga tal descuido que se beba una poción de una de ellas? Fíjese que he dicho plantas medicinales y *venenosas*. Estas últimas no se manejan y se mezclan alegremente, sino muy al contrario, quien las manipula lo hace con el mayor cuidado por la cuenta que le tiene. ¿Sabe usted si se encontró y analizó el recipiente del que bebió la dosis mortal? Y, sobre todo, ¿sabemos quién o quiénes estuvieron junto a ella o la visitaron el día de autos?

—No lo sé, no era un caso a mi cargo. Desde el primer momento se consideró que se trataba de un accidente fatal, entiendo.

—No quiero que entienda, subinspector; quiero que corrobore.

—La verdad..., me deja usted confundido; haré lo que me pide, pero le adelanto que sólo lo hago porque la conozco a usted y respeto su trabajo.

—Gracias, Rico, es todo un elogio viniendo de usted. En atención a ello, voy a explicarle algo más para tratar de reducir su confusión y como modo de agradecerle su confianza. Como primera medida, quiero aclararle que no sostengo que ambas muertes estén relacionadas de la misma manera. Es posible que sean dos hechos aislados que sólo una fuerza mayor reúne en un pequeño círculo como es el Club de Amantes de los Jardines.

—Amigos, señoría, y disculpe la interrupción.

—Usted... acaba de decir algo importante, Rico, y eso que yo no creo en lo azaroso más que en su justa medida, pero esa palabra, *amigos*, ha sido tan oportuna... Bueno, no se me quede mirando con esa cara de incomprensión. A poco que usted investigue en la dirección que le indico, creo que se dará cuenta de por dónde van los tiros. Y los venenos.

—Seguro que sí, pero por el momento estoy en blanco.

343

—Es tan frecuente no ver lo que uno tiene delante de las narices... A mí me ha sucedido con este caso.

—Muy bien. Voy a revisar todo lo que sea revisable de la muerte de Asunción Lobo. De todos modos, es un asunto pasado y enterrado, y no creo que podamos sacar mucho en limpio. Un año es mucho tiempo, sobre todo teniendo en cuenta que es un suceso olvidado y que no va a haber nada en lo que apoyarse.

—Salvo que muchas respuestas estén en la segunda muerte, la de Concepción, ¿no le parece a usted?

—Si a usted se lo parece, a mí me lo parecerá.

Cierro mi crónica y me rindo. La verdad es que ni siquiera debí haberla empezado. Pero no estoy decepcionado, sino vagando en un espacio anodino, desganado y más bien indiferente. He perdido todo interés en el relato y sólo mantengo una suerte de curiosidad desfallecida por conocer la verdad; de todos modos, tendré que esperar a Mariana para saber si el misterio era tal o si se trataba de una de esas historias que prometen mucho y se quedan en nada, en una tosca verdad sin trascendencia, una jugada de tu propia o nuestra propia imaginación necesitada de emociones. Desde luego, mi vida ahora es tan poco excitante que no me extrañaría habérnoslas con un crimen a la española, sin asesinos refinados ni tramas rebosantes de ingenio.

Mariana nos ha citado a cenar en casa, a Julia, al subinspector Rico y a mí, naturalmente. Menuda sorpresa. Hace días que no cocinamos y no creo que haya tenido tiempo de preparar nada, así que habrá encargado la cena porque cuando se pone solemne no nos despacha con cuatro cosas, sino que se vuelca en las *delicatessen* y en los platos encargándolo todo a alguno de los restaurantes cercanos con servicio *take away*. Como llevo una dieta de bocadillos y comida preparada por mí bajo la ley del mínimo esfuerzo porque, total, para almorzar solo... Y ella lo mismo, comiendo a todo correr en alguna cafetería cerca de los juzgados; qué vida más desastrada. A lo mejor es por eso por lo que siento esta especie de desidia, de falta de estímulos. Es algo parecido a esas lagunas de apatía y desconexión que a veces se te cuelan en el ánimo por la puerta de servicio.

No me extrañaría que buscase organizar una tormenta de ideas alrededor del caso, pero me coge cansado, sin ganas de hacer un esfuerzo, ni siquiera el esfuerzo de mantener una conversación o disfrutar de una cena. Eh, eso no es cierto: hace tiempo que no me regalo con una buena cena. Todo lo que tendré que hacer es abstraerme del asunto que debemos tratar y regresar al placer de la comida. Y de la conversación, si es que conseguimos salirnos del tema.

Pero viene el subinspector, así que no me extrañaría que el invitado de la noche fuera el crimen de Concha Rivera. Ya son ganas de darle vueltas. Bien es verdad que para ella es un asunto crucial porque debe dar fin a la instrucción sí o sí; yo ya me cansé. No me abruma, no me inquieta, simplemente paso de toda esta investigación tan liosa y tan reiterativa hasta que Mariana la ponga en manos del juzgado al que corresponda para que pueda llevarse a cabo el juicio, que es el verdadero y correcto final de toda esta historia. Y lo que son las cosas: en ese momento podré escribir la maldita crónica, que es lo que tendría que haber hecho. Pero ahora lo que me apetece es que me lo cuenten a mí, bendita vagancia.

El último acto

Los cuatro espectadores principales de esta historia, que por varias razones y caminos han seguido con atención diversos aspectos de ella y que ahora coinciden expectantes en la misma habitación una noche cálida de Madrid, degustan los aperitivos antes de sentarse a la mesa para cenar. Están convocados por la inquilina de la casa. Se encuentran repartidos en los asientos y las butacas del salón del domicilio de Mariana de Marco en el barrio del Niño Jesús, con el balcón abierto a la cálida y primaveral noche madrileña. La juez ha tomado para sí el sofá en torno al cual se sientan sus invitados. Julia Cruz, Javier Goitia y el subinspector Rico contemplaban a su anfitriona como quien se dispone a asistir a una agradable y emocionante sesión de magia, pues así puede definirse el esperado desvelamiento de la verdad en el caso que conocen como el Asesinato del Botánico.

Mariana ha extendido sobre la mesa un tentador y variado surtido de tapas y canapés, que los invitados aprecian con animación, como un estimulante preludio destinado a concelebrar la ceremonia del descubrimiento del misterio que dirige la anfitriona, y se dispone a oficiar antes de dar buena cuenta de la cena. Son las ocho de la tarde, la luz del final de la primavera

347

ilumina la estancia a través del gran balcón abierto, por donde el calor que preludia el verano penetra como la agradable culminación de un día muy agradecido por las flores y plantas del no lejano Jardín Botánico.

Salvo la juez, que muestra un gesto propio de una niña a punto de cometer una pillería, los demás asistentes ofrecen gestos de impaciencia y expectación. No cabe duda de que la juez De Marco lo disfruta.

—La verdad es que no sé bien por dónde debería empezar —dice con sencillez—, pero creo que lo adecuado sería por aquellos detalles que, sumados convenientemente, me han llevado al esclarecimiento de este caso tan embrollado, a este falso crimen que, *mutatis mutandis*, me ha podido llevar al auténtico crimen. Y me vais a permitir que titule esta investigación —mira con intención a Javier Goitia— como «El caso del asesino imposible». Y justifico el título porque hemos estado todo el tiempo ante un hipotético crimen en el que ninguno de los sospechosos tenía entidad para ser un criminal y en el que tampoco existía un motivo para matar: una situación imposible a la que yo tenía que enfrentarme perpleja y desanimada.

—No empieces ya a ponerte divina, cielo —le advierte Julia con un cariñoso gesto de aviso.

Javier y el subinspector asienten aliviados por esa intervención, que los relaja a todos.

—A los hechos —prosigue Mariana—. Lo primero que debo confesar es que, apenas iniciada la instrucción del caso, en cuanto oí hablar de Asunción Lobo en seguida me llamó la atención la coincidencia de la aconitina en las muertes inesperadas de esta mujer y Concepción Rivera. Como sabéis, casi nunca acepto que las casualidades, por intrigantes o divertidas que puedan ser, sean casuales, es decir, que siempre hay algo más complejo que las reúne como se reúnen, por ejemplo, en música, la melodía y su intérprete. La casualidad puede dar pie a sugerencias que tiendan un hilo entre asuntos aparentemente distantes. El primer suceso se presentaba como un error fatal de Asunción y el segundo como un asesinato encubierto bajo un enigma. El primero era un accidente y el segundo era un misterio bastante inquietante dadas las circunstancias que dibujaba el escenario, ¿no os parece?

Se produce un murmullo de asentimiento entre los presentes.

—Pero esa idea me la guardé, porque no quise empezar por ahí. De hecho, acepté implícitamente primero, y por conveniencia después, que la muerte de Asunción Lobo fuera un accidente. Pero, de no serlo, ¿quién podría estar interesado en enviar a esa buena mujer al otro mundo? La respuesta era obvia: su marido, claro. Sin embargo, todos los indicios coincidían en mostrar que ambos formaban un matrimonio tan bien avenido como el de la rutina con el aburrimiento. Aquí he de hacer un alto para agradecer como se debe el trabajo, o como se lo quiera llamar, de Javier Goitia, que se infiltró en el Club de Amigos de los Jardines. Gracias, Javier.

Javier Goitia asiente con una media sonrisa recelosa.

—La verdad —continúa— es que no habló conmigo directamente, porque es muy suyo —Javier pone cara de asombro—, pero sí lo hizo con mi inestimable colaborador, el subinspector Rico aquí presente, gracias, subinspector; por medio de usted obtuve una información procedente de Javier que acabó siendo valiosísima. Y tú, Javier, no te sientas traicionado porque el subinspector hizo lo que tenía que hacer. Pero acabemos con este paréntesis de pan y mantequilla, y prosigamos. La primera pista clara que se me presentó fue tardía, y tuvo la fortuna de colocar convenientemente las piezas dispersas de las que yo disponía; fue una opinión: la de que este crimen era un crimen... demasiado *sofisticado*.

—La opinión me pertenece —advierte Javier lanzando sendas miradas de advertencia a la juez y al subinspector.

—Por supuesto que sí —concede Mariana—. Y lo cierto es que eso es exactamente lo que era: sofisticado. De repente, una primera idea que tuve empezó a destellar dentro de mi cabeza; es ésta: que todo el escenario del crimen era una *mise en scène* de principio a fin, razón por la cual tuve que volver sobre los tres objetos encontrados junto al cadáver: la botellita que debió de haber contenido el veneno, el pañuelo que apareció junto al cadáver y el ramillete de acónito. ¿Cuál era el papel de estos tres objetos? Evidentemente el *metteur en scène* trataba de decirnos algo con ellos. Me habían intrigado desde el principio, pues no veía qué es lo que hacían allí, donde disonaban de manera notable y yo diría aún más: muy llamativa. ¿Un descuido del asesino en su precipitada huida para evitar que le cerraran las puertas del recinto o, peor aún, desesperado por tener que trepar a la verja para escapar por la calle de Claudio Moyano? No: tenían que haber sido situados allí deliberadamente porque formaban parte de la puesta en escena y, por pura deducción lógica, habían sido colocados con toda la intención de sugerir algo, pero ¿qué? Sólo cuando acepté el verdadero sentido de la presencia de los tres objetos, el plan criminal empezó a tomar forma en mi cerebro: puesto que la presencia física de un asesino en el lugar y el momento del crimen era casi imposible, no tenía otra opción que aceptar el suicidio, algo que todos cuantos conocían a Concepción afirmaban rotundamente que era impensable en ella... De ser cierto, sólo cabía una respuesta a esta contradicción: el escenario era un intento de demostrar que el suicidio, si yo estaba en lo cierto, tenía como fin el de implicar a alguien como presunto asesino. La cosa estaba clara: el recipiente del veneno estaba allí porque no tenía que ser retirado; el pañuelo era lo que había servido para borrar las huellas en él. ¿Y el ramillete? El ramillete, mis queridos amigos, era un reconocimiento de culpa.

—Pero en ese caso tendría que haber habido otra persona en el escenario del crimen para crear la escena. ¿Era un crimen o era un suicidio? —pregunta Javier.

—Sí y no. Ahora lo veremos —contesta Mariana.

Una densa sensación de estupor se expande por el salón.

—La verdad es que la respuesta que acabo de ofrecer me habría parecido tan absurda como a vosotros, pero de no haber dado posteriormente un giro completo a mi investigación no habría podido resolver el caso. Giro que debo a la paciencia y tenacidad de nuestro subinspector.

Una leve corriente de aire, cálido y fresco a la vez, atraviesa la estancia y hace circular una relajada sensación de confort sobre todos los presentes gracias a la ventana abierta de la cocina, que establece la corriente. La noche de Madrid, que Mariana de Marco adoraba, era el toque perfecto para el sosiego que, pese a la expectación, requería el momento.

—Te conozco, Mariana, y sé que te dispones a exhibir-
te; pero, antes de nada y como sé que te encanta, des-
cribe la «lucecita» que se te encendió para poner la directa —dice Javier Goitia.

—Nada me apetece más que complacerte. Lo primero que me llamó la atención es que, por lógica, un
asesino tiene buen cuidado de no dejar pistas que con-
duzcan a él. En este caso, dejó todo a la vista. ¿Por
qué? Bien, pues repasemos la escena del crimen. Esa
tarde Concepción Rivera sale del Club de Amigos de
los Jardines y se dirige al Jardín Botánico, llega a la
puerta, saluda a la taquillera y se encamina a la terraza
de las escuelas botánicas por el paseo de Gómez Orte-
ga hasta el final, donde se encuentra la plantación de
palmas. Allí abre su bolso, extrae el botellín que contiene la aconitina, se sienta en el suelo, lo apura y con
un pañuelito limpia sus huellas y lo deja caer; cuando
el veneno empieza a hacer su efecto, se refugia bajo la
palma real y el pañuelo queda olvidado en el suelo; ella
se tiende tras extraer del mismo bolso un ramillete de
acónito atado con un cordel y, al poco, muere. ¿Se trata de un suicidio? No, se trata de una venganza: puesto que ha perdido el amor del hombre a quien se ha
entregado, disfraza su suicidio de asesinato con la in-

tención de que la policía, al investigar su muerte, deduzca que se trata de un crimen y busque al culpable, un culpable al que ella señala inequívocamente: su amante, Fermín del Águila, con quien estaba comprometida en matrimonio secretamente desde la muerte de Asunción. Así, escribe las letras efe y a en la página del día de su muerte en su agenda de bolsillo, donde figura junto al recordatorio de una cita para esa tarde y a esa hora.

—¡Eso es desproporcionado! —exclama Javier Goitia—. Nadie en su sano juicio rompe un compromiso de esa manera.

—Depende —continúa Mariana de Marco—. El problema es otro. En primer lugar, hay que hacer constar que Fermín y Concepción mantenían la intención de casarse apenas transcurriera el luto del novio.

—¿Y en segundo lugar...? —pregunta Julia.

—En segundo lugar, se cumple una expiación. Veamos —dice Mariana retomando el relato—. La pareja teme que se descubra su relación, que la señora Pereña ha intuido sin duda. Entonces deciden disimular, sólo se encuentran en privado y, para deshacer cualquier posible sospecha, Fermín flirtea con la señorita Lolo Escabias, un escarceo que pasa de ocultar una verdad a convertirse en un romance más bien sórdido. Pero Concepción descubre de pronto que entre la señorita Escabias y Fermín hay algo más que el flirteo acordado y aceptado. Fermín no es hombre de sentimientos firmes, es inconstante y la carne es débil, así que se deja llevar por las circunstancias. Lolo Escabias es una mujer más joven y más apetecible que Concepción y una mujer sin varón que llevarse a la cama, por lo que poco a poco el escarceo se convierte en un enredo y Fermín se encuentra atrapado entre dos amores.

Estos hombres de carácter marcial son a menudo incapaces de tomar decisiones en lo que a las pasiones amorosas se refiere, y el hombre empieza a navegar entre dos aguas confiando en que el tiempo arregle las cosas; pero el tiempo no está para arreglar asuntos de esta índole. Concepción, que no es tonta, se huele la tostada, y la ira y la humillación la sacuden a la vez junto con el engaño y la traición porque hay algo más que los une a los dos, a Fermín y a Concha, de lo cual hablaré en seguida. Así que ella primero lo ve todo rojo, luego se deprime, estado de ánimo que advierten sus compañeros, y, finalmente, incapaz de soportar su propia vergüenza, vejada en lo más hondo de su ser, decide poner a salvo su hundida dignidad de una manera drástica; decide matarse al no poder soportar su autodesprecio; pero la rabia la empuja a hacer daño a quien le ha hecho daño y deja una pista decisiva: un significativo ramillete de acónito entre sus manos. Las letras efe y a de la cita que queda escrita en la agenda adquieren todo su valor acusatorio si retrocedemos un año atrás. Todo esto lo defiendo con la convicción de estar en lo cierto.

—Parece encajar, sí, excepto tu convicción. ¿En qué la fundas? Has de tener algo más que una simple intuición por más imaginativa que seas —dice Javier.

—Lo tengo —responde Mariana—. Esta sórdida historia tiene una base firme, que es la que ha investigado nuestro eficiente subinspector desde el momento en que dedujimos que la muerte de Concepción era un suicidio y una venganza a la vez.

—¿Una venganza?

—En efecto. Una venganza contra el hombre del que se enamora ciegamente, una venganza como sólo se le ocurre a una mujer tan orgullosa de sí misma como golpeada en sus ilusiones y en sus valores morales. Todo su orden y todo su afán de previsión, que son los dos pilares sobre los que asienta su vida, se quiebran por una pasión que ahora la hace sentirse estúpida, ridícula, engañada, arrastrada por el lodo. No puede soportarlo, es el fin para ella. No se trata de depresión, sino del fin de toda esperanza por su propia estupidez e imprevisión. Para ella es el final. Y entonces trama la venganza.

—Pero ¿por qué? ¿Por qué esa reacción tan terrible y tan extrema? No está proporcionada, no puede deberse a un desengaño, salvo que esa mujer sea de una inconcebible inocencia —dice Javier mostrando su desconcierto, aunque, por su gesto de indecisión a la hora de hacer tal comentario, era evidente que estaba empezando a intuir a dónde se dirigía la juez.

—Por el terrible lazo que los unía a los dos —dice ella con una inevitable y exagerada actitud teatral—. Un lazo que, al ser roto por él, exigía la venganza más cruel. Así, de una sola vez, cumplía con la única solución posible a su insoportable congoja esa desdichada mujer.

De nuevo el estupor cubre como una gasa a los otros tres oyentes. La emotiva revelación ha caído sobre ellos tan inesperada como elocuentemente. De nuevo la brisa primaveral que antes los recorriera vuelve a manifestarse, como si quisiera contribuir con su leve y grata presencia a subrayar aún más el efecto de las palabras de la juez. Javier y Julia se miran entre ellos con un escandalizado gesto de estupor, y el subinspector Rico sonríe para sí como forma de reconocimiento.

—Pero ¿por qué? ¿Por qué necesitaba organizar un escenario tan complicado? No es razonable —pregunta Javier.

—Porque —responde Mariana— necesitaba llamar la atención con un escenario extraordinario para fijar la de la policía y conseguir que se interpretasen correctamente sus pistas. Si no lo adornaba, podían pasar desapercibidas su intención y su venganza. Un golpe maestro fue la anotación de la agenda. No podía dar el nombre de Fermín, habría sido demasiado evidente, pero enmascararlo con la efe y la a minúscula sí creaba intriga y disimulaba su intención: la anotación dotaba de verosimilitud a la pista.

Mientras la perplejidad cala en sus oyentes, Mariana da un sorbo a su whisky con soda y les dirige una inquisitiva mirada.

—¿Aún no comprendéis? —pregunta.

Los otros tres permanecen mudos y expectantes.

—Volvamos atrás en el tiempo y al ramillete de acónito. ¿Bebió accidentalmente Asunción Lobo, experta en plantas medicinales y venenosas, una infusión de acónito que ella misma había preparado? Resulta difícil de creer. Insisto en algo de lo que ya se ha hablado: una experta en venenos vegetales es la última persona que puede confundirlos. Lo cierto es que Concepción estaba con ella el día en que murió; con ella y con Fermín, su amante. La escena me repugna, pero es evidente de toda evidencia que ambos tramaron la muerte de Asunción. En estos días he imaginado a menudo la siniestra escena: los tres reunidos alegremente, y los dos amantes confabulados para cometer el crimen. Lo de menos es qué mano le dio el veneno, lo evidente es que los dos asesinos la vieron morir y, lo que es peor, estuvieron a su lado hasta que expiró. Después, supongo que Concepción abandonó la casa y Fermín, con toda sangre fría, esperó un tiempo prudencial antes de dar aviso al Samur o a la policía. Qué terrible decisión para ella, una persona virtuosa y compasiva.

Mariana los contempla a todos con benevolencia.

—Sencillo, ¿no? La presencia de Concepción en la casa el día de la muerte nos consta por declaración del portero de la finca, que la vio salir descompuesta. Nadie relacionó el hecho con la muerte de Asunción precisamente porque Fermín se tomó su tiempo: salió acto seguido de su casa cuidando de no ser visto, dejando a Asunción muerta, y volvió un buen rato después con la compra del supermercado, saludó ostensiblemente al portero, subió a su casa y entonces llamó a la policía. Concepción no era una asesina, pero era una mujer enamorada y convencida por Fermín de que debía ayudarle si ambos querían iniciar una vida juntos; y Concepción estaba sola tras la separación de su marido, aunque con esa herida ya curada. Entonces, imaginemos cómo debió de abrirse de nuevo una herida peor con la traición de Fermín con Lolo Escabias. Con todo su carácter y su orden, era una mujer tan falta de afecto que saltó por encima de su conciencia y su honestidad para acariciar algo que la vida le había negado siempre: el amor. Como he dicho, no necesitó fingir que estaba muy apenada por la muerte de Asunción porque sospecho que su conciencia la carcomía. Pero al menos había conseguido lo que tanto ansiaba. De lo que no se dio cuenta es de que Fermín era uno de esos valentones de cantina y cubalibre que se ganaban las medallas entrando a tiros en los burdeles. El plan funcionó, ellos empezaron a verse a escondidas; ella, al fin, halló el afecto que tanto anhelaba y se agarró a él como una lapa. No sé si empezaría a aligerarse la pasión inicial ni si ella se convirtió en un agobio para él, que carecía de escrúpulos, pero lo cierto es que el plan de que Fermín disimulara su secreta relación con Lolo Escabias acabó como tenía que acabar; tampoco sé si a Concepción le convencía el plan, si tuvo que acatarlo o si era una argucia de Fermín para abrir otra cama; sea como fuere, el caso es que el militar se quedó con el santo y la peana, y la pobre Concepción se encontró compartiendo a su hombre y teniendo que callar porque el lazo que lo unía a él era un crimen perverso cometido conjuntamente. Y, desesperada y humillada por su propia estupidez, sólo pensó en morir, hacerle pagar su felonía a Fermín y morir matando, claro. Una espantosa traición en un sucio callejón sin salida.

—¡Madre de Dios! —exclama Julia—. Qué drama tan sórdido.

—Las vidas sórdidas tienen finales sórdidos —comenta Mariana—. Como decía un verso de Miguel Hernández: «La agonía de los bueyes tiene pequeña la cara».

—¡Qué desagradable! —comenta a su vez Javier—. No tienes compasión, pobre Concepción. Pero me pregunto por qué esta parafernalia, esta «sofisticación». Podría haberlo hecho más sencillo.

—Y la pobre Asunción, ¿qué tal? —responde Mariana—. En cuanto a la parafernalia, yo creo que Concepción no podía hacer algo sencillo, no, necesitaba crear un crimen muy enigmático, que llamase poderosamente la atención para que no se quedase en una muerte más y Fermín se fuera de rositas. Tenía que ser un crimen que obligara al investigador a intrigarse y atar los cabos que ella dejaba sueltos con toda intención y que señalaban a Fermín del Águila.

—Pobres desgraciadas las dos, pero las dos. Sin embargo, comprender no es justificar, y yo comprendo a Concepción —dice Javier.

—Presa de su propia y errada manera de afrontar la vida, Javier. La verdadera compasión es para quien la merece.

—La compasión es para todo dolor, Mariana, no sé qué ha cambiado en ti para que muestres esa dureza. Tú siempre has sido compasiva, te lo recuerdo; tú eras la que decía que, en el fondo, el reo también es una víctima.

Mariana cambia el gesto y su cara se crispa por un segundo. Luego dice:

—Tienes razón. No sé cómo he podido decir lo que he dicho, pero lo he dicho. Pero quiero aclararte que la compasión no es debilidad, es un sentimiento noble y generoso, pero tampoco puede ni debe ser una excusa para disimular la maldad. Y en Concha y Fermín ha habido mucha maldad, llamemos las cosas por su nombre. Concha ha muerto y no sólo de culpabilidad, que también. Ahora es cuando le toca pagar a Fermín del Águila por sus pecados.

—¡Qué horror! —exclama Javier—. ¡Qué crimen tan triste!

Media hora más tarde

La reunión se disolvió con un cierto aire de desánimo,
como si a ninguno de los presentes los alegrara el final
de la historia. El caso estaba resuelto y sólo quedaba
concluir con el arresto de Fermín del Águila. El subinspector y Mariana coincidieron en que Del Águila
confesaría de plano apenas lo acusaran.

—Ese hombre es pura apariencia: cantará en cuanto le expongamos lo que hemos descubierto —afirmó
la juez—. Se derrumbará.

—Qué historia tan cutre, la verdad; me ha dejado
un mal sabor de boca... —comentó Julia—. Qué des-
perdicio de vidas.

—A ver cómo reacciona Del Águila. He enviado a
dos agentes con una orden de detención, pero no tengo
noticias todavía. Me preocupa que esté armado y reac-
cione a la desesperada cuando se dé cuenta de la que se
le viene encima —dijo el subinspector Rico poniéndo-
se en pie.

—Tanto da, subinspector. No tiene a dónde ir, esto
no es América. Además, aún no sabe nada; no me extrañaría que los agentes que ha mandado usted para
detenerle le pillasen refocilándose con Lolo Escabias.
Una vez muerta Concepción, no tiene nada que temer.
Las dos únicas testigos de su maldad eran Asunción y

Concha. A estas alturas del caso debe de estar muy relajado sintiéndose a salvo gracias al suicidio de la segunda, porque él ha tenido que suponer que fue un suicidio. No creo que sospeche de la verdadera intención del suicidio de su examante, y mucho menos que lo hayamos descifrado nosotros. Esta noche aún puede dormir tranquilo.

—Estará durmiendo tan tranquilo. Ese hombre no tiene conciencia —dijo Julia.

—A ver si se da cuenta de que van por él y se escapa —dijo Javier. El subinspector Rico torció el gesto—. No creo que sea imbécil, pero con esta gente de genio pronto y porte marcial no sabe uno. ¿Estás segura de que das por resuelto el caso? —preguntó—. Tus suposiciones son muy certeras, pero no sé si tienes pruebas suficientes para acusarlo con todas las garantías. En fin, tú sabrás.

—Va a cantar, confía en mi experiencia. No habrá mejor prueba.

—No sé, lo mismo se atocina, se encierra en la negación y no le sacas de ahí.

—Si se atocina, mejor. A un tipo tan plano y tan cobarde como él no le da el cacumen para calibrar sus posibilidades.

—Para eso están los abogados.

—Lo sé, pero vuelvo a decirte que esto no es América. No es que no haya auténticos sinvergüenzas en la abogacía, que los hay y no uno o dos, es que, en todo caso, la puesta en escena de Concha lo incrimina: la anotación en la agenda, el ramito de acónitos... A Asunción la encontraron también con un ramito de acónito entre las manos; yo creo que respecto a Asunción fue un detalle de compasión, quizá por parte de Concha, aunque de esto no se habló nunca porque no se le dio importancia; yo misma sólo he caído en ello leyendo el expediente policial. No soportará haber sido descubierto, te lo digo yo.

—¿Y si Fermín tenía coartada para la hora del crimen?

—No la tenía, lo hemos comprobado —apuntó Rico—. Cuando lo interrogamos nos dijo que esa tarde había estado solo en su casa, sin testigos. Casi se puso violento cuando le insistimos en si alguien lo podía corroborar. «¿Es que soy sospechoso? Esa mujer era mi novia», confesó sin darse cuenta. Seguro que Concepción le pidió que la esperara en su casa, la de él, esa tarde, ella no dejaba cabos sueltos.

—Ojalá no aparezca un espontáneo jurando que lo vio a las siete y media.

—Mira que eres aguafiestas, Javier. Como decía El Guerra, el torero —terció Mariana mirándole socarronamente—, «lo que no puede ser no puede ser y además es imposible».

—Eso está mal traído. En fin, recemos para que el militar no se haya dado cuenta de la trampa que le tendió Concepción porque ese animal buscará un culpable a su desgracia y tú tienes todas las papeletas —respondió Javier.

—Pues la frase suena bien —rio Mariana.

—¡Qué gracioso! ¿Quién era ese tal Guerra? —preguntó Julia.

—El Guerra. Un torero de postín que se retiró a finales del siglo XIX, ¿no, Javier?

—El mismo —confirmó Javier. Tenía un aire melancólico, ensimismado, como si la reunión y la conversación ya no fueran con él.

—Yo me despido —dijo el subinspector aprovechando un silencio—. Con su permiso, señoría, voy a pasar un momento al baño y me vuelvo a lo mío. —En ese momento sonó el teléfono del subinspector—. ¿Le importa si atiendo la llamada en la otra habitación?

—En absoluto, subinspector, está usted en su casa.

Cuando el hombre se hubo alejado, Mariana se volvió a los demás y comentó:

—Es la primera vez que se dirigen a mí como señoría para ir al baño.

La noche se estaba echando encima. Mariana había encendido la luz y mantenido el balcón abierto, a pesar de las palomillas que venían del Retiro buscando la luz, para airear la habitación. El día había sido caluroso, pero el atardecer parecía estar rebajando algunos grados la temperatura. Ofreció unas copas, pero nadie aceptó, por lo que se sirvió otro whisky con soda y volvió a su butaca. Se había hecho un silencio en el que todos parecían encontrarse en suspenso, dejando correr el tiempo, dejando fluir sus diversas divagaciones personales.

—Ha pasado un ángel —dice Mariana al fin.

—Sí, y el caso se ha cerrado —dice Javier—, cualquiera diría que nos ha producido una decepción.

—En cierto modo, sí —comenta Julia—. Yo no lo he seguido, pero así de primeras, era tan misterioso... Todo lo que parece misterioso y extraordinario acaba por convertirse en una decepción cuando se explica.

—No, no, querida mía, no sólo era misterioso, sino que lo sigue siendo, pero creo que acabaremos sabiendo aún más del caso. Por ejemplo: aún no hemos descubierto por qué Fermín abandona a Concepción tan pronto. ¿Es posible que Concepción se hiciera unas ilusiones matrimoniales que no se correspondían con las intenciones de Fermín? ¿Es ella quien planea deshacerse de Asunción o la idea es de Fermín, que la embauca y la convierte en su cómplice con una promesa de amor? Preguntas como ésta quedan por contestar y yo confío en que Fermín se derrumbe y cante *La traviata*.

—No sé yo —interviene Javier—. Un tipo como él seguro que trata de escudarse en ella y echarle toda la culpa. Sin Concepción nos quedamos también sin respuestas. Es un canalla sin escrúpulos.

—Yo tampoco veo a Concepción como asesina fría, pero nunca se sabe lo que es capaz de hacer una persona engañada por la esperanza en sus más íntimas ilusiones por un tipo que la usa para librarse de su esposa. No tiene perdón de Dios en ningún caso —apunta Mariana—, pero estoy convencida de que Concepción no dormía por las noches. El precio que pagaba por su felicidad era un peso demasiado brutal para su conciencia.

—El tiempo todo lo cura.

—¡Por Dios, Javier, no seas tan vulgar!

—Lo siento, era la frase de circunstancias.

—Pues habértela guardado, de verdad. Me pone mala oírte decir eso.

—A ti todo lo que tenga que ver conmigo te pone mala. Tendrías que oírte, día tras día.

—A ver, chicos, que no empiece la guerra —dice Julia—. Estamos hablando del caso y lo mejor será que nos ciñamos a eso. Los piques, fuera. Habéis resuelto el caso: festejémoslo.

—Es verdad y me corrijo. Ha sido una estupidez por mi parte.

—Yo también lo siento, Javier, perdona.

—Te perdono si me preparas la copa que nos has ofrecido antes.

—Hecho.

Establecida la calma, Julia se levanta y va a la nevera en busca de unos hielos para la cubitera. Javier y Mariana permanecían en sus asientos, meditabundos. La voz alegre de Julia pregunta:

—Whisky para ti, Javier, ¿con soda?

Entonces suena el timbre de la puerta y se produce un silencio sorprendido y expectante a la vez.

—¿Quién será, a esta hora? —murmura Javier haciendo ademán de levantarse.

—¡Yo abro! —dice Julia desde la cocina.

Se escucha el sonido brusco y violento de la puerta golpeando contra sus goznes al que sigue una exclamación de Julia y un torrente de exabruptos ininteligibles y pronunciados de manera brutal y amenazante. Luego se oye la voz alterada de Julia, entre ruidos de trompicones y pisoteos trabados como en lucha sorda:

—¿Quién es usted? ¡Deténgase! —Y, acto seguido, con un expresivo tono de aviso y advertencia—: ¡Mariana!

La voz ajena y brutal farfulla palabras más que frases, que Mariana y Javier, que se hallan en el salón, oyen a medias, inmovilizados por la sorpresa.

—¡Apártese, le digo!... ¿Dónde se esconde esa jodida zorra?... ¡Paso! Déjeme paso o...

Mariana, alerta, se pone en pie al tiempo que un hombre armado con una pistola se precipita al interior del salón. La juez reconoce instantáneamente a Fermín del Águila, quien sin titubear la señala con un bramido y la apunta directamente con una pistola que empuña en su mano temblorosa por la ira que le domina. La intención de Mariana fue la de tirarse al suelo, pero no tuvo tiempo; y justo en el momento en que el agresor apretaba el gatillo, Javier Goitia se interpuso de un salto, se oyeron dos estampidos y recibió dos balazos seguidos en el tórax; con el impulso, derribó a Mariana y cayó sobre ella. Del Águila se rehízo de inmediato y buscó de nuevo el cuerpo de la juez con su arma, pero, en ese mismo instante, el subinspector Rico salió del pasillo, se lanzó sobre el tirador por detrás de éste y ambos cayeron al suelo mientras el tercer disparo se perdía contra el techo. Rico, con extrema celeridad, atrapó el brazo del hombre, se giró sobre él, lo colocó boca abajo contra el suelo, lo que le provocó un aullido de dolor, y en un segundo lo esposó y lo inmovilizó situándose a horcajadas sobre él.

Julia, que había seguido el forcejeo sin atreverse a respirar, paralizada y sin mover un músculo del cuerpo en los escasos segundos que duró el incidente, salió de su estupor al oír el grito angustiado del subinspector:

—¡Una ambulancia, por Dios, pida una ambulancia!

Y, como un autómata, recuperó el movimiento, llegó en dos saltos al interior del salón, se abalanzó sobre su bolso, que pendía de la butaca donde unos momentos antes se sentaba Mariana, extrajo el teléfono móvil y tecleó.

Mariana, que había conseguido zafarse del cuerpo de Javier, lo recogió por los hombros, sobre sus rodillas hincadas en el suelo, y mantuvo la cabeza en el regazo mientras le hablaba con la voz rota por el dolor y el espanto.

—Resiste, Javier, resiste, compañero, resiste, mi amor, no te vayas...

No pudo seguir hablando porque la luz se había ido de los ojos de Javier y, al darse cuenta ella, se echó a llorar con un desconsuelo estremecedor. No era sólo un llanto, era un gemido continuo y desgarrador el que salía de sus labios, un sonido que, al quebrarse para respirar, inhalaba con un ruido ronco como un estertor de muerte sobre la cabeza inerte de Javier.

—No te vayas, Javier, no me dejes, resiste, por favor, resiste por mí...

Julia la abrazó, agachándose a su lado y, como si el abrazo fuera la confirmación de la tragedia, Mariana se refugió en ella mientras sujetaba las manos de Javier con tal fuerza que crujieron soezmente, un sonido seco y desnudo en medio del silencio que se instaló entre sus almas en ese instante infame.

Así se mantuvieron un tiempo incontable. Julia sentada en el suelo, Mariana, vencida, sobre su regazo, Javier ya lejos de la vida. El subinspector Rico pensó, al ver la actitud en el cuerpo y el gesto en el rostro de la juez, en la *Pietà* de Miguel Ángel. El dolor y la desolación se habían apoderado de la escena, como en la formidable imagen de Buonarroti. El asesino apenas se movía bajo el peso del subinspector, como si hubiera aceptado al fin el horror que acababa de provocar y ahora descansara, exhausto. Rico y Julia intercambiaron una mirada llena de una indecible compasión hacia Mariana. En ese momento el ascensor llegó al piso, rompió el silencio con su sonido metálico y, como si la vida hubiera vuelto de su estupor, unos camilleros se precipitaron al interior de la vivienda; pero el hombre que se desangraba en el piso ya no los necesitaba.

Una semana más tarde, en la ciudad de G..., recogidas bajo el imponente *Elogio del horizonte* abierto a un Cantábrico de mar rizada, sitiadas por un insistente orballo que caía sobre la campa donde se alzaba la icónica escultura de Chillida, Julia y Mariana contemplaban la una junto a la otra, quietas y en un silencio sólo interrumpido por el agua mullendo la hierba y el rumor de las breves olas, la colosal extensión del mar, sólo para ellas. La temperatura, amable y grata, parecía acompañarlas como lo hacían los chubasqueros perlados de gotas de agua que resbalaban en hilillos por su brillante superficie. La dulce lluvia las había sorprendido justo cuando remataban la subida de la campa, allí donde tantas veces habían acudido en sus paseos favoritos y donde tantas veces habían hablado de sus proyectos y de sus esperanzas durante la estancia de la juez en el juzgado de instrucción de G...

—Nunca te cansas de mirar al mar, ¿verdad? —dijo Julia—. Nunca.

—Así puedo descansar los ojos —comentó Mariana—. El mar es bello y cruel a la vez porque, al revés que nosotras, vuelve a su ser tras desencadenar desastres y no deja huella. Siempre me ha parecido que es, de entre todos los elementos, el más taimado, pues, tras la peor de las tormentas, vuelve a su ser como si nada hubiera ocurrido. Finge, engaña, atrae... y mata. Es un tramposo, un disimulado, porque no deja ver sus cicatrices, que nos servirían de advertencia. En la tierra, el fuego, la lluvia, el viento... dejan cicatrices bien visibles. El mar no. Su superficie vuelve a aparecer inmutable tras la devastación, como si nada hubiera ocurrido. Y, sin embargo, míralo, es hipnótico. Ahora, para mí es paz en el dolor...

—Mariana, déjate de pensamientos lúgubres. La vida sigue, ¿no?

—Sí, sigue sobre nuestras cicatrices y nosotras no podemos disimularlas. Yo debería estar muerta.

—Pero no has muerto. No lo pienses más. Javier no lo pensó y te regaló la vida. Se la debes.

—Pesada deuda la mía —murmuró Mariana, sumida en sus pensamientos.

—Deja de darle vueltas, cariño, que te va a volver loca. Ha sido un acto de amor, eso es lo que cuenta.

—Para ti, para los que lo miráis desde fuera. Pero yo esa muerte la tengo dentro y ni siquiera he sabido cuidarlo. ¿Qué me ha pasado, Julia? Le he maltratado, le he echado a un lado... Debería renunciar a mi trabajo, como expiación...

—No te dejes llevar, por Dios, Mariana. El de Javier es un acto que nos compromete a todos. Te ha salvado a ti y contigo a los demás; se lo debemos, es verdad, y se lo agradecemos con una emoción semejante a la tuya. Tampoco la pérdida es tuya solamente.

—Lo sé, Julia, lo sé, pero la intimidad nuestra se ha perdido para siempre y ésa era sólo nuestra. ¿Cómo pude... —en su voz tembló un deje de desesperación— cómo pude hacerle a un lado?

—No le hiciste a un lado —respondió Julia con firmeza—. Le hiciste a un lado de tu investigación porque lo creíste necesario, era tu deber como juez. Nunca le has revelado el proceso de tus investigaciones antes de terminarlas, nunca.

—¡Le dejé colgado! —exclamó Mariana—. Y ahora... ahora... ya no le tengo conmigo, el mejor compañero, el mejor hombre que he conocido...

—Te equivocas, Mariana, no debes torturarte. Le dejaste de lado en tu instrucción, sí, porque tenía que ser así, pero no le dejaste solo ni un minuto en tus sentimientos.

Mariana alzó su rostro sin lágrimas y se quedó mirando al mar en calma, muda, como si en él pudiera descansar su dolor.

—Gracias —dijo al fin, apretando la mano de Julia.

—No pretendo entrometerme —dijo Julia al cabo de unos momentos—, pero quedamos aquí tú y yo, lo estamos compartiendo, durará lo que dure, pero estamos aquí y ahora toca vivir.

—¿Sabes? No sé por qué me está dando vueltas en la memoria un beso recibido en Egipto, ¿te acuerdas del viaje?, un beso que me pareció un beneficio maravilloso, un beso único, irrepetible, el más dulce que he sentido nunca, fue cuando debía de estar atontada por el golpe que me dieron y lo malo es que no recuerdo de dónde venía, si no sería un sueño en el delirio, pero nunca he sentido tanta gratitud por la felicidad como la de aquel breve contacto, sentido con tanta intensidad concentrada en los labios... Así es como me gustaría guardar a Javier en mi memoria; aunque aquel beso fuera irrepetible y no fuera de Javier, es la imagen de lo que yo querría haber tenido con él, y ahora...

—Lo has tenido. Puede que un día vuelvas a sentirlo —dijo Julia conteniendo la emoción—. Alguien te debía de querer mucho, si fue real.

—Y entonces ¿por qué no recuerdo a esa persona?

—Porque sería un príncipe... o una princesa.

—Tú sí que eres mi princesa, Julia, no sabes lo que te necesito en estos momentos.

—Y aquí me tienes —respondió Julia disimulando bajo las gotas de lluvia que resbalaban de la capucha de su chubasquero dos lágrimas que discurrían lentamente por sus mejillas, como si no quisieran desprenderse de ella.

El orballo se estaba atemperando, las dos tenían el pelo empapado y pegado a la cabeza a pesar de las capuchas porque la lluvia se metía entre sus cabellos con la ayuda del viento. Una leve claridad intentaba romper la indiferencia gris y uniforme del cielo encapotado. Julia la señaló con su mano derecha mientras rodeaba afectuosamente con la izquierda la cintura de su amiga.

Así como otras veces se habían entretenido en sus paseos por los valles y bosques descubriendo todos los matices del verde que se sentían capaces de nombrar, ahora recogían los matices del gris, mezclados con los tonos acerados, marengos y metálicos del agua que reconocían en medio de una acogedora humedad, apretadas cada una contra la otra para protegerse del relente que empezaba a subir desde la hierba.

—He vuelto a tirar mi vida —dijo Mariana de pronto.

—Oh, sí, en eso eres una experta, ¿no te fastidia, cariño? Y tú que me llamabas *mascarita*, ¿te acuerdas?

—Me acuerdo de la felicidad. He vuelto a tirar mi vida y esta vez no tiene remedio, no volveré a encontrarme con ella como lo hice estos últimos años, aquí en el norte. La felicidad que tuve se me escapa como arena entre los dedos, es horrible esta impotencia, Julia, es horrible saber que no volverá tal como era, es atroz comprender cómo la he dejado escapar, casi sin enterarme.

—Quédate tranquila porque no vas a poder olvidar a Javier y tienes que aprender a recordarle por amor, no por culpabilidad. No has dejado escapar nada, no te tortures, lo has tenido, has tenido lo que mucha gente no ha tenido ni tendrá jamás. La vida también contiene a la muerte, ¿y por eso vamos a dejar de vivir? Ahora toca vivir. Deja que te diga una barbaridad: de tus dos pasiones anteriores, dos pasiones de las de verdad por tu parte, el uno era un cabrón y un cobarde, y el otro un asesino. En cambio, lo de Javier era muy parecido al amor con el mejor compañero que has podido tener. Además, te libró de todos aquellos idiotas con los que te dedicabas a olvidar esos amores desgraciados. Siempre has tenido un gusto horroroso para los hombres, excepto con Javier. Piensa en lo que sentías de verdad por él. Ha sido el mejor hombre que has tenido contigo, celébralo porque con él te libraste, además, de tu inclinación a tu parte maligna, que tanto te ha obsesionado. Sé agradecida con su memoria, sé alegre, sé la mujer valerosa y preciosa que le deslumbró.

—¿Y este discurso a qué viene?

—A que eres ideal, pero ideal, la mejor.

—No te quiero nada, pero nada, mascarita.

—Lo sé y no me importa porque soy de buen conformar.

Una racha de viento frío las acercó y Mariana se refugió en los brazos de su amiga. Sentía la confusión de sus sentimientos como una fiebre que la devoraba y la desamparaba, como el hueco que los escalofríos dejan en el cuerpo con la enfermedad, sentía ese vacío activo y succionador que mantiene a las personas en vilo sin verdad a la que asirse, con la esperanza suspendida en un espacio nuevo y desconocido.

Después se irguió mirando al frente y se mantuvo, altiva, como si una advertencia la hubiera puesto alerta. Un torrente de sensaciones la invadía y su postura era la única respuesta al desconsuelo irrefrenable que sentía, pensó que sólo manteniendo esa altivez podría superar el embate emocional cuya fuerza no creía que pudiera resistir, pero no iba a abandonarse, lo decía su mirada del mismo modo que se sentía a un paso del derrumbamiento.

—Resiste, cariño —dijo Julia a su lado—, mira la voluntad del mar, mira al horizonte, la vida está ahí, esperándote, al final de este mar sin cicatrices.

—El horizonte está tan lejos, tan lejos... —murmuró Mariana con un hilo de voz.

Madrid, 2019-2021

Agradecimientos

Ahora que los casos de Mariana de Marco llegan a su final, debo agradecer ante todo a Isabel Lobera su conocimiento del ejercicio del Derecho puesto a mi disposición con su amistad generosísima. He trabajado con las tres editoras de la serie: Amaya Elezcano, Silvia Sesé y Anna Soldevila, y tengo para las tres la mayor gratitud; como la tengo especialmente, debido a su apoyo en esta novela, por Martina Torrades; y por María Isabel García Marco y su cuidadosa corrección.

Índice

Índice

Otros títulos del autor en Booket:

Otros títulos del autor en Booket: